쪽팔린 게 죽기보다 싫은
어느 응급실 레지던트의
삐딱한 생존 설명서

응급 의학과 곽경훈입니다

원더박스

그렇게 응급의학과 레지던트가 되었다

1

인간의 손은 놀라운 기관이다. 섬세하고 정교하게 움직일 뿐 아니라 다양한 동작이 가능하다. 다른 동물도 특별하게 진화한 코, 부리, 입, 혓바닥, 발, 꼬리 같은 기관을 사용해서 신기한 재주를 보일 수 있으나 몇 가지 목적에 특화되어 있을 뿐이다. 인간의 손처럼 다양한 목적에 따른 수많은 동작을 해내는 경우는 극히 드물다.

그러나 인간의 손도 평소 하지 않던 동작을 무리하게 반복하면 곧 문제가 생긴다. 통증이 나타나고 뻣뻣해지며 나중에는 저리고 감각이 둔해진다. 그때 나의 손이 그랬다.

왼손으로는 10cc 주사기를 단단히 잡고 오른손의 검지와 중지로 주사기의 손잡이를 잡아당긴 다음 다시 엄지로 천천히 미는 동작을 헤아릴 수 없을 만큼 반복하다 보니 손바닥은 저리고 뻐근했으며 엄지, 검지, 중지는 얼얼하고 감각이 둔해져 국소 마취 주사를 맞은 것만 같았다. 그래도 멈출 수는 없었다. 주사기의 손잡이를 뒤로 당기면 10cc 주사기에 혈액이 가득 채워졌다. 주사기가 연결된 'T'자 연결부의 밸브를 반대로 돌린 후 천천히 손잡이를 밀면 채워졌던 혈액이 환자에게 연결된 정맥로(IV line)를 타고 들어갔다.

흔히 '수액줄'이라 부르는 긴 정맥로는 환자의 오른쪽 쇄골 아래로 연결되어 있었다. '중심정맥로(central line)'였다. 쇄골 바로 아래 지나가는 정맥(쇄골하정맥, subclavian vein)을 통해 심장과 직접 연결되는 정맥로를 확보한 것인데, 패혈증 쇼크(septic shock)나 저혈량성 쇼크(hypovolemic shock) 따위로 대량의 수액 투여와 함께 수혈이 필요할 때 시행한다. 환자의 경우는 저혈량성 쇼크였다. 저혈량성 쇼크는 문자 그대로 대량 출혈이 발생해서 혈압이 감소하는 질환인데 위궤양 출혈, 위식도 정맥류 출혈 같은 질병으로도 발생하나 외상으로 인해 복부에 피가 차는 혈복강(hemoperitoneum)

도 원인이 될 수 있고 사지 절단 같은 심각한 외부 상처에도 나타날 수 있다.

그때 환자는 '외부 상처에 의한 저혈량성 쇼크'에 해당했다. 정확히 말하면 심한 안면부 개방성 골절이었는데, 개방성 골절은 부러진 뼈가 피부와 근육을 뚫고 몸 밖으로 튀어나온 것을 의미한다.

환자 주변 풍경은 섬뜩했다. 응급실에 마련된 중환자실 구역에는 건장한 체격의 환자가 누워 있었다. 의식 없이 누워 있던 환자의 입에는 투명한 플라스틱으로 만든 기관내관(endotracheal tube, 입을 통해 환자의 기관지까지 삽입하는 관으로 기도를 유지하기 위해 사용한다)이 꽂혀 있고 기관내관의 끝에는 인공호흡기가 달려 있었다. 규칙적인 기계음과 함께 환자의 가슴이 들썩였다. 환자의 얼굴에는 미라처럼 거즈와 붕대가 칭칭 감겨 있었는데, 미라와 달리 피로 검붉게 물들어 있었다. 그뿐만 아니라 개방성 골절과 함께 안면부 깊숙이 위치한 동맥이 손상 입은 듯, 거즈와 붕대에도 불구하고 흘러나온 피는 베개와 시트를 적시고는 침대를 타고 바닥까지 흐르고 있었다. 바닥에 흐른 피를 계속 닦아내는 것이 불가능해서 고인 피를 흡수하기 위해 시트를 몇 개씩 덮어 두었으나 그 역시 죄다 검붉게 물들었다.

나는 그 옆에서 파란색 인턴 근무복을 입고 어두운 표정으로 10cc 주사기를 이용해서 피를 짜 넣었다. 짜 넣은 피는 그대로 환자 안면부의 상처로 흘러나오는 것 같았다. 혈액이 든 비닐 팩을 교체할 때를 제외하면 나는 8시간 넘게 그 끔찍한 동작을 반복했다. 그 외에는 당시 응급실 인턴이던 내가 할 수 있는 일이 없었기 때문이다.

2

나는 1997년 의과대학에 입학했다. 1994년 고등학교에 입학했을 때는 여름에 수십 년 만의 혹독한 더위와 함께 김일성이 사망했고 1997년 의과대학에 입학하자 겨울에 IMF 사태가 터졌다. 운 좋게 의과대학에 입학했으나 애초에 의사가 되고 싶은 강렬한 열망은 없었다. 어쩌다 보니 고등학교 내내 성적이 제법 좋아 의과대학에 지원했을 뿐이다. 원래는 기자, 특히 전쟁터와 분쟁 지역을 취재하는 종군기자가 되고 싶었다. 종군기자가 지나치게 위험하다면 인류학자 혹은 다소 생뚱맞으나 극작가 겸 연극배우에도 관심 있었다. 그러나 현실적으로 우리 집은 그런 꿈을 넉넉하게 후원할 만큼 부유하지 않았다. 그렇다면 특출한 재능이나 가난과 역경을 견딜 수 있는 강력한 의지가 있어야 했는데 재능은 평범했고 의지는 나약했다.

그렇게 의과대학에 입학했으니 성적이 좋을 리 없었다. 2년의 의예과 과정은 무사히 넘겼으나 '본과'라 부르는 4년의 의학과 과정은 만만치 않았다. 특히 본과 1학년(의학과 1학년, 일반 대학의 3학년)은 더욱 힘들었다. 물론 의학과 1학년이 가장 힘든 것은 다른 사람도 마찬가지여서 일반적으로 전체 인원의 10~20%가 유급한다. 나 역시 유급했고, 두 번째 의학과 1학년 때도 거의 꼴찌로 진급했다. 그 후에는 유급 없이 순조롭게 진급해서 결국 6년 과정을 7년 만에 '끄트머리에서 3등'으로 졸업했다. 다행히 의사 시험은 한 번 만에 합격했으나, '의학'이란 학문에 질렸고 '의사'란 직업을 수행할 엄두도 나지 않았다.

그래서 인턴 수련 대신 군 복무를 선택했다. 요즘에는 군의관 인력이 부족해서 인턴 과정을 수료하지 않은 의사도 군의관으로 임관하나 2004년 무렵에는 아직 군의관 인력이 부족하지 않아 인턴 과정을 수료하지 않은 의사는 시골 보건소나 보건지소에 보냈다. 그런데 시골 보건소나 보건지소에도 '급'이 있었다. 다들 도시 지역의 보건소나 도시와 가까운 시골의 보건지소에 배치되길 바랐다. 그렇다 보니 군사훈련과 공무원 교육을 마치고 치른 시험 성적에 따라 우선권이 주어졌고, 나는 그때도 시험 성적이 나빠 3년 내내 동해안에 접한 외딴 산골에서 근무했다.

'공중보건의사 복무'라 부르는 그 3년의 군 복무를 시작할 때만 해도 임상의사가 될 생각이 전혀 없었다. 최선의 경우에는 영국으로 유학 가서 인류학을 전공하고 싶었다. 지금 생각하면 우습지만 유학할 학교까지 마음속으로 정했는데 '인류학의 탄생지'라 불리는 런던정경대(LSE, the London school of economics and political science)였다. 차선의 경우 의사학(medical history)을 전공하고 싶었는데, 어쨌든 두 가지모두 현실적으로 가능하지 않았다. 이유는 의과대학에 진학했던 때와 같았다. 우리 집은 넉넉하게 후원해 줄 만큼 부유하지 않았고 나는 눈부신 재능과 결연한 의지 가운데 어느것도 가지지 못했다.

결국 현실과 타협한 나는 대학병원으로 돌아가 인턴 수련을 시작했다. 2007년 가을 내가 응급실 중환자 구역에서 10cc 주사기로 피를 짜 넣는 행위를 8시간 넘게 반복한 것도 그 때문이었다. 그런데 2007년 가을의 그 섬뜩한 장면에는 몇 가지 문제가 있었다. 의료인이라면 의사가 아니라도 어렵지 않게 알아차렸을 것이다.

3

응급실에는 다양한 환자가 내원한다. 물론 외래에도 다양한 환자가 방문하나 응급실과는 다르다. 팔과 다리의 뼈가 부러졌을 가능성이 큰 사람은 대부분 정형외과 외래를 방문하지 생뚱맞게 비뇨기과를 찾지 않는다. 가슴 통증이나 호흡 곤란을 호소하는 사람은 심장내과나 흉부외과 외래를 방문하는 경우가 대부분이며 그런 환자가 내분비내과나 감염내과 외래를 찾는 경우는 드물다. 물론 일반외과와 소화기내과처럼 서로 진료 영역이 겹치는 경우도 적지 않으나, 그래도 외래를 방문하는 환자 대부분은 어느 정도 범위를 예상할 수 있다. 그러나 응급실은 그런 예상이 불가능하다. 그리고 같은 증상이라도 원인은 다양하다.

예를 들어 '의식 저하'로 119 구급대를 통해 도착한 환자가 있다면, 그로부터 뇌출혈, 뇌경색, 저혈당, 저나트륨혈증, 약물 중독, 극단적인 서맥이나 빈맥을 동반하는 부정맥, 패혈증 쇼크, 고혈당으로 인한 당뇨병성 케톤산증, 저혈량성 쇼크 등 다양한 질환을 감별해야 한다. 중증 외상 환자도 마찬가지여서 교통사고 현장에서 혈압이 극단적으로 낮은 쇼크 상태로 이송되면 호흡을 유지하고 혈압을 올리고 안정시키는 응급 처치뿐 아니라 신속하게 환자의 문제를 찾아내고 우선순위를 결정해야 한다. 또한 단순히 "중증 외상 환자입니다."라며 모든 외과계열 임상과에 연락할 것이 아니라 경미한 외상성 뇌출혈, 늑골 골절과 경미한 혈흉(hemothorax, 폐와 심장이 자리 잡은 흉강에 외상으로 피가 고이는 증상), 간 손상으로 인한 심각한 혈복강으로 진단하고 신경외과, 흉부외과, 일반외과를 호출하면서 '일단 일반외과 응급 수술부터 필요하다'는 식으로 의견을 제시할 수 있어야 한다.

이 모든 일은 당연히 막 의사 생활을 시작한 응급실 인턴이 해낼 수 없다. 심장내과 전문의, 신경외과 전문의, 흉부외과 전문의, 소화기내과 전문의처럼 특정 임상과의 전문의

11

도 응급실의 변화무쌍하고 긴장 넘치는 상황에서 다양한 질환을 신속하게 감별해서 진단하고 적절한 조치를 결정하기는 쉽지 않다. 그래서 '응급실에서의 진료'에 특화된 임상과의 수요가 생겼고 베트남전을 거친 1970년대 미국에서 '응급의학과'가 출범했다. 국내에도 1980년대에 소개되어 1990년대부터 본격적으로 응급의학과 의사가 배출되었는데, 안타깝게도 여느 신생 임상과가 그렇듯 제대로 자리 잡는 것에는 짧지 않은 시간이 필요했다.

2007년 가을 그 응급실은 실질적으로 응급의학과 의사가 없는 것과 마찬가지였다. 응급의학과 출범 초기에는 기존의 다른 임상과 전문의 가운데 일정 교육을 마친 사람에게 응급의학과 전문의 면허를 발급했는데, 그런 식으로 응급의학과 전문의 면허를 받은 내과 의사 한 명과 외과 의사 한 명이 그 병원의 응급의학과 교수로 있었다. 그들은 월요일부터 금요일까지 아침 9시에 출근해서 오후 6시면 퇴근하고, 주말과 공휴일은 온전히 쉬었다. 그들이 실제로 응급 환자를 진료하는 경우도 거의 없었다. 교수가 그런 식으로 행동하니 레지던트도 다를 것이 없었다. 2007년에도 3년차 1명, 2년차

2명, 1년차 2명, 모두 5명의 응급의학과 레지던트가 있었으나 실질적으로 하는 일은 극히 제한적이었다. 도착 당시 사망(dead on arrival)에 해당하는 환자에게 사망을 확인하고 시체검안서를 작성하는 일, 가망 없는 심정지(cardiac arrest) 환자에게 심폐소생술을 시행하는 것, 가끔 다른 임상과의 부탁으로 기관내삽관(endotracheal intubation)이나 중심정맥관 삽입을 하는 것 외에는 가벼운 질환조차 응급의학과에서 진단하지 않았다. "야, 이 환자는 내과에 연락해.""이 환자는 의식이 없으니 신경과에 연락해.""이 환자는 다리가 아프니 정형외과 불러." 응급의학과 레지던트가 호기롭게 '오늘 일 한번 해 볼까' 하고 다짐하고서 하는 일이 겨우 그런 정도였고 그마저도 대단히 드물었다. 어쩌다가 한 번 응급실을 돌아볼 뿐 그들은 대부분 시간을 응급실 옆 '응급의학과 의국 및 레지던트 숙소'에 처박혀 지냈다.

그랬기 때문에 2007년 가을 119 구급대가 교통사고 현장에서 의식 없는 환자를 데려왔을 때도 응급의학과 레지던트는 시큰둥했다. 환자의 혈압과 의식을 확인하더니 한숨을 쉬면서 기관내삽관을 시행하고 생리식염수 1000cc를 말초 정맥을 통해 투여하라는 처방만 내리고는 사라졌다. 물론 응급실 인턴에게 "신경외과, 성형외과, 정형외과, 흉부외과, 일반외과에 연락해."라는 말을 남기는 것도 잊지 않았는데 그런 말은 '어디 산다고 대답할까요?'라는 질문에 '지구에 산다고 해라' 하는 대답을 명령하는 것이나 마찬가지다. '교통사고로 엄청나게 다친 것 같으니 외과 전부 불러' 하는 것이나 다름없기 때문이다.

덕분에 응급실 인턴 신분으로 환자를 담당했던 나는 신경외과, 성형외과, 정형외과, 흉부외과, 일반외과 레지던트들에게 엄청나게 야단맞았다. 그래도 다들 응급실 상황을 모르지 않아 곧 나타났는데 그들은 머리 CT[Computed Tomography, 컴퓨터 단층 촬영. 평면인 엑스레이(X-ray)의 한계를 보완하기 위해 수백 장의 엑스레이를 찍은 다음 모아 3차원인 실제 인체에 가깝게 편집한 영상], 흉부 CT, 복부 CT를 처방했다. 환자가 CT를 촬영하고 돌아오자 하나씩 임상과가 사라졌다. 머리 CT에서 뇌출혈이 확인되지 않자 신경외과가 '우리 과 문제없음'이라 의무기록을 작성하고 사라졌다. 흉부 CT에도 늑골 골절과 혈흉이 관찰되지 않자 흉부외과가 사라졌다. 복부 CT도 정상이라 일반외과가 사라졌다. 희한하게도 팔다리에도 부러진 곳이 없어 정형외과도 '우리 과 문제없음'이라 기술하고 응급실을 떠났다. 결국 환자의 생명을 위협하는 심각한 출혈의 원인은 안면부 개방성 골절로 밝혀졌는데 성형외과는 저혈량성 쇼크를 감당할 능력이 없었다. 그런 상황에서는 당연히 응급의학과가 나서야 하나 그 시절 그 병원에서는 응급의학과의 누구도 그런 상황에서 나서지 않았다. 심지어 그날은 명목상의 응급의학과 당직 레지던트도 없었다. '응급의학과 회식'이라 모두 술 마시러 가 버렸기 때문이다. 그나마 일반외과 레지던트가 '얼굴에서 엄청나게 피가 뿜어져 나오는 환자와 그 곁에 홀로 남게 될 응급실 인턴'을 불쌍하게 생각해서 인공호흡기를 연결하고 중심정맥관을 확보해 주었다. 덧붙여 승압제(inotropic agent, 혈압을 올리는 약)인 도파민의 용량과 수액 투여량을 대략적으로 알려 주고 수혈을 지시했다. 사실 그런 경우에는 급속 주입기를 사용해야 한다. 체온 정도로 따뜻하게 데운 생리식염수와 혈액을 섞어 신속하게 투여하는 급속 주입기는 중증 외상으로 인한 저혈량성 쇼크 환자에게 아주 유용하다. 그런데 응급실의 급속 주입기는 응급의학과가 관리했다. 앞서 말했듯 응급의학과 교수는 원래 야간에 일하지 않고 응급의학과 레지던트들은 모두 회식이라며 병원 밖으로 나가 버려 급속 주입기를 사용할 수 없었다. 그래서 나는 8시간 넘게 10cc 주사기로 혈액을 짜 넣을 수밖에 없었다.

그런 노력에도 불구하고 안타깝게도 환자는 다음 아침 사망했다. 응급실 인턴으로 겪은 최악의 하루였고 10년 훌쩍 넘는 시간이 지난 오늘까지도 그 불합리한 상황과 전개에 화가 치밀어 오른다. 그런 경험이 있으니 다른 임상과는 몰라도 응급의학과만큼은 선택하지 않는 것이 정상적인 판단이었으나 우습게도 나는 응급의학과 레지던트에 지원했다. '부조리를 바로잡고 열정을 다해 일하겠다'는 정의롭고 다소 과대망상적인 목표 따위는 전혀 없었다. 솔직히 말하면 정신과에 지원하고 싶었는데 당시 정신과는 최고의 인기과여서 나의 의과대학 성적으로는 지원할 수 없었다. '끄트머리에서 3등'으로 졸업한 의과대학 성적으로 지원 가능한 임상과는 응급의학과밖에 없었다. 그때도 다른 대학병원 응급의학과는 제법 인기가 있었으나 이미 말했듯 그 병원의 응급의학과는 단순히 정상이 아닌 정도가 아니라 '상상할 수 없는 최악'에 해당해서 멀쩡한 정신을 지닌 사람은 지원하지 않았기 때문이다.

그렇게 2008년 3월 나는 응급의학과 1년차 레지던트가
되었다.

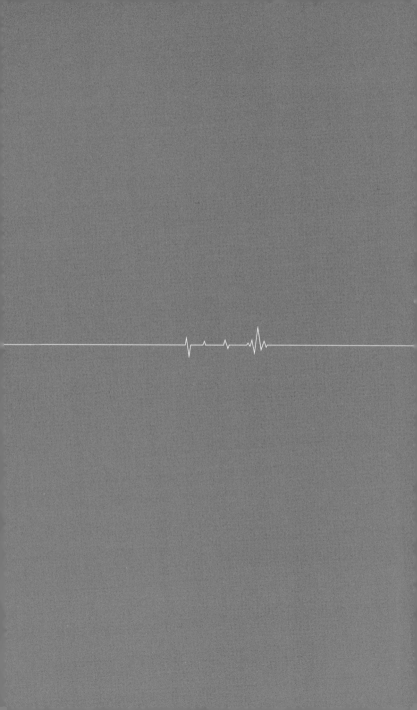

1년차

그들만의
의사 놀이

미니무스 교수의 아침 회진

1

응급의학과 의국 회의실은 응급실에서 엑스레이 촬영실로 향하는 복도에 자리 잡고 있었다. 정확히는 응급실에서 엑스레이 촬영실로 향하는 비교적 넓은 복도에서 막다른 작은 골목으로 들어서면 가장 바깥쪽에 레지던트 숙소, 다음에 의국 회의실, 가장 안쪽에 레지던트들을 위한 샤워실이 위치했다. 의국 회의실은 문이 열려 있을 때가 많았는데 재미있게도 열린 문으로는 항상 담배 냄새가 흘러나왔다.

엄격한 금연 공간이 틀림없는 병원, 그것도 응급실 근처에서 담배 냄새가 흘러나오고 때로는 매캐한 담배 연기마저

복도로 새어 나오는 이유는 미니무스 교수 때문이다. 비교적 다부진 체형이나 평균에 미치지 못하는 작은 키, '백발'보다는 '은발'이란 표현이 어울리는 머리카락, 웃으면 친근하나 입을 다물고 바라보는 것만으로도 카리스마가 느껴지는 얼굴, 미니무스 교수는 '유능한 의사' 특히 '실력 있는 외과 의사'에 해당하는 완벽한 외모였다. 실제로 그는 응급의학과 전문의면서 일반외과 전문의였고 병원 책자와 홈페이지에도 '중증 외상'이 전문 분야로 소개되어 있었다. 그렇게 일반외과 전문의 출신의 응급의학과 교수였던 그는 소주 반 병에 얼굴이 붉게 달아오를 정도로 주량이 약했으나 대단한 애연가였고 병원에서 그의 주된 흡연 장소는 응급의학과 회의실이었다.

그날 아침에도 응급의학과 회의실 근처에 다다르자 매캐한 담배 연기가 느껴졌다. 언제나처럼 문이 열려 있는 회의실로 들어서자 테이블 안쪽 의자에 앉아 신문을 보며 담배를 피우고 있는 미니무스 교수가 눈에 들어왔다. 테이블에는 미니무스 교수 외에도 응급의학과 레지던트 5명(4년차 1명, 3년차 2명, 2년차 2명)이 앉아 있었고 테이블에서 떨어진 벽면에 놓인 의자에는 'PK'(polyclinic student, 즉 병원 실습에 나선 의대생을 의미한다. 약어가 PK인 이유는 Poliklinik이란 독일어 단어 때문이다. 최근의 의학은 미국이 이끌고 있으나 아직도 의학 용어에는 라틴어와 독일어의 영향이 남아 있다.)라 부르는 의대 실습생 4명이 약간 긴장한 표정으로 앉아 있었다. 나는 미니무스 교수에게 허리 숙여 인사하고는 테이블 끄트머리 빈자리에 앉았다. 그리고 손에 들고 있던 종이 뭉치를 테이블에 내려놓았다. 응급실 환자 명단이었다. 내 옆자리에 있던 응급의학과 2년차 레지던트는 '왜 늦었냐'는 눈빛으로 나를 쏘아보고는 능숙한 동작으로 사람들에게 응급실 환자 명단을 배부했다. 그러자 미니무스 교수도 신문을 접고 환자 명단을 바라보았다. 여전히 연기 나는 담배를 는 상태였다.

"시작하지."

미니무스 교수가 근엄하게 말했다. 나는 호흡을 가다듬고 환자 보고를 시작했다.

"호흡 곤란을 주소(chief complaint)로 내원한 74세 남자 환자로…."

2

대학병원 같은 대형 병원은 입원 환자와 보호자에게는 사실상 집이나 마찬가지다. 또 의사와 간호사 같은 의료진, 지원부서 직원, 행정직원, 시설을 관리하는 기술직까지 다양한 직종의 사람들이 생활하는 공간이다. 그래서 약국과 의료기판매점을 비롯해 식당, 카페, 편의점 같은 상권이 형성된다. 특히 편의점과 카페는 '병원에서 얼마나 가까운 거리에 위치하느냐'가 매출을 결정해서 결국 병원에서 가장 가까운 곳, 그러니까 병원 로비에 들어서는 경우가 많다. 그렇게 대형 병원 로비에 들어선 카페는 병원의 시간표에 맞추어 움직인다. 그래서 대부분 야간 당직 근무가 마무리되고 아침 회진 준비로 병원이 기지개를 켜는 아침 7시 무렵 문을 연다.

응급의학과 1년차 레지던트가 된 나는 매일 아침 7시 막 영업을 시작한 병원 로비의 카페에 들러 '에스프레소 도피오'를 주문했다. 작은 에스프레소 잔(보다 전문적으로는 데미타세)에 담긴 뜨겁고 진한 커피를 5~10초 안에 들이켜고 응급실로 돌아와 환자 명단을 출력한다. 응급실 규모는 40병상이나 아침 7시 무렵에 머무르고 있는 환자는 30명 정도일 때가 많았다. 10병상이나 여유가 있다고 생각할 수도 있으나,

아침 7시는 환자가 가장 적은 시간이다. 9시 무렵부터 본격적으로 환자가 많아지기 시작해서 오후 2~3시를 넘어가면 50~60명 넘는 환자로 응급실이 북적이고 응급실 바닥과 복도에 설치된 간이침대 때문에 '야전 병원' 같은 장면이 펼쳐지기도 한다. 어쨌거나 커피의 도움으로 졸음을 쫓으며 환자 명단을 15개 정도 출력한다. '응급의학과 아침 보고' 때문이다. 그날 '아침 회진 당번'인 응급의학과 교수 1명, 나를 포함해서 응급의학과 레지던트 6명(4년차 1명, 3년차 2명, 2년차 2명, 1년차 1명), 'PK'라 불리는 의과대학 실습생(의학과 3학년 혹은 4학년) 4~5명 이렇게 12~13명이 월요일부터 금요일까지 매일 아침 8시 30분부터 응급의학과 회의실에서 열리는 '응급의학과 아침 보고'의 참석자다.

앞으로 얘기하겠으나 솔직히 '응급의학과 아침 보고'는 이어지는 '응급의학과 아침 회진'과 함께 아무리 노력해도 긍정적인 의미를 찾을 수 없는 기괴한 행사였다. 그러나 우습게도 그 두 행사가 응급의학과가 하는 가장 중요한 일과에 해당했고 1년차 레지던트인 나는 열심히 준비할 수밖에 없었다. 그렇게 아침 7시에 출력한 '응급실 환자 명단'에 있는 30명 남짓한 환자를 파악해서 8시 30분부터 시작하는

'응급의학과 아침 보고' 때 발표해야 했다.

환자를 파악하고 보고하는 것은 레지던트가 당연히 해야 할 일이다. 병원뿐 아니라 일반 회사에서도 그런 보고와 발표는 중요하다. 그런데 그런 보고와 발표가 의미를 지니는 이유는 문제 해결에 도움이 되기 때문 아닌가? 하지만 내가 겪은 아침 보고와 회진은 문제 해결과는 거리가 멀었다.

응급의학과 교수는 응급의학과 회의실에서 20~30분 동안 1년차 레지던트로부터 응급실 내원 환자에 대해 보고받고 응급실로 나와 역시 20~30분에 걸쳐 환자들을 둘러보는 것 외에는 아무 일도 하지 않았다. 심지어 그렇게 환자들을 둘러보며 건네는 말에도 문제가 많았다.

아침 보고가 끝나고 미니무스 교수가 응급실로 향하면 응급의학과 1, 2년차 레지던트들이 날랜 걸음으로 뛰어나와 야간 근무했던 응급실 인턴들을 정렬시킨다. 그럼 응급의학과 3, 4년차 레지던트와 의대 실습생을 등 뒤에 거느리고 미니무스 교수가 위풍당당하게 등장한다. 야간 근무로 피곤한 상태에서 응급실 회진 덕분에 퇴근 시간이 9시에서 10시로 늦추어진 응급실 인턴들은 불만 가득한 표정을 숨기지 않으나 미니무스 교수는 그것을 애써 무시한다. 그러고는 응급의학과 레지던트, 응급실 인턴, 의대 실습생으로 한층 규모가 커진 행렬을 데리고 응급실 입구로 간다. 키는 작으나 다부진 체형에 '유능한 의사의 카리스마'를 뿜어내는 미니무스 교수가 이끄는 행렬에 순식간에 응급실 환자와 보호자의 관심이 집중된다. 대학병원 응급실이란 낯설고 차가운 환경에서 긴장과 불안에 시달리던 그들은 '이 사람이 무엇인가 해결해 줄 것이다'라고 생각하며 미니무스를 구원자처럼 바라본다. 그런 기대 가운데 미니무스가 응급실 입구 첫 번째 침대 앞에 서면 응급의학과 1년차 혹은 2년차 레지던트가 잽싸게 나와 환자의 이름, 나이, 증상, 진료 경과와 추정되는 질환, 향후 치료계획을 얘기한다. 그러면 미니무스는 지그시 눈을 감고 의학 드라마 주인공 같은 표정을 지은 다음 환자에게 다가간다. 그는 카리스마적이면서도 여유로운 태도로 환자에게 입을 벌리고 혀를 내밀어 보라, 손을 앞으로 쭉 뻗어 보라 말한다. 그런 다음에는 청진기를 귀에 걸고 환자의 폐음과 심음을 천천히 확인한다.

"이런, 이 환자 지금 내과에서 보고 있나?"

미니무스가 조용히 묻는데 웃긴 질문이다. 외과계열 임

상과에서 담당하는 환자와 신경과 환자 몇몇을 제외하면 응급실 환자 대부분은 내과에 해당한다. 그래도 응급실에 머무르는 동안에는 응급의학과에서 담당해야 하나 응급의학과가 제대로 기능하지 못해 내과 2년차 레지던트 한 명이 상주하며 내과 환자를 담당한다. 그러니 '내과에서 보고 있나?'는 하나마나한 질문이다.

"네. 심부전으로 인한 폐부종으로 심장내과에 입원할 예정입니다."

심부전(heart failure)은 심장 기능이 저하되는 질환이다. 혈액을 몸 구석구석까지 보내는 펌프인 심장의 기능이 떨어지면 폐에 과도한 수분이 축적되어 호흡 곤란(폐부종, pulmonary edema)이 나타난다. 그런 환자에게는 이뇨제를 투여하여 폐에 과도하게 축적된 수분을 소변으로 배출시키면 증상이 호전되는 경우가 많다. 그 환자 역시 호흡 곤란으로 응급실을 방문했고 이뇨제를 정맥 주사로 투여한 후 증상이 호전되어 입원을 기다리는 상황이었다.

"내가 그렇게 얘기하지 않았나! 사람에게 탈수가 얼마나 해로운지 회진 때마다 얘기했는데! 요즘 레지던트 선생들은 환자에게 너무 무관심하군. 환자의 혓바닥만 확인해도 탈수란 것을 알 수 있지 않나. 어서 이 환자에게 생리식염수 500cc를 빠른 속도로 투여하게!"

심부전 환자에게 처방하는 약에 강심제와 이뇨제가 빠지지 않는 이유는 앞서 말했듯 폐부종이 빈번히 발생하기 때문이다. 건강한 사람에게는 빠른 속도로 1000~2000cc의 생리식염수를 정맥 주사로 투여하는 것도 문제를 일으키지 않으나 심장의 펌프 기능이 약화되어 평소에도 폐부종이 자주 발생하는 심부전 환자에게 생리식염수 500cc를 빠른 속도로 투여하면 심한 폐부종이 발생할 가능성이 크다. 물론 미니무스 교수의 말처럼 건강 상태가 좋지 않은 환자에게 탈수는 대단히 해롭다. 그러나 이뇨제를 투여해서 겨우 폐부종을 호전시킨 심부전 환자에게 혓바닥 한번 내밀어 보라 말하고는 '탈수가 있으니 생리식염수 500cc 급속 정맥 주입'이라 처방하는 것은 어리석고 무책임한 판단이다.

"교수님. 그런데 심부전 환자입니다. 응급실에 내원한 이유도 폐부종이 악화되어 호흡 곤란을 호소했기 때문이라 지금 생리식염수를 투여하면 폐부종이 재발할 수 있습니다."

요즘이라면 거침없이 미니무스 교수를 반박했을 테지만 그 시절의 나는 고민 끝에 조심스레 입을 열었다. 그러나 그 말이 끝나기 무섭게 불편한 긴장이 주위를 채웠다. 윗년차 레지던트들은 모두 각자의 방식으로 내게 불만을 표시했다. 미니무스 교수가 시키는 대로 하면 그만인데 쓸데없이 상황을 악화시킨다는 것이 그들의 공통된 생각이었다. 미니무스 교수는 화를 내지는 않았으나 응급실 인턴과 의대 실습생이 지켜보는 가운데 공개적으로 자신의 말을 반박한 것에 기분이 상한 것은 틀림없었다. 그는 말없이 옆 침대에 있는 다른 환자에게 향했고 3년차 레지던트가 내게 다가와서 말했다.

"회진하는 동안 중환자가 실려 올 수 있으니 곽경훈 선생은 환자분류소에 있도록."

'남은 회진은 너 없이 진행하겠다'는 완곡한 표현이었다.

나는 그런 식으로 회진에서 제외되는 경우가 많았다. 첫 번째 환자부터 "교수님, 그게 아닙니다." 하는 식으로 말했다가 회진에서 배제되는 사례는 드물었으나 결국에는 끝까지 따라 돌지 못하는 경우가 적지 않았다. 한두 달이 지난 후부터는 아예 내가 스스로 회진 중간에 슬그머니 사라지곤 했다. 특히 119 구급대가 도착하면 "중환자 여부를 확인하겠습니다."라고 말하며 회진 행렬에서 이탈했다. 당연히 미니무스 교수를 비롯하여 윗년차 레지던트들은 그런 나를 좋아하지 않았다. 그런데 응급실에서 나를 좋아하지 않는 존재는 그들만이 아니었다.

징계위원회의 추억

1

당시 수련받던 대학병원은 본관과 신관이 연결된 구조였다. 대형 병원에서 그런 구조는 드물지 않아 오랜 역사와 '계획적이지 않은 증축'으로 유명한 몇몇 병원에는 '교수와 레지던트도 가끔 길 잃고 헤맨다'는 우스갯소리도 있다. 다행히 수련받던 병원은 본관과 신관이 연결된 구조일 뿐 꼬불꼬불한 미로는 아니었다. 본관은 외래, 수술실, 병동으로 사용했고 신관은 응급실, 주사실, 병원 약국, 행정부서, 교수 연구실 그리고 전공의 숙소가 자리 잡은 나름대로 '계획적이고 일관성 있는 형태'였다.

전공의 숙소가 자리 잡은 신관 12층은 낯선 공간이 아니었다. 피부과나 병리과처럼 출퇴근이 가능한 몇몇 임상과를 제외하면 대부분 전공의에게 익숙한 공간이다. 인턴 시절부터 5년 가까운 기간 동안 실질적 주거 공간이기 때문이다. 그러나 신관 11층은 완전히 달랐다. 교수 연구실과 함께 교수 회의실이 위치한 11층은 레지던트 대부분에게는 1년에 두어 번 지나치는 공간일 뿐이었다. 특히 교수 회의실은 레지던트가 방문할 일이 거의 없었다. 문자 그대로 '교수들이 회의하는 공간'이라 레지던트가 그곳으로 호출되는 사례는 징계위원회 같은 심각한 사안에 국한됐다. 그리고 그날 내가 바로 그 '심각한 사안'에 해당했다.

오가는 사람이 드문 신관 11층 복도에는 형광등이 켜져 있지 않았다. 복도 끝의 창에서 쏟아지는 햇빛이 유일한 조명이었으나 다행히 크게 어둡지는 않았다. 교수 회의실 앞 복도에는 의자 하나가 어색하게 놓여 있었다. 나는 허리를 꼿꼿이 편 자세로 거기에 앉았다. 근무복을 입고 크록스를 신는 평소와 달리 하얀 의사 가운 아래 넥타이와 셔츠를 갖추어 입고 구두를 신은 모습은 스스로에게도 어색했다.

다만 징계위원회를 앞둔 상황이 크게 낯설지는 않았다.

어린 시절부터 좋아하던 경찰 드라마를 통해 간접적으로나마 수십 번 넘게 경험했기 때문이다. 1980~1990년대 할리우드 경찰 드라마에는 자기중심적이면서 나름대로 정의감 있고 수사 실력은 탁월하나 대인관계가 원만하지 않은 괴팍한 주인공이 자주 등장했다. 그런 주인공은 무능한 동료의 모함 혹은 수사를 방해하는 거대한 권력의 음모로 곤경에 처해 징계위원회에 회부되는 경우가 많았다. 그리고 꼰대와 위선자로 가득한 징계위원회가 끝나면 서장이 주인공을 불러 "정직이니 총과 배지를 반납하게." 혹은 "사건에서 손 떼게. 당분간 내근이니 총도 반납하게." 같은 말을 건넨다. 물론 주인공은 정직 혹은 내근으로 좌천당한 상황에서도 수사를 포기하지 않고 끝까지 악의 세력에 맞선다. 솔직히 10대 무렵 나는 그런 경찰 드라마에 등장하는 멋진 주인공을 동경했다.

물론 드라마와 현실은 다르다. 실제로 징계위원회에 호출되는 것은 멋지거나 낭만적인 일이 아니었다.

2

앞에서도 말했듯 그때 그 시절 그 병원에서 응급의학과는 실질적으로 하는 일이 아무것도 없었다. 그래서 이제 막 의사 면허를 받은 응급실 인턴에게 환자들이 맡겨졌는데 그러니 당연히 크고 작은 문제가 생길 수밖에 없었다. 결국 내과에서 응급실을 방문하는 내과 환자를 담당하기 위해 2년차 레지던트 한 명을 응급실에 상주시켰다.

내과 2년차 레지던트가 응급실에 상주한다고 해도 응급실 인턴이 바로 환자를 내과 레지던트에게 보고할 수 있는 것은 아니었다. 호흡 곤란이 심하거나 '왼쪽 가슴의 쥐어짜는 듯한 통증'처럼 전형적인 심근경색 증상을 호소하는 경우가 아니라면 내과 2년차 레지던트에게 환자를 보고하기 위해서는 심전도, 흉부 엑스레이, 기본 혈액 검사[혈액 검사 가운데서도 전체 혈구 검사(CBC, complete blood cell count)라고 부르는 적혈구, 백혈구, 혈소판 수치를 확인하는 기본 검사], 이 세 가지가 완료되어야 했다. 고열에 시달리고 의식이 혼미한 환자나 복통이 심해 몸부림치는 환자도 예외 없었다. 응급실 파견 내과 2년차 레지던트가 예외적으로 책임감 강하거나 온정적인 마음을 지닌 경우를 제외하면 심전도, 흉부 엑스레이, 기본 혈액 검사, 이 세 가지를 완료하지 않고 환자를 보고했다가는 불호령이 떨어졌다. 그러다 보니 어이없는 일이 발생했다. 아직 의식 상태는 명료하나 고열과 함께 전반적인 건강 상태가 좋지 않은 환자가 심전도, 흉부 엑스레이, 기본 혈액 검사 결과를 기다리다가 패혈증 쇼크에 빠지기도 했고, 흑색변(melena, 위나 십이지장 같은 상부위장관 출혈에서 나타난다)으로 내원한 환자가 역시 문제의 '3대 기본 요소'가 갖추어지기를 기다리다 저혈량성 쇼크로 쓰러지기도 했다. 부끄럽고 나아가 분노해야 할 문제였으나, 동시에 내게는 기회였다.

나는 미니무스 교수를 중심으로 한 응급의학과의 '잉여집단화'를 도저히 참을 수 없었다. 물론 남달리 선량하거나 정의감이 투철했기 때문은 아니었다. 그저 자존심이 강해 무시당하는 것을 참지 못했기 때문이다. 그러나 레지던트 1년차에 불과한 내가 그럴듯한 일을 벌이기에는 임상의사로 능력도 부족하고 그만한 지위와 권위도 없었다. 그래서 남들이 하지 않는 일, 모두 외면하는 일부터 시작하기로 결심했다.

　고열이나 복통처럼 내과에 해당할 가능성이 큰 환자가 응급실에 도착해서 내과 2년차 레지던트에게 보고되기까지의 시간, 즉 심전도와 흉부 엑스레이 그리고 기본 혈액 검사가 완료되기까지 소요되는 30분에서 1시간 남짓한 시간 동안 발생하는 진료 공백을 메워 보기로 했다. 나는 그 시간 동안 급격히 악화할 가능성이 있는 환자를 찾아내서 필요한 응급 처치를 했다.

말은 거창하나 대단한 일은 아니었다. 6년 동안의 의과 대학 정규 교육을 잘 이수하고, 의사 면허 시험에 통과한 이라면 누구나 알고 있는 내용이었다. 내과 2년차 레지던트에게 보고하기 위해 심전도, 흉부 엑스레이, 기본 혈액 검사를 준비하는 동안 악화할 가능성이 가장 큰 부류는 고열 환자다. 그리고 고열의 주된 원인은 패혈증이다. 감염이 특정 장기에 국한되지 않고 세균이 혈액을 따라 몸 전체에 퍼져 독소를 뿌리는 패혈증은 혈압이 떨어지고 의식 저하가 나타나는 쇼크로 급격히 악화할 수 있다. 특히 평소 건강이 좋지 않은 환자의 경우 수축기 혈압 90 정도의 비교적 괜찮은 상태에서 순식간에 수축기 혈압 50~60으로 악화하기도 한다. 그런 패혈증 쇼크에 대한 가장 기본적이고 중요한 조치는 정맥 항생제 투여와 충분한 수액 투여다. 그래서 나는 패혈증 가능성이 크고 혈압 저하를 보이는 환자가 응급실에 도착하면 응급실 인턴이 심전도, 흉부 엑스레이, 기본 혈액 검사를 준비하는 동안 중심정맥을 확보하고 대량의 수액을 신속히 투여했으며 내과 2년차 레지던트가 환자를 보고받으면 바로 항생제를 처방할 수 있도록 혈액 배양 검사를 시행했다. 물론 패혈증이 의심되는 상황이니 정맥 항생제도 처방하고 싶었으나 항생제를 처방하면 내과에서 의학적인 부분 외에도 다른 부분으로 싫어할 가능성이 있어 처방하지 않았다. '잉여집단'으로 비난받는 응급의학과 레지던트, 그것도 이제 막 수련을 시작한 1년차 레지던트 입장에서 내과 같은 임상과와 부딪혀 봐야 좋을 것이 없었고 그게 환자에게도 별반 도움이 되지 않기 때문이다.

그런 저자세에도 불구하고 내과 2년차 레지던트 가운데 몇몇은 나를 싫어했다. 패혈증 쇼크든 저혈량성 쇼크든 상태가 나빠질 가능성이 큰 환자에게 중심정맥을 확보하고 수액을 처방하는 것은 내과 2년차 레지던트 입장에서는 일의 상당 부분을 줄여주어 도움이 된다(쇄골하정맥을 통한 중심정맥관 삽입은 그리 어렵지 않으나 꽤 손이 가는 시술이다). 그러니 합리적으로 판단하면 싫어할 이유가 없으나 그들은 내과에 해당하는 환자에 개입하는 것 자체를 싫어했다. 응급의학과 레지던트가 미니무스 교수처럼 아무 일도 하지 않고 우스운 광대놀음이나 하면 '잉여인간'이라 조롱하는 그들이었지만,

정작 이쪽에서 무엇이라도 실질적으로 도움 되는 일을 위해 노력하면 그것 역시 탐탁지 않게 여겼다. 그런 태도를 도무지 이해할 수 없었지만, 현실적으로 내가 할 수 있는 일을 하면서 공손하게 행동했다. 그렇게 작은 것부터 열심히 하면 할 수 있는 일이 많아질 것이고 언젠가는 응급실의 주인다운 일, 중환자를 훌륭하게 진료하는 일도 할 수 있으리라 믿었기 때문이다. 그러나 그것은 지나치게 순진한 바람이었다.

"야, 응급의학과 따위가 진료하려면 어설프게 하지 말고 중환자실로 입원시켜 끝까지 한번 해 보라고 해!"

등 뒤에서 얇고 찢어지는 금속성의 목소리가 들렸다. 나는 고열과 함께 혈압이 90/60으로 확인된 환자에게 중심정맥을 확보하기 위해 기구를 챙겨 걸음을 옮기고 있었고, 목소리의 주인은 응급실 파견 내과 2년차 레지던트였다. 그 내과 2년차 레지던트는 의과대학 후배로 직접적인 친분은 없었으나 완전히 모르는 사이도 아니었다(사실 지방의 대학병원이라 교수, 레지던트, 인턴 대부분이 선후배 관계였다). 그는 대단히 악의적이지는 않으나 상당히 신경질적인 성격이고 특히 선배에게는 지나치게 공손하고 후배에게는 가혹한 부류였다.

그래서 의대 시절에는 선배인 내게 공손했으나 이제 자신은 내과 2년차 레지던트이며 나는 잉여집단에 불과한 응급의학과 1년차 레지던트이니 새로운 계급구조에 적응하라는 의미였다. 대단히 모욕적이었으나 받아들이는 것 외에는 별다른 방법이 없었다. 나는 중심정맥을 확보하기 위해 준비한 기구를 한쪽으로 치우고 내과 2년차 레지던트에게 다가갔다.

"선생님. 환자의 의식은 명료하나 고열이 있고 혈압이 90/60으로 낮으며 당뇨병이 있습니다. 패혈증 가능성도 있으니 신속한 조치가 필요합니다."

공손히 말했으나 내과 2년차 레지던트는 진료용 컴퓨터 화면에만 시선을 고정하고 나를 쳐다보지도 않았다. 제대로 듣지 못했을 수도 있어 한 번 더 같은 내용을 말했으나 반응은 마찬가지였다. 그래도 조용히 물러나는 것 외에는 내가 할 수 있는 선택이 없었다.

그렇게 당혹과 모욕에 휩싸여 20분 남짓 내과 2년차 레지던트를 지켜봤다. 그는 나의 진료를 제지하면서 정작 자신은 환자에게 어떤 관심도 기울이지 않았다. 그는 그저 내과 레지던트의 알량한 자존심을 세우고 '당신이 의과대학 선배라도 이제는 아무것도 아닌 응급의학과 1년차 레지던트다'라고 나를 모욕하고 싶었을 뿐이었다. 그래서 참을 수 없었다. 나는 의자에서 일어나 다시 내과 2년차 레지던트에게 향했다.

그때 세 가지 선택이 가능했다.

첫 번째, 가장 현실적이고 일반적인 선택은 아무 말도 하지 않고 조용히 사라지는 것이다. 그때부터 나도 아무 일도 하지 않고 미니무스 교수와 다른 응급의학과 레지던트처럼 잉여집단으로 4년을 보내는 것이다. 그래도 전문의 자격을 얻을 수 있고 큰 문제없이 살 수 있다.

두 번째는 가장 힘들지만 보람 있는 선택으로 내과 2년차 레지던트에게 정중하게 항의하는 것이다. 정중하고 예의 바른 태도를 잃지 않으면서 누가 뭐라 해도 환자에게는 최선을 다하고 솔선수범하며 레지던트 4년을 보내는 것이다. 엄청나게 힘들 것이 틀림없으나 그러면 나는 '정의로운 영웅'이 될 수도 있다.

마지막 세 번째 선택은 대단히 위험하나 그 시점에는 가장 후련한 해결책으로 나를 모욕한 내과 2년차 레지던트를 완력으로 처리하는 방법이다. 모든 사람에게 가능한 방법은 아니고 모든 상황에서 가능하지도 않으나 그때는 2008년으로 오늘날과는 사회 분위기가 사뭇 달랐고 나는 아마추어

복서 경력이 있는 건장한 남자였다. 다만 파장은 엄청날 수밖에 없다. 의사와 간호사뿐 아니라 환자와 보호자가 있는 공개 장소에서 응급의학과 레지던트가 내과 레지던트를 두들겨 패는 것은 유례를 찾기 힘든 사건이다. 쉽게 무마되지 않을 것이며 사건에 대한 공식적인 처벌이 일단락되어도 오랫동안 '폭력적이고 분노를 통제하지 못하는 인간'이란 꼬리표가 따라다닐 것이다. 그러나 다른 측면에서 효과도 즉각적일 것이다. 내과뿐 아니라 다른 임상과 레지던트도 그때부터는 나의 일을 공개적으로는 방해하지 못할 것이다. '거칠 것이 없는 또라이'보다 맞서 싸우는 것이 꺼림칙한 대상은 드물기 때문이다. 더구나 내과 2년차 레지던트는 패혈증 가능성 있는 환자의 진료를 방해했다. 응급의학과 레지던트가 신속하게 조치하는 것을 막으면서 정작 자신은 환자에게 관심을 기울이지 않았다. 그러니 폭행으로 징계위원회에 회부되어도 정상참작을 주장할 명분은 충분했다. 경찰 조사를 받을 만큼 크게 다치지만 않으면 징계위원회에서도 크게 처벌하지 못할 가능성이 높았다. 또 신체 조건이 압도적인 능숙한 복서가 일반인을 적당한 범위에서 손보는 것 역시 어려운 일이 아니었다.

결국 내과 2년차 레지던트 앞에 도착했을 때 나는 세 번째 선택으로 결정했다.

3

징계위원회는 어린 시절 경찰 드라마에서 본 것과 흡사했다. 교수 회의실에는 'ㄷ' 모양 탁자가 놓여 있고 주변에는 징계위원인 교수들이 둘러앉았다. 나는 'ㄷ' 모양 탁자 가운데 놓인 의자에 앉았다. 징계위원들과 내가 경찰 제복이 아니라 의사 가운을 입은 것이 경찰 드라마의 장면과 도드라지게 다른 유일한 요소였다. 실제 징계위원회의 진행도 그랬다. 나를 싫어해서 어떡하든 가혹하게 처벌하려는 사람, 그래도 온정적으로 관대하게 해결하려는 사람 그리고 대부분을 차지하는 무관심한 사람들로 징계위원회가 구성되어 있었다. 그들은 내게 '예 혹은 아니요'로 답할 수 있는 질문을 주로 던졌다. 마지막이 다가오자 경찰 드라마에서 그렇듯 '최후 변론' 혹은 '최종 변명' 기회가 주어졌다.

"곽경훈 선생, 마지막으로 징계위원회에 하고 싶은 말이 있으면 하게."

징계위원장인 호흡기내과 교수가 부드럽게 말했다. 나는 의자에서 일어나 입을 열었다.

"폭력은 어떤 경우에도 정당화할 수 없습니다. 따라서 어떤 처벌이든 달게 받겠습니다."

징계위원들은 고개를 끄덕였다. 그래, 그렇지. 그들은 그런 항복 선언을 원했다. 그러나 나는 그렇게 항복하고 싶은 마음이 조금도 없었다.

"다만 우리 병원은 폭행당한 내과 레지던트의 안위는 소중히 생각하나 내과 레지던트의 알량한 자존심과 우월감으로 치료가 지연되어 방치당한 패혈증 환자의 생명은 안중에도 없는 곳이라고 생각됩니다."

나를 싫어하는 부류와 내게 온정적인 부류 모두의 얼굴이 어두워졌다. 나는 옅은 미소를 머금고 인사한 후 교수 회의실에서 나왔다.

예상대로 징계위원회는 내게 명목상 근신만 명령했다. 내과 2년차 레지던트에게는 환자를 방치한 책임을 물어 내과 의국 자체에서 '100일간 오프 금지' 처벌을 내렸다.

내 파란만장한 레지던트 생활의 본격적 시작이었다.

수상한 전원 문의

1

"어, 그래, 응급의학과 1년차라고 했지? 나 거기 ○○회 졸업생 ×××야. @@@랑 $$$이 거기 교수하고 있지? 나랑 친해서 물어보면 잘 알 거야."

응급실 간호사는 "전원 문의예요."라는 말과 함께 전화기를 건넸다. 전화기를 넘겨받은 내가 "응급의학과 1년차 곽경훈입니다."라고 말하자 전화기 너머 목소리는 다짜고짜 자신이 몇 회 졸업생이니, 교수 가운데 누구누구와 친한 사이니 하는 말을 늘어놓았다. 전원 문의는 중소 병원에서 해결할 수 없는 중환자를 대학병원으로 이송할 때 수용 가능 여

부를 확인하는 절차다. 또 대학병원 사이에도 특정 병원에서 부득이한 사정으로 수술이나 시술이 가능하지 않을 경우 해당 수술이나 시술이 가능한 병원을 확인하는 절차다. 따라서 전원 문의에는 나이, 성별, 기저 질환, 혈압, 맥박, 체온 같은 환자의 전반적인 상태와 추정되는 질환, 필요한 수술 혹은 시술의 종류 같은 정보가 꼭 포함되어야 하고, 보호자나 행정직원, 간호사, 응급실 인턴이 아니라 환자를 실질적으로 담당했던 의사가 직접 하는 것이 좋다. 그런데 전화기 너머 목소리는 ○○회 졸업생이란 신분과 함께 의과대학 교수 가운데 누구누구와 동창이며 친하다고 밝혔으니 의사인 것은 확실했으나 정작 환자에 대한 정보는 말하지 않았다.

"그런데 선배님, 어떤 환자입니까?"

요구하는 일에 문제가 있거나 준비가 미흡할 때 사람들은 사회적 지위를 과시하거나 해당 업계의 유력 인물과 친분을 자랑하는 경우가 많다. 특히 아예 내용도 말하지 않고 자신이 얼마나 대단한 인물이며 누구누구와도 친하다는 말부터 늘어놓으면 그럴 가능성이 아주 크다. 그날도 마찬가지였다.

"아, 뭐 별일은 아니고. 젊은 여자야. 난소 낭종 파열인데 혈복강이 있어 수술했거든. 그런데 출혈이 생각보다 심해서 보냈어. 곧 도착할 거야. 뭐, 교수 레벨에서 얘기가 끝나서 레지던트까지 알 필요는 없는데 요즘엔 이런 걸 해야 한다고 하네. 그럼 잘 부탁해."

전화기 너머 목소리는 나의 대답을 듣지 않고 통화를 마무리했다. 전원 문의가 아니라 일방적인 전원 통보였고 내용도 앞뒤가 맞지 않았다. 사람들이 '난소에 물혹이 있다고 하더라'고 얘기하는 난소 낭종은 비교적 흔한 질환이며 수술적 치료가 꼭 필요한 경우는 드물다. 다만 크기가 큰 낭종이 찢어져 심한 출혈이 발생하면 드물게 응급 수술을 시행한다. 그런데 산부인과 전문병원에서 '난소 낭종 파열로 인한 혈복강'을 수술하다 단순히 '생각보다 출혈이 심하다'는 이유만으로 전원하는 경우는 극히 드물다. 특히 젊은 여자라면 수술 중 예상하지 못한 혈관 손상이 있거나 출혈의 원인이 난소 낭종 파열이 아닌 경우에나 대학병원으로 전원한다. '교수 레벨에서 얘기가 끝났다', '레지던트까지 알 필요는 없는데' 같은 얘기도 이상했다. '윗선에서 얘기가 끝났으니 현장 인력은 나서지 마라'는 협박 아닌 협박은 의료계뿐 아니라 사회의 다른 분야에서도 숨겨야 할 잘못이 있을 때 내뱉기 때문이다.

어쨌거나 전화기 너머 목소리의 '통보'처럼 곧 환자를 태운 구급차가 도착했다.

2

특별하게 진단받은 질환 없이 비교적 건강했던 20대 여자가 어지러움을 호소하며 주저앉았다. 사람들이 '이석증'이라 부르는 말초성 현훈(평형을 유지하는 전정기관에 문제가 생겨 멀미처럼 빙글빙글 도는 어지러움)과 달리 그녀는 '힘없고 띵하다'고 얘기했고 상복부 불편감과 경미한 복통도 호소했다. 큰 문제가 아닌 것처럼 보였으나 직장 동료는 그녀를 병원으로 옮겼다. 의료진은 복부 초음파를 시행하고 '난소의 물혹이 터져 복부에 피가 찼다'고 진단했다. 산부인과 의사는 '어렵거나 위험한 수술은 아니니 너무 걱정하지 마라'는 말과 함께 '다만 출혈량이 적지 않아 응급 수술이 필요하다'고 얘기했다.

그녀는 수술에 동의했다. 회복실에서 의식을 찾으면 수술을 집도한 의사가 웃는 얼굴로 반겨 주며 "수술은 성공적으로 끝났습니다."라고 말하는 것을 기대했겠으나 마주한 상황은 완전히 달랐다. 마취에서 깨어났으나 아직 몽롱한 의식 상태로 그녀는 이동식 침대에 누워 구급차에 실렸다. 완전히 봉합하지 못한 수술 부위에서 느껴지는 둔한 통증, 구급차의 덜컹거리는 리듬, 걱정스레 지켜보는 또 다른 의사의 얼굴이 그녀가 우리 병원 응급실에 도착할 때까지 단편적으로 기억하는 전부였을 것이다.

응급실에 도착한 그녀의 상태는 좋지 않았다. 혈색소 (hemoglobin) 수치(이른바 빈혈 수치로 12~16 사이가 정상)는 7~8 정도밖에 되지 않았고 수축기 혈압이 겨우 80~90을 오르내리는 상태로 저혈량성 쇼크에 해당했다. 그나마도 이송 중 구급차에서 농축 적혈구[packed RBC(red blood cell)]를 2팩 수혈받은 후의 상태가 그랬고 구급차에 동승한 의사(전원 문의 전화의 목소리와는 다른 사람)에게 물어보니 '난소 낭종 파열은 아니었고 정확한 출혈 원인을 파악하지 못했다'고 대답했다. 종합하면 산부인과 전문병원에서 복부 CT를 시행하지 않고 초음파만으로 골반강(pelvic cavity, 난소와 자궁 같은 여성 생식 기관이 자리 잡은 복부의 아래쪽 공간)에 피가 고여 있으니 '난소 낭종 파열로 인한 혈복강'이라 판단하고 수술을 시작했으나 난소와 자궁 어디에서도 출혈 원인을 찾을 수 없자 황급히 대충 수술 부위를 봉합하고 대학병원으로 이송한 상황이었다. 그래서 전화기 너머 목소리는 자신이 몇 회 졸업생이니 교수 가운데 누구누구와 친하니 같은 소리를 늘어놓고 '교수 레벨에서 얘기가 끝났으니 레지던트 따위가 방해하지 마라'고 덧붙였던 것이다.

그러나 '교수 레벨에서 얘기가 끝났으니 레지던트 따위가 방해하지 마라'는 얘기에 따를 상황이 아니었다. 환자는 저혈량성 쇼크가 확실했는데 아직 출혈 원인이 밝혀지지 않았고 심지어 중심정맥조차 확보되지 않은 상태였다(저혈량성 쇼크 환자에게 중심정맥을 확보해서 수혈과 함께 대량의 수액을 신속히 투여하는 것은 아주 중요하고 기본적인 조치다). 나는 환자에게 중심정맥관을 삽입하고 대량의 수액 투여를 시작했으며 출혈 원인을 찾기 위해 복부 CT를 처방했다. 전화기 너머 목소리는 '교수 레벨에서 얘기가 끝났다'고 말했으나 그를 신뢰할 수 없을 뿐 아니라 산부인과 교수에게 연락했다고 해결될 상황이 아니었다. 물론 당시 내가 응급의학과 1년차 레지던트였다는 것을 감안하면 다분히 무모하고 위험한 행동이었다. 환자가 응급실에 도착하고 내가 중심정맥관을 삽입하겠다고 나서는 순간 응급의학과 2년차 레지던트가 응급실을 떠나 의국으로 가 버렸다. 따라서 나는 미니무스 교수와 응급의학과 윗년차 레지던트의 지도, 감독, 조언을 기대할 수 없는 것은 당연하고 작은 문제라도 생기면 혼자 책임져야 했다. 응급의학과 1년차 레지던트에 불과한 내가 복부 CT에서 정확한 출혈 지점을 찾아내지 못해도 누구한 명 물어볼 곳이 없고 또 출혈 지점을 찾아내도 해당 임상과에 연락하는 동안 심정지가 발생하면 그것 역시 전적으로 내가 책임져야 했다.

다행히 복부 CT 결과 출혈 지점을 파악하는 것은 어렵지 않았다. 경험이 많지 않은 응급의학과 1년차 레지던트 시절이라 정확한 병명을 확정하지 못했으나 간이 출혈 원인인 것은 틀림없었다. 간이 출혈 원인이면 해당 임상과는 일반외과다. 나는 일반외과 당직 레지던트를 호출했다.

3

평균보다 조금 큰 키, 어깨까지 내려오는 파마머리, 둥근 얼굴과 동그란 안경, 일반외과 당직 레지던트는 실제 성격과 관계없이 관점에 따라 유능하고 똑똑하게도 보였고 차갑고 쌀쌀맞게도 느껴졌다. 같은 의과대학을 다녔으나 학번이 달

라 잘 알지 못하는 상대여서 한층 조심스러울 수밖에 없었
는데 "간 손상으로 인한 혈복강이 의심됩니다."라는 말에 그
녀는 즉시 응급실에 나타났다.

"선생님, 이 CT는 간세포암 파열로 인한 혈복강이에요."

CT를 살펴본 그녀는 짧게 말하고는 환자에게 다가가 상
태를 확인했다. 그러고는 다시 나를 바라보며 말했다.

"교수님께 말씀드리고 수술방 준비할 테니 그동안 바이
탈(vital sign, 의사들 사이에서 호흡과 혈압 같은 생명에 필수적인 지
표를 의미하는 은어로 사용된다)을 봐 주세요."

저혈량성 쇼크는 문자 그대로 심각한 출혈로 혈관 내 압
력이 감소해서 나타난다. 따라서 일시적으로는 혈액이 아니
라 수액을 대량으로 투여해서 혈관 내 압력을 높여도 혈압을
유지할 수 있다. 저혈량성 쇼크 환자의 바이탈을 유지하려면
환자 곁에서 세심하게 관찰하고 주의를 기울일 필요가 있지
만, 아주 고차원적인 기술과 지식을 요구하지는 않는다. 응
급 수술을 위해 수술실로 옮길 때까지 환자의 호흡과 혈압,
체온, 의식 상태를 유지하는 것은 응급의학과 1년차 레지던
트에게도 어려운 일은 아니었다. 다만 간세포암(hepatocellular
carcinoma)이란 진단명을 듣는 순간 마음이 무거워졌다.

흔히 '간암'이라 얘기하는 간세포암은 정상 간조직보다 취약해서 때때로 별다른 외상 없이 파열되어 출혈이 발생한다. 다만 모든 사례에 응급 수술이 필요하지는 않다. 파열된 간세포암이 특정 혈관에서 혈액을 공급받는 경우 혈관조영술을 통해 그 혈관을 차단하면 수술 없이 출혈을 막을 수 있다. 그러나 환자는 그런 사례에 해당하지 않았다. 또 간세포암은 상당히 진행되어도 수술로 암을 제거할 수 있는 경우가 적지 않은데 환자처럼 '간세포암 파열로 인한 혈복강'을 통해 진단되면 수술적 절제는 가능하지 않다. 간세포암이 파열되면서 떨어져 나온 암세포가 복부 전체에 씨를 뿌리듯 퍼져 버리기 때문이다. 그러니 수술이 성공해서 출혈을 막고 목숨을 건져도 짧으면 몇 개월, 길면 몇 년 정도 죽음을 연기한 것에 불과할 가능성이 크다.

다행히 수술실로 옮길 때까지 환자의 상태는 나빠지지 않았고 수술은 일단 성공적으로 끝났다.

4

몇 주 후 나는 그날의 일반외과 당직 레지던트와 우연히 마주쳤다. 응급의학과 레지던트와 일반외과 레지던트니 그전에도 응급실에서 자주 마주쳤으나 그날따라 우리 모두 몇 주 전 그 여자 환자를 떠올렸다.

"그때 그 간세포암 파열 환자는 괜찮습니까?"

내 말에 그녀는 묘한 표정으로 대답했다.

"의학적으로는 괜찮아요. 그것도 간세포암을 해결하기 힘드니 완전한 것은 아니지만."

그러면서 그녀가 담담하게 들려준 다음 얘기는 한층 씁쓸했다.

환자는 수술 후 순조롭게 회복하여 중환자실에서 일반 병실로 옮겼는데, 그때 남편과 시댁 식구들이 찾아왔다. 알고 보니 환자는 결혼한 지 1년도 지나지 않은 상황이었다. 남편과 시댁 식구들이 이제 막 수술에서 회복한 환자에게 건넨 말은 가혹했다. "못된 병이 있으면서 숨기고 결혼했으니 사기다." 이것이 남편과 시댁 식구가 일반 병실로 찾아와 그녀에게 처음 건넨 얘기였다.

응급의학과 주제에?

1

주르륵 커튼을 친다. 환자의 낙상을 방지하기 위해 낮게 내려
둔 침대를 나의 허리까지 높인다. 환자의 양쪽 눈은 안연고를
바른 거즈로 덮여 있고 입에는 인공호흡기와 연결된 플라스
틱 튜브(기관내관)가 물려 있다. 의식이 명료하다면 시술에 대
해 설명하고 동의를 얻어야겠으나 환자는 통증에도 반응하
지 못할 만큼 의식 상태가 나쁘다. 바로 환자복의 단추를 풀
고 오른쪽 어깨와 가슴을 드러낸다. 건강 상태가 좋지 않아
갈비뼈는 앙상했고 쇄골 아랫부분은 살이 없어 푹 들어갔다.

　오른손을 뻗어 환자의 쇄골 아랫부분을 더듬어 본다. 어

깨에 연결되는 바깥쪽부터 비스듬히 약간 아래로 향하는 쇄골은 몸의 중심부에 가까워지면 거의 평행으로 변한다. 나는 비스듬히 약간 아래로 주행하던 쇄골이 평행으로 변하는 바로 그 부분을 눌러보며 이전에 부러진 적이 있는지 확인한다.

5~10초 정도 걸리는 그 확인이 끝나면 도구가 담긴 소독포를 펼치고 능숙한 동작으로 수술 장갑을 낀다. 그러고는 갈색 베타딘 솜을 집어 쇄골을 중심으로 환자의 오른쪽 가슴 윗부분에 문지른다. 순식간에 환자의 오른쪽 가슴 윗부분은 갈색으로 변하고 나는 베타딘이 마를 때까지 잠깐 기다린다(베타딘은 도포 후 어느 정도 말라야 소독 효과가 있다). 그런 다음 중앙에 꽤 큰 동그란 구멍이 있는 시술용 천을 환자의 오른쪽 가슴에 덮는데 쇄골의 주행 방향이 변하는 부분에 동그란 구멍을 맞춘다. 의식이 있는 환자라면 국소마취가 필요하겠으나 앞서 말했듯 의식 저하가 심한 환자는 고통을 느끼지 못하므로 생략한다.

10cm가량의 긴 바늘이 달린 시술용 주사기를 집어 쇄골의 주행 방향이 변하는 부분에 찔러 넣는다. 이때 각도가 중요하다. 쇄골의 아래에서 위쪽으로 비스듬히 쇄골을 긁어 올리듯 부드럽고 천천히 찌른다. 예상대로 바늘이 몇 cm 들

어가지 않아 주사기에 검붉은 정맥혈이 밀려들어 온다. 그러면 바늘의 위치가 변하지 않도록 왼손으로 단단히 잡은 다음 오른손으로 철사처럼 생긴 가이드 와이어(guide wire)를 주사기 끄트머리의 구멍에 집어넣는다. 주사기 끄트머리의 구멍을 지나 시술용 바늘을 통과한 가이드 와이어는 쇄골 바로 아래 자리 잡은 굵은 정맥(쇄골하정맥)으로 들어간다. 거기에서 쇄골하정맥을 따라 상대정맥(superior vena cava)까지 가이드 와이어를 밀어 넣어야 한다. 별다른 저항 없이 충분한 길이까지 잘 들어가면 가이드 와이어만 남기고 시술용 바늘과 주사기를 제거한다. 그리고 가이드 와이어가 통과한 피부의 구멍을 넓히기 위해 확장관을 한 차례 꽂았다가 빼고는 드디어 중심정맥관을 가이드 와이어에 따라 삽입한다. 중심정맥관을 15cm까지 삽입한 다음 가이드 와이어를 제거하고 간호사를 불러 수액을 연결한 후 중심정맥관이 제대로 기능하는지 확인한다. 제대로 기능하면 중심정맥관을 고정하고 환자에게 상의를 입히고 침대를 내린 다음 커튼을 연다.

쇄골하정맥을 통한 중심정맥관 삽입은 순조롭게 끝났다. 여전히 인공호흡기가 연결된 상태이나 환자의 혈압, 체온, 맥박은 안정적이다. 시술하는 동안 커튼 밖에서 기다린 보호자들은 한층 안도한 표정이다. 안타깝게도 나는 그들의 안정을 깨뜨릴 수밖에 없었다.

"현재 인공호흡기의 도움을 받고 있으나 환자의 혈압, 맥박, 체온은 정상 범위입니다. 특히 혈압을 올리는 약물을 투여하지 않아도 혈압이 유지되는 것은 긍정적인 신호입니다. 음식물을 비롯한 이물질이 식도가 아닌 기도로 넘어가 발생하는 흡인성 폐렴이 있으나 아주 심각한 정도는 아닙니다."

긍정적인 부분부터 얘기했으나 모두 부정적인 결론을 말하기 위한 서곡에 불과했다.

"그럼에도 불구하고 환자의 예후는 나쁠 가능성이 큽니다. 쉽게 말해 환자는 의식을 회복하지 못할 가능성이 매우 큽니다. 인간의 뇌는 5분만 산소가 원활히 공급되지 않아도 손상을 입고 그 손상은 되돌릴 수 없기 때문입니다. 환자는 식사 중 의식을 잃고 쓰러졌고 119 구급대에서 이송하던 중 심정지가 발생했습니다. 심정지의 원인은 음식물이 기도를 막아 제대로 호흡하지 못했기 때문입니다. 다행히 응급실에 도착해서 제가 기도의 이물질을 제거하고 심폐소생술을 시행해서 곧 심장박동을 살렸습니다만 뇌에 산소가 제대로 공급되지 않은 시간이 낙관적으로 판단해도 10분 이상입니다."

멋진 문구와 현란한 표현을 뒤섞었다고 좋은 설명은 아니다. 상대가 충분히 이해할 수 있어야 좋은 설명이다. 그 보호자들은 고등교육을 받았을 가능성이 커서 나는 다소 완곡하게 얘기했다. 다행히 예상대로 그들은 내 설명을 충분히 이해했다. 그들의 표정에서 안도가 사라지고 눈가에 그렁그렁 눈물이 맺히기 시작했다. 나는 침통한 표정으로 가볍게 고개를 숙이고 환자 곁에서 물러났다.

그때 바로 옆 환자가 눈에 들어왔다. 정확히 말해 바로 옆 환자에게 중심정맥관 삽입을 시도하는 내과 2년차 레지던트가 눈에 띄었다. 그 환자에게도 인공호흡기가 연결되어 있었는데 분명히 나와 비슷한 시기에 시술을 시작했으나 그는 아직도 쇄골하정맥을 찾지 못한 단계였다. 적게는 4~5번, 많게는 7~8번 정도 쇄골하정맥을 찾기 위해 긴 시술용 바늘을 찌른 듯했는데 그가 찌른 위치는 지나치게 바깥쪽이었다. 쇄골의 주행 방향이 바뀌는 부분 근처를 찔러야 하는데 그가 찌른 곳은 너무 어깨 방향으로 치우쳤다. 그래서는 시술용 바늘로 쇄골하정맥을 찌르기 어려웠다. 그뿐만 아니라 자세에도 문제가 있었다. 시술용 바늘을 최대한 눕혀서 쇄골 아래부터 위쪽까지 비스듬히 쇄골을 긁는다는 느낌으로 진입해야 하는데 그는 시술용 바늘을 다소 높이 세웠다. 그러면 시술용 바늘이 흉강(thoracic cavity, 폐와 심장이 위치하는 공간)을 찔러 의인성 기흉(iatrogenic pneumothorax, 의인성이란 단어는 사고 혹은 실수 같은 인위적 요인으로 생긴 문제를 의미한다)을 초래할 수 있다. 나는 그 문제에 대해 충고하거나 아예 내과 2년차 레지던트 대신 시술해야 할지 고민했다. 그러나 고민이 끝나기 전 내과 2년차 레지던트는 시술용 바늘로 쇄골하정맥을 찌르는 것에 성공했다.

2

전에도 얘기했듯 내과는 '미니무스 교수가 이끄는 잉여집단'인 응급의학과를 신뢰하지 않았다. 그래서 내과 2년차 레지던트 한 명을 응급실에 상주시켰는데 8명의 내과 2년차 레지던트가 1개월씩 교대로 응급실 주간 근무를 담당했다. 야간과 휴일에는 주간 근무를 담당하는 1명을 제외한 나머지 7명의 내과 2년차 레지던트가 당직표를 작성해서 근무했다. 당연히 응급실 근무를 좋아하는 사람은 드물었다.

그런 상황에서 응급의학과 1년차 레지던트인 나와 내과 2년차 레지던트의 관계는 어정쩡할 수밖에 없었다. 징계위원회까지 열린 전대미문의 폭행 사건에도 불구하고 몇몇은 여전히 내게 적대감을 드러내거나 '응급의학과 주제에'라고 무시했다. 그래도 나는 다른 응급의학과 레지던트와 달리 적극적으로 일했기에 '서로 탐탁하게 생각하지 않는 묘한 협력'이 이루어졌다.

그날도 중환자 2명이 거의 동시에 응급실에 도착해서 내과 2년차 레지던트와 나는 협력할 수밖에 없었다. 그래서 식사하다 의식을 잃고 쓰러져 119 구급대 이송 중 심정지에 빠진 환자는 내가 담당했고 열흘 이상 계속 음주한 것으로 추정되며 의식이 없고 혈압이 낮은 상태로 발견된 환자는 내과 2년차 레지던트가 담당했다.

내가 담당한 환자는 응급실 도착 당시 심정지 상태였으나 심장 문제가 아니라 호흡부전이 원인일 가능성이 컸다. 예상대로 기관내삽관을 시도하자 기도를 막고 있는 음식물이 확인되었다. 음식물을 제거하고 기관내삽관을 진행해서 인공호흡기를 연결하며 심폐소생술을 시행하자 곧 환자는 심장박동을 회복했다. 그러나 흡인성 폐렴(aspiration pneumonia)

이 관찰되었고 보호자들에게 설명했듯 10분 이상 뇌에 산소가 공급되지 않은 것으로 추정되어 저산소성 뇌손상(hypoxic brain injury) 가능성이 매우 컸다. 환자는 회복하지 못하거나 심한 장애를 지니게 될 가능성이 컸고 당분간 인공호흡기 치료와 중환자실 입원이 필요했다. 그래서 다양한 약물과 몸에 필요한 영양을 안정적으로 공급하기 위해 중심정맥관을 삽입했다.

내과 2년차 레지던트가 담당한 환자는 조금 달랐다. 알코올성 간질환이 있고 평소 건강 상태가 좋지 않은 환자가 최소 열흘 이상 심각한 수준의 음주를 지속했다. 그로 인해 심한 탈수와 함께 몸이 산성화하고 간 기능뿐 아니라 신장 기능도 감소하는 알코올성 케톤산증(alcoholic ketoacidosis)이 나타났다. 그런 알코올성 케톤산증의 경우 가장 시급하고 중요한 처치는 대량의 수액을 투여해서 탈수를 교정하고 혈압을 정상 범위로 올리며 소변량을 증가시키는 것이다. 그래서 중심정맥관 삽입이 꼭 필요했는데 내과 2년차 레지던트는 기관내삽관을 시행하고 인공호흡기를 연결한 후에도 한참 동안 말초 정맥을 통한 수액 투여를 고집했다. 그도 중심정맥관 삽입이 현실적으로 필요하다는 것을 모르지 않았을 텐데 그렇게 미적거린 이유는 간단하다. 중심정맥관을 삽입하는 시술에 자신이 없었기 때문이다.

쇄골하정맥을 통한 중심정맥관 삽입은 익히기 어렵지 않고 비교적 안전한 시술이다. 다만 시술용 바늘을 찌르는 위치와 자세가 바르지 않으면 흉강을 찔러 기흉을 만들 수 있다. 기흉은 폐와 심장이 자리 잡은 공간인 흉강에 폐포가 손상을 입거나 외부로 통하는 구멍이 생겨 공기가 차는 질환이다. 언뜻 생각하면 폐에 공기가 있는 것이 당연하게 여겨지나 호흡할 때 들이쉬는 공기는 기관지를 통해 폐포 내부로 전달될 뿐 폐포 밖 공간으로 향하지 않는다. 기흉처럼 폐포 밖 흉강에 공기가 생기면 오히려 폐를 눌러 호흡을 방해하고 심하면 심장까지 눌러 저혈압이 나타나고 심정지로 악화할 수도 있다. 그래서 쇄골하정맥을 통해 중심정맥관을 삽입한 후에는 꼭 흉부 엑스레이를 촬영해서 기흉 유무를 확인해야 한다.

다행히 기흉의 치료는 어렵지 않다. 외부에서 기흉이 생긴 흉강으로 관을 삽입해서 폐포 밖 공간에 고인 공기를 제거하면 된다. 이른바 흉강삽관술(thoracostomy, 외부에서 흉강으로 관을 삽입해서 흉강에 고인 혈액이나 공기를 빼내는 시술)인데 쇄골하정맥을 통해 중심정맥관을 삽입하는 의사는 당연히 흉강삽관술도 할 수 있어야 한다. 쇄골하정맥을 통해 중심정맥관을 삽입하다 의인성 기흉을 만들었는데 정작 의인성 기흉에 대한 치료인 흉강삽관술을 하지 못하면 심각한 문제가 발생할 수 있기 때문이다.

그런데 문제의 내과 2년차 레지던트는 쇄골하정맥을 통한 중심정맥관 삽입에도 능숙하지 않았고 흉강삽관술은 아예 할 줄 몰랐다. 그래서 그는 알코올성 케톤산증 환자에게 즉시 중심정맥관을 삽입하지 않고 망설였다. 마지못해 중심정맥관 삽입을 시도했을 때도 몇 번이나 실패한 끝에 겨우 성공했다. 또 가까스로 중심정맥관 삽입에는 성공했으나 흉부 엑스레이를 촬영하자 의인성 기흉이 확인되었다. 흉강삽관술이 필요했는데 앞서 말했듯 내과 2년차 레지던트는 할 줄 몰랐다. 나는 아주 능숙하지는 않아도 흉강삽관술을 할 수 있었으나 응급의학과 1년차 레지던트에게 부탁하는 것은 내과 2년차 레지던트의 자존심이 허락하지 않았다.

결국 내과 2년차 레지던트는 흉부외과 당직 레지던트를 호출했다.

3

흉부외과는 일반외과, 신경외과와 더불어 의학 드라마의 주
인공을 많이 배출하는 과다. 퇴근해도 퇴근한 것이 아닌 길
고 묘한 근무 시간, 중환자가 많은 환자군, 팽팽한 긴장이 넘
치는 혹독한 업무 강도, 상대적으로 많지 않은 보수, 환자 사
망과 관련된 사건에 휘말릴 가능성이 큰 위험, 이 모든 악조
건에도 불구하고 '생명을 구한다'는 의사 본연의 임무에 끌
려 가시밭길을 선택한 고결하고 대담한 주인공은 의학 드라
마가 포기할 수 없는 매력적인 영웅이다.

　그러나 현실 세계에서는 같은 이유로 늘 지원자가 부족
한 이른바 '기피 임상과'다. 그래서 흉부외과를 지원하는 의
사는 크게 3부류다. 숭고한 대의를 가슴에 품은 이상주의자
혹은 몽상가, 보람 있고 긴장 넘치는 삶을 사랑하는 모험가
그리고 흉부외과 외에는 지원할 수 있는 임상과가 없는 무
능력자. 안타깝게도 그날의 흉부외과 당직 레지던트는 마지
막 세 번째 부류에 해당했다.

　평균보다 작고 구부정한 체형, 화려한 색상은 아니나 지
나치게 잦은 염색으로 푸석하게 느껴지는 머리카락, 특징 없
는 안경, 그날의 흉부외과 당직 레지던트는 한참 동안 환자

앞에 서서 인공호흡기를 바라보고 있었다. 쇄골하정맥으로 중심정맥관을 삽입하다가 의인성 기흉이 발생한 환자에게 인공호흡기까지 연결되어 있다면 지체없이 흉강삽관술을 해야 한다. 인공호흡기가 연결된 경우 기흉이 훨씬 빨리 악화하기 때문이다. 그러나 흉부외과 당직 레지던트는 하염없이 인공호흡기를 바라볼 뿐 아무것도 하지 않았다.

"흉강삽관술을 해야 하지 않겠습니까?"

흉부외과 당직 레지던트에게 조심스레 말했다. 그러자 그녀는 한참 나를 빤히 바라보다 말했다.

"내과에서 의인성 기흉을 만들었네요."

내과에서 만들었으니 내과에서 호출했겠지. 그리고 누가 의인성 기흉을 만들었냐는 중요하지 않았다. 누가 만들었든 흉강삽관술이 필요했다.

"네, 그래서 내과에서 호출했겠죠. 그런데 흉강삽관술을 해야 하지 않을까요?"

그러나 흉부외과 당직 레지던트는 대답 없이 자리를 떠났다. 그녀는 진료용 컴퓨터 앞에 앉아 한참 동안 키보드를 두드렸으나 흉강삽관술에는 전혀 관심이 없었다. 나는 어쩔 수 없이 내과 2년차 레지던트에게 향했다.

"흉강삽관술을 해야 하지 않을까요?"

내과 2년차 레지던트는 천천히 고개를 돌려 나를 바라봤다. 약간 곱슬거리는 머리카락, 금속테 안경, 높지 않은 콧날과 두툼한 입술, 둥글넓적한 턱선을 지닌 남자가 흐리멍덩한 눈빛으로 나를 바라보고 있으니 유쾌한 상황은 아니었다.

"흉부외과에 연락했어."

그는 쓸데없이 참견하지 말라는 투로 짧게 말했다. 그래서 나는 돌아설 수밖에 없었다. 그렇게 시간은 흘러갔다. 내과 2년차 레지던트와 흉부외과 당직 레지던트 모두 의인성 기흉이 발생한 환자에게 아무것도 하지 않으면서 시간이 흘러갔다. 나는 내가 담당한 저산소성 뇌손상 의심 환자를 진료하면서 틈틈이 내과 2년차 레지던트가 담당한 알코올성 케톤산증 환자, 그러니까 의인성 기흉이 발생한 환자를 확인했다. 내과 2년차 레지던트와 흉부외과 당직 레지던트 모두 아무것도 하지 않는다면 더 큰 문제가 발생하기 전에 나라도 흉강삽관술을 할까 고민했다. 요즘이라면 혹은 2년차나 3년차 레지던트 무렵이라면 고민 없이 흉강삽관술을 시행했겠으나 그때 나는 1년차 레지던트에 불과했다. 흉강삽관술을 시행해도 환자의 상태가 좋아지지 않으면 내과에서 나에게 책임을 전가할 것이란 불안도 한몫했다.

4

밤새 누구도 환자에게 흉강삽관술을 시행하지 않았다. 다음 아침 흉부외과 당직 레지던트에게 환자를 보고받은 흉부외과 전임의가 당혹과 분노가 반씩 섞인 표정으로 응급실로 뛰어와 흉강삽관술을 시행했다. 1000병상 가까운 규모를 자랑하는 대도시의 대학병원 응급실에서 환자는 가까스로 기괴하고 참혹한 재앙을 피한 셈이다. 당연히 병원에서는 작은 소동이 벌어졌다. 그러나 재미있게도 내과 2년차 레지던트와 흉부외과 당직 레지던트 모두 크게 처벌받지 않았다. 기껏해야 '다음부터 조심해라' 정도의 얘기를 교수에게 들었을 뿐이다. 우습게도 가장 크게 질책받은 사람은 나였다. 미니무스 교수와 응급의학과 3년차 레지던트가 나를 크게 질책했는데 아직도 그 이유를 이해할 수 없다.

다만 그 후 레지던트 생활 동안 도움이 될 교훈 한 가지는 확실히 얻었다. 그런 상황에서는 망설이지 말고 흉강삽관술을 해야 한다는 것이다. 집단이 정한 역할을 고분고분

받아들이지 않고 자신의 가치를 추구하는 인간은 무엇을 해도 비난받기 때문이다. 그때 그 대학병원에서 응급의학과에게 정해 준 역할은 '잉여집단'이었다. 미니무스 교수를 비롯해 다른 레지던트들 모두 그 역할에 만족했고 그들은 나도 동참하길 원했다. 거기에 고분고분 따르지 않으면 무엇을 해도 비난받을 수밖에 없었다. 그래도 나는 최선을 다해서 그들이 정한 잉여인간의 역할을 거부하기로 마음을 굳혔다.

우리 임상과 문제가 아닙니다

1

영장류는 흉내 내기에 능숙하다. 물론 영장류만 다른 존재를
흉내 내는 것은 아니다. 앵무새도 다른 동물의 소리를 따라
한다. 주변에 맞추어 피부 색깔을 변화하는 카멜레온의 능
력은 경탄스럽다. 나뭇가지로 위장하는 곤충과 교묘하게 먹
이를 현혹하는 물고기까지 포함하면 그 숫자는 헤아리기 힘
들 만큼 늘어난다. 그러나 영장류를 제외하면 감정을 흉내
내는 동물은 극히 드물다. 그리고 영장류 가운데도 '고차원
적인 두뇌', 다시 말해 복잡하고 추상적인 사고가 가능한 동
물일수록 '감정 흉내 내기'에 뛰어나다. 그런 측면에서 인간

이야말로 '감정 흉내 내기'의 대가다. 인간과 가장 가깝다는 침팬지조차 인간과 비교하면 '어설픈 초보'에 지나지 않는다.

"아이고! 아이고! 아이고! 아이고! 어머니!"

중년 사내는 울부짖으며 옷소매로 눈가를 문질렀다. 그러나 땀과 먼지로 새까맣게 변한 옷소매에는 아무것도 닦이지 않았다. 사내의 눈가에는 한 방울도 눈물이 맺히지 않았기 때문이다. 사내의 눈은 벌겋게 충혈되었으나 아직도 풍기는 술 냄새로 미루어 슬픔이 아니라 숙취가 원인일 가능성이 컸다. 튀어나온 광대뼈와 네모난 턱선, 넓은 어깨와 거친 손바닥으로 미루어 젊은 시절에는 주먹깨나 쓰는 부류였을지도 몰랐다. 그러나 그렇다고 해도 어디까지나 젊은 시절 한때에 불과했을 것이다. 사내의 거무튀튀한 피부는 오랜 음주로 탄력을 잃었고 억센 뼈대는 여전히 남아 있으나 근육은 사라지고 움츠러들었다.

"우리, 우리 어머니 좀 살려 주시오. 우리 어머니 고생만 하고 착한 분이오."

한참 동안 '슬픈 울부짖음'을 흉내 내던 사내는 나를 발견하자 간절하게 말했다. 그러면서 계속 옷소매로 눈가를 문질렀다. 눈물 한 방울 맺히지 않은 건조한 눈가를 더러운 옷소매로 문지르다 보니 원래부터 충혈된 사내의 눈은 섬뜩할 정도로 붉어졌다. 술 냄새와 땀 냄새뿐 아니라 이런저런 분비물과 오물이 찌들고 말라붙었을 때 풍기는 냄새가 나의 코를 괴롭혔으나 냄새가 주는 불쾌함은 사내에 대한 부정적인 감정에 가려졌다. 사내는 그때까지 내가 경험한 '흉내 내는 인간' 가운데 가장 혐오스럽고 경멸적인 존재였기 때문이다.

2

이동식 침대와 함께 응급실 입구에 들어선 구급대원의 얼굴에는 당혹, 짜증, 피곤이 섞여 있었다.

"음독 환자입니다. 의식이 없고 ○○대학병원 응급실을 거쳐 왔습니다!"

구급대원의 말에서 당혹, 짜증, 피곤의 이유를 알 수 있었다. 후에 확인된 정보에 의하면 ○○대학병원에서 심근경색으로 스텐트(stent, 좁아진 관상동맥을 넓힌 다음 다시 좁아지는 것을 방지하기 위해 삽입하는 장치)를 시술받고 외래를 통해 정기적으로 진료받는 환자였다. 물론 그날 환자의 주증상은 안정제를 과량 복용한 것이라 표면적으로는 심장 문제가 아니었다. 그러나 일반적으로 뇌경색이나 심근경색 같은 중증 질환으로 진료받는 환자라면 해당 병원 응급실에서 진료하는 쪽이 여러 가지 부분에서 적절하다. 그래서 119 구급대원도 환자를 ○○대학병원으로 이송했으나 '응급실 포화로 수용 불가'라는 단호한 말에 인근에 위치한 또 다른 대학병원인 우리 응급실로 재이송할 수밖에 없었다. 이것이 짜증과 피곤의 이유였다. 그리고 환자 상태를 확인하자 당혹의 이유도 알 수 있었다.

짧지 않은 세월 동안 감당했던 고단한 삶의 무게로 쪼글쪼글한 피부와 왜소한 체구를 지닌 환자는 통증에도 반응이 없고 혈압이 측정되지 않을 만큼 맥박이 약했으며 자발 호흡도 불규칙했다. ○○대학병원과 그때 내가 수련받던 병원은 119 구급차로 15분 남짓한 거리였으나 심정지로 우리 응급실에 도착해도 이상하지 않은 상태였다. 그런 상황이니 구급대원의 표정에는 깊은 당혹이 드러날 수밖에 없었다.

즉시 응급실 중환자 구역에 환자를 수용했다. 자발 호흡이 불규칙해서 기관내삽관부터 시행하고 인공호흡기를 연결했다. 그런 다음 중심정맥관을 삽입하고 수액과 함께 승압제 투여를 시작했다. 다행히 산소포화도는 안정적으로 유지되었고 혈압도 수축기 혈압 100 정도로 호전되었다.

이제는 환자가 복용한 약물을 확인할 차례였다. 그때 환자의 아들이라 밝힌 중년 남자가 나타났다. 그는 내게 플라스틱 약통을 건넸다. 그러나 하얀 플라스틱 약통에는 아무것도 적혀 있지 않았고 남아 있는 알약도 없었다. 나는 그에게 "이것으로는 무슨 약인지 알 수 없습니다."라고 말하며 환자가 복용한 약이 정확히 무엇인지 알아야 한다고 설명했다. 그러자 그는 주저하지 않고 아주 확신에 찬 목소리로 "자낙스"라 말했다. 자낙스(Xanax), 성분명 알프라졸람(alprazolam)으로 널리 사용되는 벤조디아제핀(benzodiazepine) 계열 안정제다. 영화와 드라마에서 등장인물이 자살을 시도할 때 많이 사용하는 약물이나 실제로는 독성이 강하지 않다. 사회적 물의를 일으킨 연예인이나 저명인사가 자주 사용하는 약물로 '혼수상태로 입원 중이나 생명에는 지장이 없다'는 뉴스가 나오는 이유기도 하다. 그래서 이상했다. 자낙스를 과량 복용했다고 생각하기에는 상태가 너무 나빴다. 복용한 약물이 자낙스가 확실한지, 다른 약물을 함께 복용한 것은 아닌지, 애초에 음독이 맞는지 의심스러웠다. 보호자인 아들이 어떻게 확신하는지 미심쩍기도 했다. 나는 보호자에게 환자가 음독한 약이 자낙스가 맞는지 재차 확인했다. 정확히 말해 추궁에 가까운 대화가 이어지자 보호자는 한숨을 내쉬고 자세한 내용을 털어놓았다.

예상대로 보호자는 중년을 훌쩍 넘긴 나이까지 직접 돈을 벌어 본 적이 없었다. 적어도 정상적인 방법으로는 그랬다. 그러다가 몇 년 전부터는 점점 자주 술을 마시며 아무것도 하지 않고 순전히 어머니인 환자에게 의존했다. 당연히 모자 사이에 크고 작은 다툼이 있을 수밖에 없었고 그날도 술취한 아들은 돈을 요구했다. 어머니가 '이제 정말 돈이 없다'고 얘기했으나 아들은 포기하지 않고 자신의 방에서 자낙스가 가득 든 플라스틱 약병을 가져왔다. 그러면서 '돈을 주지 않으면 약을 먹고 죽겠다'고 협박했고 한두 알을 꺼내 삼켰다. 물론 아들은 정말 죽고 싶은 생각은 없었다. 그리고 아들은 자낙스를 정신과에서 처방받아 빈번히 복용해서 한두 알정도로는 그저 조금 몽롱해지는 것에 불과했다. 그러나 노인인 어머니가 그런 사안까지 알 리 없었다. 깜짝 놀란 어머니는 아들의 약병을 빼앗아 '같이 죽자'면서 모조리 삼켰다.

보호자를 차갑게 쏘아볼 수밖에 없는 얘기였으나 그래도

설명할 수 없는 문제가 남았다. 자낙스 30~40알을 복용했으니 환자는 의식이 저하되었을 것이다. 여러 가지 정황으로 미루어 아들은 119 신고를 서두르지 않았을 가능성이 크고 의식이 저하된 환자가 구토하다 토사물이 기도로 넘어가며 흡인되었을 것이다. 실제로 흉부 엑스레이에서 심한 흡인성 폐렴이 관찰되었으나 그것만으로는 혈압이 거의 측정되지 않는 쇼크 상태가 일어날 가능성이 작다.

심전도와 혈액 검사 결과를 확인하자 의문은 해결되었다. 심전도에서 심근경색을 의심할 수 있는 변화가 관찰되었다. 혈액 검사 결과 흡인성 폐렴이 원인일 가능성이 큰 백혈구 증가와 C반응 단백질(CRP, C-reactive protein, 감염이 있을 때 증가한다) 증가 외에도 심장효소 수치 역시 증가했다. 이전에도 심근경색으로 시술받았던 환자에게 안정제 과량 복용과 흡인성 폐렴이란 스트레스가 발생하면서 심근경색 역시 재발했을 가능성이 컸다. 나는 응급실 상주 내과 2년차 레지던트에게 환자의 상황을 설명했다. 그리고 그때부터 진짜 문제가 발생했다.

3

"선생님이 아직 잘 몰라서 그래요. 심전도가 이상하고 심장 효소 수치가 증가했다고 모두 심근경색 아니에요. 이건 말입니다, 심근경색이 아니라 저산소성 손상입니다. 저산소성 손상요! 심장내과에서 해 줄 수 있는 것이 아무것도 없어요."

"그래요. 흡인성 폐렴이 있네요. 그런데 흡인성 폐렴의 원인이 무엇인가요? 의식 저하 아닙니까? 그리고 심전도 보세요. 응급의학과 1년차 레지던트도 심전도는 알 것 아닙니까? 이거 심근경색입니다. 패혈증도 아닌데 흡인성 폐렴으로 혈압 떨어지는 것 봤습니까? 뭐, 인공호흡기도 달려 있고 형이 항생제도 주셨네요. 호흡기내과에서는 할 것이 없습니다."

"형, 우리는 류마티스내과에요. 독성학은 우리 분야도 아닙니다. 다른 병원은 신장내과에서 본다고요. 왜 우리가 음독 환자 보는지 모르겠습니다. 그리고 약 먹고 4시간 넘게 지났는데 뭘 할까요? 또 형도 알잖아요. 먹은 약이 자낙스예요. 자낙스! 그거 먹고 이렇게 되는 게 설명됩니까? 인공호흡기가 필요한 흡인성 폐렴이니 호흡기내과죠. 그리고 심전도 봤어요? 심장내과네요. 맞다. 의식도 자낙스 먹었다고 꼭 이렇지는 않으니 신경과도 봐야죠."

"선배님. 아시겠지만 신경과는 중추신경계와 말초신경계 질환을 보는 곳입니다. 안정제 40알을 먹고 흡인성 폐렴이 와서 인공호흡기가 달린 환자에게 저희가 할 수 있는 것이 없습니다. MRI는 당연히 찍을 수가 없고 뇌파 검사는 할 수 있는데 그게 의미가 있을까요? 누가 봐도 이 환자는 내과 환자입니다."

심장내과 담당 3년차 레지던트와 전임의, 호흡기내과 담당 3년차 레지던트, 류마티스내과 담당 3년차 레지던트, 신경과 2년차 레지던트의 결론은 동일했다. 무례함과 짜증의 정도만 달랐을 뿐 '우리 임상과 문제가 아닙니다'라는 것에는 차이가 없었다. 인공호흡기가 달려 있고 흡인성 폐렴이 있으며 심전도와 심장효소 수치에 이상이 있고 승압제를 지속적으로 투여해야 겨우 혈압이 유지되는 환자에게 1000병상에 가까운 대형 병원에서 모든 임상과가 '우리는 해 줄 것이 없다'고 주장하는 기괴한 상황이 펼쳐졌다.

결국 환자는 응급실에 머물렀다. 환자에 대한 치료도 나에게 맡겨졌다. 환자는 다음 날 심정지를 겪었고 심폐소생술에도 불구하고 사망했다. 그리고 그렇게 나의 응급의학과 1년차 레지던트 생활도 저물어 갔다.

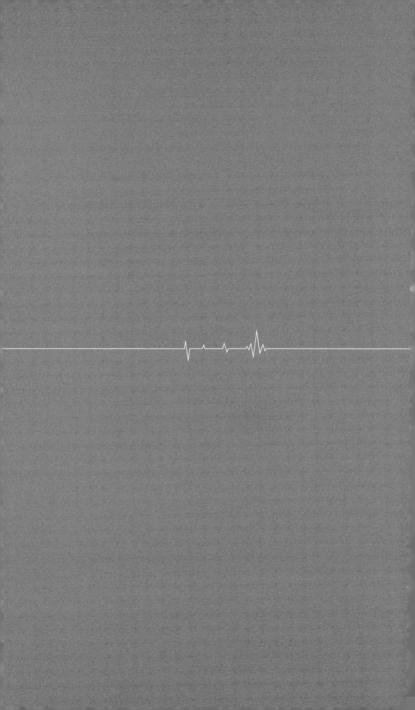

2년차

곽경훈이
문제네

패혈증 쇼크 정복기

1

"인간은 어디에 속하나?"

　인간이 어디에 속하냐니. 솔직히 나도 말을 내뱉고 마음속으로 피식 웃을 수밖에 없었다. 우스갯소리부터 심오한 철학적 대답까지 모두 가능한 복잡한 내용일 뿐 아니라 질문을 던진 장소와 상대도 이상했다. 인공호흡기가 연결된 환자가 누워 있는 침대 앞이었고 질문을 듣고 황당한 표정을 지은 상대는 응급실 인턴, 그것도 이제 막 병원 생활을 시작한 '3월의 인턴'이었다. 당연히 인턴은 뜬금없는 질문에 제대로 대답하지 못했다.

"인간은 포유류에 속하잖아. 그리고 포유류는 폐 호흡을 하지. 양서류처럼 피부 호흡을 하는 경우는 극히 드물어."

나는 인턴의 반응과 관계없이 말을 계속했다. 저녁 8시 무렵이었다. 하루 전부터 시작한 당직 근무는 이미 오전 11시 무렵 끝났다. 나는 당직 근무가 끝난 후에도 어쩔 수 없이 응급실에 머무르고 있다가 그래도 잠깐 병원 밖 자유를 만끽하기 위해 청바지와 티셔츠로 갈아입은 상태였고 나보다 조금 큰 인턴은 파란색 당직복에 하얀 의사 가운을 겹쳐 입은 상태였다.

"그러니까 지금 이 환자는 인공호흡기와 연결된 기관내관으로 호흡하고 있어. 이 투명한 플라스틱관이 환자의 생명줄인 셈이지."

인공호흡기는 폐질환뿐 아니라 이런저런 의학적 이유로 자발 호흡만으로는 생명 유지가 가능하지 않은 환자에게 필수적인 장치다. 원리는 간단하다. 고농도의 산소를 환자의 폐에 불어 넣어준다. 단순히 고농도의 산소를 공급하는 산소호흡기와 달리 인공호흡기는 문자 그대로 '기계적으로 강제로 산소를 불어 넣는' 장치다. 따라서 인공호흡기를 연결하기 위해서는 환자의 기관지까지 통로를 확보해야 한다. 그래서 기관내관이란 긴 플라스틱관을 입을 통해 기관(trachea)까지 넣는다. 이 기관내관은 여간해서는 눌리거나 굽혀지지 않아 대단히 안정적이나 어디까지나 플라스틱관인 만큼 환자의 분비물로 막힐 수 있다. 분비물로 기관내관이 막히면 환자는 숨이 막히는 것이나 마찬가지라 그러면 기관내삽관이란 시술을 다시 해야 하고 완전히 막히지 않아도 분비물이 많으면 충분한 산소가 공급되지 않아 환자의 상태가 나빠질 수 있다. 따라서 30분 혹은 1시간마다 흡입기를 이용해 기관내관에 있는 분비물을 깨끗이 청소해야 한다.

"그래서 말인데, 네가 이 환자의 담당 응급실 인턴이니까 오늘 밤에는 30분마다 한 번씩 기관내관의 분비물을 꼭 제거해야 해. 물론 오늘은 내가 근무하는 날이 아니고 윗년차 선생님이 당직 레지던트지. 그러나 이 환자의 기관내관 청소에는 꼭 관심을 기울여야 할 거야. 이 환자 지금 무슨 임상과가 담당하고 있는지 알지?"

인턴은 고개를 끄덕였다. 환자를 담당하고 있는 임상과는 응급의학과였다. 명목상으로만 환자를 담당하고 '아침 회진'이라 부르는 미니무스 교수의 의사 놀이 때 한 번 둘러보는 것이 아니라 실제로 환자를 전담했다. 그러나 내가 없는 시간에는 다시 예전처럼 응급실 인턴 외에는 아무도 환자에 관심을 기울이지 않았다.

"오늘 밤 늦게 돌아왔을 때 기관내관이 막혀 있거나 분비물을 제대로 제거하지 않아 환자 상태가 나빠져 있으면 아마도 너는 피부 호흡으로 살 수 있는 특별한 인류라서 환자에게도 그랬다고 생각하고 너한테 기관내삽관한 다음 기관내관 끝을 밀봉할 거야."

싱긋 웃으며 말했으나 곰곰이 생각하면 무시무시한 협박이었다. 나는 인턴의 어깨를 두드리며 말을 이었다.

"그러니까 두 생명이 네 손에 달린 거야."

"두… 두 생명이요??"

"환자… 그리고 너."

2

3월의 대학병원은 열정과 혼란이 섞여 있다. 나태하고 게으른 인간도 처음 의사 면허를 받고 인턴 수련을 시작하거나, 1년간의 인턴 수련 끝에 자신이 지원한 임상과의 1년차 레지던트가 되면 3월에는 새로운 각오로 열정을 불태우기 마련이다. 다만 3월의 그들은 처음 의사 면허를 받은 인턴, 이제 막 레지던트 수련을 시작한 1년차 레지던트, 레지던트 수련을 마치고 전문의로 첫 진료를 시작하는 전임의일 수밖에 없어 열정과 무관하게 혼란스럽기도 하다.

그런 3월의 휴일, 옷을 잘 차려입은 노인이 가족들과 함께 응급실을 찾았다. 일흔을 훌쩍 넘은 나이였으나 비교적 건강했고 그날도 '아침에 먹은 음식이 상한 것 같다'고 얘기하며 복부 불편감을 호소했다. 맥박이 조금 빨랐으나 심각한 빈맥은 아니었고 혈압, 체온, 호흡수는 정상 범위였다. 이학적 검사(physical examination)에서도 복부 불편감과 경미한 명치 통증 외에는 별다른 이상이 확인되지 않았다. 다만 환자는 손을 너무 심하게 널널거리며 떨어 지갑도 제대로 잡지 못했고 연신 춥다고 말했다.

'오한'이었다. 처음부터 고열이 나타나는 경우는 드물다. 일반적으로 춥다고 호소하며 벌벌 떠는 증상인 오한이 먼저 나타나고 곧 고열이 발생한다. 따라서 정확한 진단이 무엇이든 환자에게는 감염이 진행하고 있을 가능성이 컸다. 아직 호흡, 맥박, 체온은 정상이고 비교적 건강하다고 해도 고령이며 아주 심한 오한을 호소하는 것으로 미루어 갑작스레

증상이 악화할 가능성이 있었다. 따라서 세심한 주의가 필요했다. 그러나 그때 나는 응급의학과 2년차 레지던트, 그것도 이제 막 2년차가 된 3월의 2년차에 불과했다. 하지만 무엇인가 정상적이지 않고 불길하다 느꼈다. 직관 혹은 직감에 가까운 판단이었다. 나중에 내과 2년차 레지던트에게 '중환자도 아니었는데 왜 환자에 간섭했느냐?'는 볼멘소리를 듣더라도 그냥 지나칠 수 없었다. 응급실 인턴이 내과 2년차 레지던트에게 환자를 보고하는 데 필요한 심전도, 흉부 엑스레이, 기본 혈액 검사가 완료되는 30~60분의 시간 동안 문제가 생길지도 모른다고 판단해서 그런 검사 외에도 생리식염수 500cc, 항생제, 해열제를 우선 투여하도록 처방했다. 그리고 환자를 가까운 곳에서 지켜봤다.

5~10분도 지나지 않아 환자가 갑자기 의식을 잃으며 심하게 토하기 시작했다. 환자의 의식은 통증에도 반응하지 못할 수준으로 악화했고 혈압이 60/40으로 떨어지며 40도 가까운 고열이 나타났다. 구토로 인한 흡인 때문인지 혹은 쇼크로 인한 증상인지 명확하지 않았으나 산소포화도 역시 70%로 급격히 떨어졌다.

원인 질환이 무엇이든 그런 상황에서 취해야 할 조치는

명확하다. 혈압과 산소포화도를 끌어올려야 한다. 그래서 즉시 기관내삽관을 시행하고 인공호흡기를 연결했다. 그리고 중심정맥관을 삽입해서 대량의 수액을 공급하면서 승압제 투여를 시작했다. 혈압은 수축기 혈압 100 정도에서 안정되었으나 산소포화도는 인공호흡기를 최대 용량으로 맞추어도 90% 언저리를 넘지 못했다. 환자의 나이를 고려하면 예후가 그리 희망적이지 않았으나, 일단 환자의 상태는 어느 정도 안정되었다.

이제는 원인을 규명할 차례였다. 일단 패혈증 쇼크는 확실했다. 패혈증은 감염이 특정 장기에 국한되지 않고 혈액을 타고 퍼져 다양한 장기에 손상을 주는 무서운 질환이다. 패혈증 쇼크는 패혈증이 악화하여 혈압이 급격히 떨어지는 상황이다. 그런 패혈증과 패혈증 쇼크에서 가장 시급히 취해야 할 조치는 항생제 투여와 대량의 수액 투여다. 그리고 대량의 수액 투여에도 혈압이 상승하지 않으면 승압제를 사용한다. 아울러 호흡 곤란이 심하면 인공호흡기 치료도 고려하는데, 이미 그런 '응급조치'는 모두 시행했다. 그렇다면 과연 무슨 질환이 패혈증을 일으켰는지 찾아야 했다. 맨 처음 감염된 장기가 어디인지 밝혀야 했다.

그러나 환자의 경우 패혈증의 원인을 밝히는 것이 쉬운 일이 아니었다. 혈액 검사, 엑스레이, CT 같은 진단 도구의 도움을 받아 어렵지 않게 패혈증의 원인을 찾는 사례도 적지 않으나 환자는 그런 검사 결과가 하나씩 나올 때마다 더 복잡해졌다. 일단 혈액 검사 결과 백혈구 증가와 C반응 단백질 증가가 아주 심했다. 물론 그 두 수치의 증가는 감염에서 일반적으로 나타난다. 그런데 크레아티닌(creatinine, 신장 기능이 감소하면 증가한다) 수치 증가와 함께 빌리루빈(bilirubin, 황달 수치)도 증가했고 간효소 수치도 정상 범위를 훌쩍 뛰어넘었다. 흉부 엑스레이에서는 흡인성 폐렴이 의심되는 병변과 함께 폐부종이 확인되었다. 크레아티닌 수치 증가 때문에 CT는 조영제를 사용하지 않고 시행했는데 예상대로 흉부 CT에서는 흡인성 폐렴과 폐부종이 확인되었고 복부 CT에서는 마비성 장폐색(paralytic ileus)과 함께 쓸개(gall bladder, 담낭)가 커져 있고 주변에 액체가 고여 있었다.

우선 흡인성 폐렴은 패혈증의 원인이 아니었다. 패혈증 쇼크로 환자가 의식을 잃고 구토하면서 토사물이 기도로 넘어가 흡인성 폐렴이 발생했으니, 패혈증의 원인이 아니라 패혈증으로 인한 합병증에 해당했다. 또 마비성 장폐색은 쇼크 상태에서 장의 움직임이 떨어져 나타나는 질환이라 역시 패혈증의 원인이 아니라 합병증에 해당했다. 크레아티닌 수치가 증가하며 나타난 급성 신부전(acute renal failure) 역시 패혈증의 원인보다는 합병증일 가능성이 컸다. 따라서 패혈증의 원인은 담낭염(cholecystitis)이 유력했다. 빌리루빈 수치 증가와 간효소 수치 증가는 담낭염 때문이 아니라 패혈증 쇼크로 인해 간 기능이 떨어져 나타날 수도 있었지만, 쓸개가 커져 있고 주변으로 액체가 고여 있는 것이 관찰되며 환자가 호소한 주증상 역시 '복부 불편감'이었고 이학적 검사에서 경미한 명치 통증이 관찰된 것을 고려하면 '담낭염으로 인한 패혈증 쇼크'가 가장 합리적인 진단이었다.

하지만 이번에도 해당 임상과와 협조는 어려웠다.

3

"쓸개 주변의 액체는 염증 변화가 아닙니다. 담낭염으로 인한 염증성 변화가 아니라 패혈증 쇼크로 인해 나타난 담낭 부종입니다. 간효소 수치와 황달 수치 증가도 담낭염으로는 이렇게까지 증가할 수 없습니다. 그리고 외과는 수술이 업무입니다. 이 환자를 수술할 수 있겠습니까? 외과 환자라니 당치도 않은 얘기입니다."

"선배, 전에도 얘기했는데 인공호흡기가 달렸다고 모두 호흡기내과 환자인가요? 그러면 뇌출혈로 인공호흡기 달고 있어도 우리가 봐야 해요? 폐렴? 물론 있죠. 그런데 흡인성 폐렴입니다. 흡인성 폐렴으로 패혈증에 빠졌을 리가 없잖아요. 응급의학과라 잘 모를 수도 있는데 이런 복부 CT는 담낭염이에요. 당연히 일반외과에서 봐야죠."

"선배님, 사실 저희는 감염내과가 아닙니다. 이유는 알 수 없으나 우리 병원에 감염내과가 독립되어 있지 않아 류마티스내과에서 업무를 담당할 뿐입니다. 그리고 감염이 있다고 모두 감염내과라면 심근경색, 신부전, 외상, 뇌졸중 같은 환자만 제외하고 모든 환자가 감염내과 환자여야 합니다. 패혈증 쇼크의 원인을 찾아야지 패혈증이니 감염내과에 연락하는 것은 무책임한 일이에요. 물론 뭐 응급의학과가 그걸 찾을 능력은 없겠지만요."

일반외과 3년차 레지던트, 호흡기내과 담당 3년차 레지던트, 류마티스내과 담당 3년차 레지던트의 말은 이전에 듣던 것과 거의 비슷했다. 환자마다 세부적인 내용은 조금씩 달랐으나 '우리 임상과에 해당하지 않습니다'란 결론은 소름 돋을 만큼 같았다. 덧붙여 응급의학과에 대한 은근한 경멸도 빠지지 않았다.

그래서 환자는 다시 내게 맡겨졌다. '응급의학과에 맡겨졌다'가 아니라 '응급의학과 2년차 레지던트 곽경훈에게 맡겨졌다'가 정확한 표현이다. 미니무스 교수가 환자에게 관심을 보이는 것은 월요일부터 금요일까지 매일 20분씩 진행되는 '아침 회진' 때뿐이었다. 그나마도 산소포화도를 올리기 위해 밤새 고민 끝에 맞추어 둔 인공호흡기 설정을 함부로 바꾸어 산소포화도를 번지점프하듯 떨어뜨리거나 승압제 용량을 마음대로 줄여 역시 혈압을 곤두박질시킬 뿐 손톱만큼도 긍정적인 도움은 되지 않았다. 물론 미니무스 교수는 '오늘 중으로 환자를 내과에서 데려가게 하겠다'고 큰소리치는 것도 잊지 않았는데 내과 레지던트에게도 무시당하는 미니무스 교수의 의견을 경청할 내과 교수는 아무도 없었다. 다른 응급의학과 레지던트들도 마찬가지였다. '왜 쓸데없이 환자에게 개입해서 문제를 만드냐, 그냥 놔두었으면 내과에서 봤을 거다'가 그들의 반응이었다. 지금껏 도착 당시 사망으로 판명된 환자에게 시체검안서나 발부하고 가망 없는 환자에게 심폐소생술을 시행하는 정도의 일만 하면서 지낸 자기네의 '평온한 일상'이 나 때문에 방해받지 않을까 걱정하고 짜증 냈을 뿐 환자에 대한 관심은 전혀 없었다. 그래서 나는 당직 근무일 때는 물론이고 짧지만 달콤한 오프일 때도 최대한 응급실에 머물렀다. 잠깐씩 눈을 붙이고 병원 뒤편 운동장을 찾아 5km씩 조깅할 때를 제외하면 오프 때도 병원에 머무르며 환자를 확인했다. 담당 응급실 인턴에게도 '환자 상태가 나빠지면 오늘 당직하는 윗년차가 아니라 나에게 전화하라'고 지시했다. 물론 '내가 전담하는 환자이니 환자에게 주의를 기울이지 않으면 너를 가만두지 않겠다'는 협박도 잊지 않았다.

다행히 며칠이 지나자 환자의 상태는 조금씩 좋아졌다. 승압제를 줄여도 혈압이 유지되었고 소변량이 증가했으며 인공호흡기 설정을 조금씩 낮추어도 산소포화도가 유지되었다. 일주일이 지나자 기관내삽관은 유지해야 하나 인공호흡기 연결은 제거할 수 있을 정도로 상태가 호전되었다. 그런데 그때 류마티스내과 담당 3년차 레지던트가 응급실에 나타났다.

"뭐, 생각해 보니 우리가 아니면 누가 이 환자를 보겠어요? 응급의학과에서 보기에는 인력도 달리고 실력도 부족하니 우리라도 이 환자를 봐야겠죠. 환자가 참 운이 좋네요. 일주일이 지났지만 이제 제대로 된 치료를 받을 수 있을 테니까요."

류마티스내과 담당 3년차 레지던트의 말에 화가 치밀어 오르기보다는 어이가 없어 웃음이 터져 나왔다. '중대한 시기는 모두 지났고 이제 인공호흡기를 제거할 수 있을 만큼 회복되니 나타나서 좋은 의사 흉내 내는 거냐?'고 쏘아붙일 수도 있었으나 류마티스내과 담당 3년차 레지던트는 자신이 내뱉은 염치없는 말을 진심으로 믿는 것 같아 아무 말도 하지 않았다. 머저리는 머저리인 상태로, 찌질이는 찌질하게 내버려 두는 것이 가장 합당한 처벌이기 때문이다.

어쨌거나 그 환자는 나의 레지던트 시절 하나의 이정표였다. 그전까지 '모든 임상과에서 거부한 중환자'를 떠맡아 왔지만 안타깝게도 성공적으로 회복하는 경우가 드물었다. 그러나 그 환자를 통해서 내가 '모든 임상과에서 거부한 중환자'를 '해당 임상과에서 기꺼이 입원시키는 단계'까지 회복시킬 수 있다는 자신감을 얻었다. 1년차 레지던트 내내 겪었던 파란만장한 일에 대한 작은 보상으로도 느껴졌다.

그런 자신감으로 나는 응급실에서 한층 적극적으로 일하기 시작했다. 물론 덕분에 더 많은 논란과 이전과는 비교할 수 없는 골치 아픈 사건들에 휘말릴 수밖에 없었다.

달라질 것은 없었다

1

잘 구운 다음 크림치즈와 그레이비소스를 곁들인 베이글, 기름에 볶은 엄청나게 짠 시금치, 방울토마토 몇 개, 달갈 스크램블 혹은 서니사이드업, 건드리면 부서질 것처럼 바싹 구운 베이컨, 해시브라운 감자 그리고 커다란 커피메이커에서 보약 달이듯 내린 커피. 미국 드라마 주인공이 힘든 밤 근무를 마치고 'Diner'라는 조그마한 네온사인 간판이 달린 식당에서 먹을 만한 음식이다. 그런데 나는 레지던트 시절 근무를 마치고 자주 그런 음식을 먹었다. 때로는 밤 근무 응급실 인턴들과 함께 먹었고 때로는 혼자 잠이 부족해서 충혈된 눈과 퍼석해진 얼굴로 음식을 욱여넣었다. 특히 혼자 식당을 찾았을 때는 모자 관계로 추정되는 주인과 종업원 그리고 나를 제외하면 식당 내 나머지 모두는 덩치 큰 흑인과 백인인 경우가 많아 정말 미국 드라마 가운데 들어온 것 같았다.

'깊은 밤 혹은 이른 새벽에도 문을 여는 식당이 존재하느냐?' 혹은 '아침에도 색다른 음식을 먹을 수 있느냐?' 하는 것이 '재미있고 오래된 도시'와 '심심한 신도시'를 감별하는 질문이란 걸 들은 적 있다. 인턴부터 레지던트까지 5년 동안 머물렀던 도시는 확실히 '재미있고 오래된 도시'에 속했다. 24시간 이상 이어지는 근무를 마치고 병원을 나설 때, 늦은 아침 식사로 해장국, 순댓국, 보리밥, 김치찌개, 햄버거 같은 심심한 음식이 아니라 미국 드라마에 나올 법한 '값싼 미국 음식'을 먹을 수 있었기 때문이다. 물론 거기에는 한국전쟁 무렵부터 미군이 주둔한 역사적 배경이 있다. 미군 부대 바로 앞에서 미군을 상대로 영업하는 식당이 아니고서야 '값싼 미국 음식'을 덩치 큰 흑인과 백인 사이에서 먹을 수 있는 곳이 흔하지 않을 것이다.

그런 '당직 근무 후 미군 부대 앞 식당에서 값싼 미국 음식 먹기'는 레지던트 시절 내게는 의식 같은 행사였다. 지금도 레지던트 시절을 추억하고 싶을 때면 그 식당을 찾는다.

그날도 밤 근무 응급실 인턴들과 함께 값싼 미국 음식을 먹는 것이 나의 계획이었다.

"곽경훈 선생님, 전화 좀 받으세요."

언제나 예상하지 못한 방해가 있는 법. 이제 레지던트 숙소에 가서 옷을 갈아입어야겠다고 결심했을 때 응급실 간호사가 전화기를 건넸다.

"미니무스 교수님께서 의국 회의실로 오랍니다."

전화기 너머 목소리는 3년차 레지던트였다. 불길했다. 나는 방금 끝난 미니무스 교수의 아침 회진을 되돌아봤다. 나는 1년차 레지던트 중반 무렵부터 미니무스 교수의 아침 회진 때 태도가 극히 불량했다. 교육적 의미도 없고 환자에게 아무 도움도 되지 않는 회진, 환자에게 실질적 피해를 끼칠 때도 종종 있는 회진을 이해할 수 없었다. 불량한 태도가 지나쳐 미니무스 교수가 불쾌함을 넘어 노여움에 역정 낼 때도 종종 있었으나 그날은 비교적 평온했다. 그래서 미니무스 교수가 나를 의국 회의실로 부르는 이유를 추측하기 어려웠다. 그래도 한 가지는 확실했다. 밤 근무 응급실 인턴들과 값싼 미국 음식을 먹으면서 수다 떠는 소소한 행복은 그 날 가능하지 않다는 것!

나는 밤 근무 인턴들에게 '오늘은 미니무스 교수께서 찾으셔서 갈 수 없다'고 얘기하고 의국 회의실로 걸음을 옮겼다. 의국 회의실은 언제나처럼 문이 열려 있었는데 미니무스 교수와 응급의학과 레지던트들 외에 전혀 예상하지 못한 사람들이 있었다. 류마티스내과 선임교수를 비롯해서 전임의와 레지던트들이 회의실 한쪽에 자리 잡고 있었다.

2

중년을 훌쩍 넘긴 나이, 그 연배의 평균보다 약간 통통한 체형, 말끔하게 가르마를 타서 빗어 넘긴 머리카락, 높지도 낮지도 않은 평범한 콧날, 금속테 안경, 류마티스내과 선임교수는 사람들이 상상하는 '유능한 내과 의사'에 어울리는 외모였다. 그런 외모는 '인자한 목회자'에도 어울리는데 실제로 류마티스내과 선임교수는 일요일 예배는 당연하고 수요일에도 교회를 찾는 독실한 신자였다. 그뿐만 아니라 일할 때도 부드러운 태도와 온화한 말투로 '기독교인다운 품위'를 지키기 위해 한껏 노력했다. 그러나 나는 그가 교회에서 흔히 마주치는 위선자 가운데 하나라 생각했다. 1년차 레지던트 후반 무렵 그렇게 생각할 수밖에 없는 사건을 겪었기 때문이다.

40병상인 응급실에 50명의 환자가 들이닥쳐 복도에 간이침대까지 설치한 바쁜 오후, 말쑥하게 고급 양복을 차려입은 젊은 남자가 응급실에 나타났다. 사내는 의사를 찾기 위해 두리번거렸는데 하필이면 그때 내가 환자분류소에 있었다. 그는 내게 다가왔고 "연락받았습니까?"라고 물었다. 환자의 이름도 말하지 않고 '연락받았습니까?'라 물으니 황당했다. 그래서 그에게 환자의 이름과 증상을 물어봤으나 그는 물음에는 대답하지 않고 다시 "연락 못 받았단 말입니까?" 하고 되물었다. 나는 "특별히 연락받은 것은 없습니다만 환자를 모시고 오면 진료를 시작하겠습니다." 하고 말했다. 그러자 그는 불쾌한 듯 얼굴을 찌푸리며 "아니, 내과 교수님한테 연락했는데 급한 응급 환자가 레지던트 따위에게 말해야 해!"라고 고함쳤다. 너무 황당해서 화도 나지 않는 상황이었으나 나는 재차 "환자를 응급실에 모시고 오면 진료를 시작하겠습니다."라고 말했는데 그는 체온계가 담긴 바구니를 집어 나에게 던졌다. 나중에 보니 환자는 그의 아버지로 경미한 어지러움을 호소할 뿐 별다른 이상이 없었고 그가 연락했다는 상대는 류마티스내과 선임교수였다. 그러니까 환자, 바구니를 집어 던진 보호자, 류마티스내과 선임교수는 모두 같은 교회 신도였다. 보호자의 난동 때문에 응급실이 난장판이 된 후에야 나타난 류마티스내과 선임교수는 보호자를 제지하는 것이 아니라 오히려 나에게 화를 냈다. "그 애가 어릴 때부터 봐서 잘 아는데 아주 인격자다. 그 애가 얼마나 불쾌했으면 폭력을 사용했겠느냐."라고 호통을 치면서.

그 류마티스내과 선임교수가 전임의와 해당 레지던트들을 데리고 의국 회의실에 앉아 있으니 앞으로 대단히 불쾌한 상황이 펼쳐질 것 같았다.

"오, 곽경훈 선생, 어서 앉게나."

류마티스내과 선임교수는 특유의 '선한 사마리아인' 같은 미소를 지으며 말했다. 나는 고개를 숙여 예의를 갖추고 자리에 앉았다.

"곽경훈 선생의 열정은 높이 생각하네. 그런데 아직 젊다 보니 열정만 앞세우는 경향이 있다고 하는군. 나도 그렇게 생각하네."

고리타분한 위선자 대부분은 상대를 공격할 때 점잖은 말부터 내뱉는다. 류마티스내과 선임교수도 그랬다.

"어제도 그런 일이 있었다는군. 곽경훈 선생이 우리 레지던트를 방해해서 제대로 일을 하지 못했다고 들었네. 곽경훈 선생이 공중보건의사로 미리 군대를 다녀와서 연차는 같아도 선배라 함부로 말도 못 하고 전전긍긍했다는군. 더구나 곽경훈 선생은 흥분하면 주먹질도 하지 않나."

응급실 담당 내과 2년차 레지던트의 일을 방해했다고? 나는 어처구니없는 웃음을 참을 수가 없었다.

3

1995년 3월 20일 교주 아사하라 쇼코를 추종하는 옴진리교 신자들이 출근 인파로 붐비는 도쿄 지하철에 사린 가스를 살포했다. 대표적인 군사용 독가스인 사린 가스는 신경작용제로 분류되며 노출되면 두통, 구토, 분비물 증가, 동공 수축(miosis)이 나타나고 곧 호흡 근육이 마비되어 사망한다. 그런 독가스를 살포하는 것은 전쟁범죄에 해당한다. 그로 인해

당시 도쿄 대형 병원 응급실 의료진은 공황 상태에 빠졌다.

군사용 신경작용제보다 독성은 약하나 유기인계 농약 (organophosphate)도 작용 기전은 같다. 농약 중독은 응급의학과 의사라면 적지 않게 경험하는 증상인데, 농약 중독이 의심되는 환자가 실려 오면 우선 농약이 무엇인지 확인한다. 유기인계 농약으로 확인되면 즉시 그에 따른 치료를 시작하고 무슨 농약을 음독했는지 명확히 밝히지 못하면 혈액 검사를 통해 콜린에스테라제(cholinesterase) 수치를 측정한다. 사린 가스 같은 신경작용제와 유기인계 농약은 콜린에스테라제라는 체내 효소와 결합해서 호흡 근육을 마비시키기 때문에 상세 불명의 농약을 마셨더라도 혈액 내 콜린에스테라제가 감소하면 유기인계 농약 중독으로 생각하고 해독제인 2-PAM과 증상을 호전시키는 약물인 아트로핀(atropine)을 투여한다. 그런데 2-PAM과 아트로핀 투여에도 호흡 근육 마비가 진행하면 인공호흡기 치료를 시작할 수밖에 없다. 다른 심각한 합병증이 나타나지 않으면 유기인계 농약의 독성 효과가 사라질 때까지 인공호흡기 치료를 지속하는 것으로 환자가 회복하기도 한다. 따라서 유기인계 농약 중독에서 인공호흡기 치료는 아주 중요하다. 기관내삽관을 시행하고 인공호흡기를 연결하고 환자의 상태에 따라 인공호흡기 설정을 조정하는 과정은 어렵지는 않으나, 환자 곁에서 세심한 주의와 관심을 기울여야 하는 일이다. 그렇기에 짧은 시간 동안 인공호흡기 치료가 필요한 환자가 연이어 내원하면 능숙한 의사도 힘에 부칠 때가 있다. 그날이 딱 그랬다.

그날따라 자살 목적의 음독 환자가 다섯 명이나 내원했고 가운데 두 명은 안정제를 복용했으나 나머지 셋은 유기인계 농약을 음독해서 인공호흡기 치료가 필요했다. 특히 셋 가운데 한 명은 응급실 도착 당시 심정지나 다름없는 상태였다. 그날 나는 인공호흡기 치료가 필요한 세 명의 환자에게 기관내삽관, 인공호흡기 연결, 중심정맥관 삽입을 시행했고 2-PAM과 아트로핀을 처방했다. 흡인성 폐렴 가능성도 배제하지 못해 정맥 항생제를 투여했고 이미 담당한 환자들로 정신없이 바쁜 응급실 담당 내과 2년차 레지던트를 대신해서 환자가 어느 정도 안정될 때까지 전담했다.

그런데 다음 날 아침 류마티스내과 선임교수가 갑자기 나타나서 '내과 2년차 레지던트의 일을 방해했다'고 주장하고 나선 것이었다.

"그런데 교수님, 지난밤에는 음독 환자가 다섯 명이나 내원했습니다. 가운데 셋은 유기인계 농약을 마셔 인공호흡기 치료가 필요했고 그중 한 명은 응급실 도착 당시 심정지 직전이었습니다. 내과 입원이 결정되었으나 병실이 없어 응급실에 머무르는 환자들로, 이미 바쁜 내과 2년차 레지던트가 짧은 시간 동안 밀어닥친 그 세 명의 환자를 제대로 진료할 수 있었을까요? 그래서 환자가 제대로 진료받지 못하는 상황을 방지하려고 제가 그 세 환자에게 인공호흡기를 연결하고 어느 정도 상태가 안정될 때까지 전담했습니다."

그러면서 나는 류마티스내과 선임교수를 따라온 내과 2년차 레지던트를 바라봤다. 마침 그가 지난밤 나와 함께 근무한 응급실 상주 야간 당직이었기 때문이다.

"그러고 보니 여기 ○○○ 선생이 지난밤 저와 함께 근무했으니 잘 알겠군요. ○○○ 선생이 확인해 주지 않아도 밤 근무 응급실 인턴과 보호자에게 물어보면 사실 관계를 정확히 알 수 있습니다."

내과 2년차 레지던트는 말없이 고개를 숙였다. 류마티스내과 전임의는 애써 시선을 피하며 딴청을 피웠다. 그러나 류마티스내과 선임교수는 당황하지 않고 특유의 인자한 표정을 지으며 말했다.

"아, 그랬군. 이거 오해가 있었나 보네."

그러고는 미니무스 교수를 바라보더니 예상하지 못한 제안을 했다.

"이렇게 훌륭한 레지던트가 응급의학과에 있으니 이번 일을 계기로 음독 환자는 응급의학과에서 입원시켜 보는 것이 어떻겠습니까? 독성학은 우리 류마티스내과가 아니라 응급의학과의 전문 분야 아닌가요?"

'당신네가 입원시켜 치료하라'라는 말은 미니무스 교수 같은 무능한 응급의학과 의사를 효과적으로 공격할 수 있는 무기다. 당연히 미니무스 교수의 얼굴이 어두워졌다. 나는 그 상황을 참을 수 없었다.

"네, 전문 분야도 아닌 류마티스내과도 할 수 있는 일을 우리 응급의학과가 못할 리가 있습니까."

나의 말은 의국 회의실을 채운 모두를 경악시켰다. 특히 미니무스 교수가 얼굴이 붉어지면서 소리쳤다.

"그건 너 같은 놈이 결정할 문제가 아냐!"

당연히 2년차 레지던트가 결정할 일은 아니었다. 그러나 미니무스 교수가 화내는 진짜 이유는 일하고 싶지 않았기 때문이었다.

"네, 그렇겠죠. 그럼 앞으로 저는 내과 환자는 손대지 않겠습니다. 제가 주제넘게 내과 환자를 진료해서 고명하신 내과 교수님께서 누추한 응급실에 행차하신 것 아닙니까? 저 같은 비천한 응급의학과 레지던트는 앞으로 내과 환자는 처다보지도 않을 테니 위대한 내과 의사들께서 열심히 한번 해 보시죠."

어차피 미운털이 단단히 박혔으니 자제하고 조심할 이유가 없었다. 물론 나의 말은 즉각적인 반응을 불러왔다. 미니무스 교수가 손으로 탁자를 내리치며 말했다.

"너, 이놈! 당장 나가!"

그러나 앞서 말했듯 나도 거칠 것이 없었다.

"예! 저도 이런 비열하고 더러운 자리에 있기 싫습니다."

나는 자리에서 일어나 의국 회의실을 나왔다. 나오면서 부서질 만큼 세게 문을 닫는 것도 잊지 않으면서.

4

그 사건으로 달라진 것은 없었다. 나는 류마티스내과 선임교수와 미니무스 교수 누구에게도 그날의 무례한 행동을 사과하지 않았고 그 둘 역시 그 사건을 언급하지 않았다. 류마티스내과 선임교수는 다시는 응급실로 찾아오지 않았고 미니무스 교수는 다음 아침 회진 때 아무 일도 없었다는 표정으로 '의미 없는 의사 놀이'를 계속했다. 그리고 나는 계속해서 응급실을 방문하는 내과 환자를 진료했다.

우두머리 없는 병사의 서러움

1

머리카락은 짧고 피부는 거무튀튀했다. 금속테 안경을 낀 찢어진 눈과 약간 들창코인 콧날은 미련하고 고집스러우면서 악랄한 느낌을 주었다. 185~190cm 사이인 키와 110kg까지는 아니나 100kg은 가볍게 넘길 듯한 체중은 다분히 위협적이었다. 물론 꾸준히 운동하며 몸을 관리하는 부류는 아니고 30대 중반을 넘긴 터라 군살이 적지 않았으나, 근육이 빈약하고 물과 지방으로 채워진 부류는 아니었다. 의과대학 시절 농구장에서 몇 차례 마주쳤고 야구 시합도 서너 번 같이 했던 경험을 참고하면 보통 정도의 민첩성, 꽤 강한 힘,

그리고 빈약한 체력을 지닌 존재였다.

그래서 그를 아주 쉽게 쓰러뜨릴 수 있었다. 180cm에 88kg인 나와 비교하면 신체 조건은 우위에 있으나 힘은 압도적이지 않고 체력이 형편없으며 복싱 경험도 없어 왼손잽과 1분 정도 시간이면 그를 바닥에 눕힐 수 있었다. 그러나 우리가 마주한 곳은 복싱 링이 아니라 응급실 복도였다.

2

유능한 의사도 환자의 경과를 완벽하게 예측할 수 없다. 심지어 의학 드라마에 등장하는 초인적 능력을 지닌 주인공도 완벽하지 않다. 그래서 입원 환자의 상태가 급격히 나빠질 때도 있고 환자에게 전혀 예상하지 못한 심정지가 발생하기도 한다. 또 그런 사건은 응급실과 중환자실처럼 심폐소생술을 시행할 인력이 충분한 곳에서만 발생하지 않는다. 이런 이유로 대부분 대형 병원에는 심정지 상황을 알리는 구호가 존재한다. '코드 블랙', '코드 레드', '닥터 레드', '닥터 블랙' 같은 짧은 단어를 구호로 사용하는데 의료진이나 병원 직원이 심정지를 목격하면 심장 압박(cardiac compression)을 시행함과 동시에 교환실에 응급 상황을 알리면 곧 병원 전체에 '○○병동 코드 블랙', '정형외과 외래 코드 블랙', '주사실 코드 블랙' 같은 내용이 방송된다. 그러면 근처에 있는 의료진은 아주 중요한 시술을 하고 있거나 중환자를 진료하는 경우가 아니면 방송에서 알려준 곳으로 뛰어가야 한다. (일반인이 알아듣기 힘든 암호 같은 구호를 정하는 이유는 간단하다. '○○병동에서 심정지 발생' 같은 방송이 나온다고 생각해 보라. 병원에서 드물지 않게 발생하는 상황이나 의료인이 아닌 일반인은 심리적 충격을 받을 수밖에 없다.)

"CT실 닥터 그린! CT실 닥터 그린!"

내가 수련받은 병원의 구호는 '닥터 그린'이었다. CT실과 MRI실은 지하 1층으로 응급실에서 멀지 않았고 다행히 응급실에는 긴급한 조치가 필요한 중환자가 없었다. 그래서 나는 CT실로 전력 질주했다.

CT실에 들어서니 환자와 동행한 내과 1년차 레지던트밖에 없었는데 그는 공황 상태였다. (원래부터 환자의 상태가 좋지 않아 CT실에 담당 내과 1년차 레지던트가 동행한 듯했다.) 나는 환자에게 다가가 사타구니의 대퇴동맥(femoral artery) 박동을 확인했다. 다행히 약하게 대퇴동맥 박동은 있었다. 다만 자발 호흡이 아주 약했고 청진기로 양쪽 폐에서 심한 천명음(wheezing sound)을 확인했다.

"기관내삽관합니다!"

나는 방사선사와 방송을 듣고 달려온 간호사들에게 말했다. 방사선사는 CT실 구석에 배치된 구급키트를 가져왔고 간호사는 능숙한 동작으로 구급키트에서 후두경(laryngoscope)을 찾아 건넸다. 나는 후두경의 조명을 확인하고 환자의 입으로 밀어 넣었다. 혓바닥을 들어 올리며 밀어 넣어 후두개(epiglottis)를 젖히자 성대(vocal cord) 사이로 기관이 보였다.

"튜브!"

간호사는 기관내관에 금속으로 만든 스타일렛(stylet)을 끼운 후 건넸다. 나는 긴 플라스틱관인 기관내관을 성대 사이로 보이는 기관으로 밀어 넣고 스타일렛을 제거했다. 간호사가 기관내관에 암부백(ambu-bag, 인공호흡기를 연결하기 전 손으로 인공호흡을 시행하는 도구)을 연결했고 나는 청진기로 폐음을 들어 기관내관이 성공적으로 기관 사이에 들어간 것을 확인했다. 암부백을 이용해서 30초~1분가량 인공호흡을 실시하자 환자의 상태는 확연히 좋아졌다. 혈압이 정상 범위까지 올라왔고 자발 호흡이 돌아왔다.

"무슨 상황이었습니까?"

나의 물음에 방사선사가 다소 안도한 표정으로 대답했다.

"흉부 CT를 찍으려고 막 조영제를 투여했는데 환자가 가슴이 답답하다면서 의식을 잃었어요."

방사선사의 대답을 듣고서 내과 1년차 레지던트에게 '무슨 환자냐?'고 재차 물었다.

"심부전요. 평소에도 호흡 곤란이 있는데 혹시 폐질환도 있는지 보려고⋯."

심부전 환자가 호흡 곤란이 악화하여 입원했는데 폐부종처럼 심부전으로 인한 문제 외 폐렴이나 폐동맥색전증(pulmonary thromboembolism, 혈전이 폐동맥을 막아 심한 호흡 곤란이 나타나는 질환) 같은 질환이 동반되었는지 감별하기 위해 흉부 CT를 처방한 듯했다. 폐동맥색전증까지 감별하려 했으니 당연히 조영제를 투여하는 CT를 촬영해야 했다. 그런 상황에서 조영제를 투여하자 가슴이 답답하다고 호소하고 곧 의식을 잃었다. 내가 도착했을 때도 맥박은 약하게 있으나 호흡 곤란이 아주 심했고 양쪽 폐에서 천명음이 들렸다. 그런 사항과 더불어 기관내삽관을 통해 기도를 확보하자 별다른 조치 없이도 증상이 확연히 호전된 것으로 미루어 환자는 급성 심근경색 같은 심장 문제가 아니라 조영제 알레르기로 인한 기도 폐쇄에 해당했다.

"일단 에피네프린 0.3 앰플을 피하에 주사하세요."

상태가 호전되었으나 아직도 천명음이 남아 있어 에피네프린을 투여하고 응급실로 옮기기로 결정했다. 그런데 그때 내과 1년차 레지던트가 황급히 말했다.

"안 됩니다! 심장내과 환자라서 에피네프린을 투여하면 안 됩니다!"

심장질환이 있는 환자에게 에피네프린이 좋지 않을 수 있으나 상황과 관계없이 '심장내과 환자여서 무조건 투여할 수 없다'는 합리적이지 않은 주장이었다. 조영제 알레르기로 기도 폐쇄가 발생한 경우에는 더욱 그랬다. 그래서 내과 1년차 레지던트에게 뭐라고 말하려는 순간 심장내과 담당 4년차 레지던트가 나타났다. 그는 상황을 파악하기도 전에 나를 보고 짧게 말했다.

"응급의학과는 빠지지."

의과대학 가운데 상당수는 2000년대 초반까지 선후배 위계질서가 강했다. 그래서 이른바 '현역'으로 입학한 나와 아래 학번이나 여러 차례 대학 입시 끝에 입학한 소위 '장수생'인 심장내과 담당 4년차 레지던트는 의대생 때부터 서로 불편한 관계였다. 특히 심장내과 담당 4년차 레지던트는 또래보다 나이가 훨씬 많은 것을 내세워 나처럼 학번은 빠르나 나이는 적은 선배에게 의도적으로 인사하지 않거나 교묘히 반말을 사용했다. 나는 친한 후배가 반말을 사용해도 지적하지 않았으나 심장내과 담당 4년차 레지던트처럼 행동하는 후배가 있으면 정색하고 불러 세워 독설을 퍼부었다. 그러니 사이가 좋을 수 없었다. 또 그는 내과에 대한 자부심이 강했고 심장내과 담당 4년차 레지던트로 다음 해에 심장내과 전임의를 하기로 확정된 상태라 더욱 거만했다. 어쨌거나 그는 내과 1년차 레지던트에게 환자 상황을 보고 받더니 단호하게 말했다.

"야, 이거 심장 문제야. 누가 쓸데없이 기관내삽관했어? 이거 제거하고 응급실로 옮겨."

기관내관을 제거하라고? 기도 폐쇄로 호흡부전이 발생한 환자의 기관내관을 제거하라고? 환자의 상태가 호전되긴 했으나 기관내관 제거는 성급했다.

"제가 도착했을 때 환자는 심정지가 아니라 호흡부전 상태웠습니다. 조영제를 투여하자 가슴이 답답하다고 호소하고 의식을 잃은 것으로 미루어 조영제 알레르기로 인한 기도 폐쇄가 호흡부전의 원인일 가능성이 큽니다. 심실세동(ventricular fibrillation)이나 심근경색 같은 문제였다면 기관내삽관을 시행해서 기도를 확보하는 것만으로 환자의 상태가 극적으로 좋아질 리가 없지 않습니까?"

심장내과 담당 4년차 레지던트는 아예 나를 무시했다. 내가 보이지 않고 내 목소리가 들리지 않는 것처럼 행동했다. 나는 다급했다.

"그러면 응급실로 옮기는 동안만이라도 기관내관을 유지하면 안 되겠습니까? 기껏해야 10분입니다. 응급실에 도착하고 기관내관을 제거한다고 문제가 생길 까닭은 없지 않습니까?"

그러나 심장내과 담당 4년차 레지던트의 태도는 변하지 않았다. 그리고 그 상황에서 외눈박이까지 도착했다.

외눈박이는 교수 임용 얘기가 조금씩 흘러나오는 심장내과 전임의였다. 물론 진짜 외눈박이는 아니고 그런 별명이 붙은 사건이 있었다. 패혈증으로 응급실에서 치료받던 환자가 다발성 장기부전(multiple organ failure)에 빠졌다. 심정지가 발생했고 30분 넘는 심폐소생술에도 반응하지 않아 막 사망 선언을 하려는 찰나 그때도 심장내과 전임의 신분이던 외눈박이가 도착했다. 정확한 의도는 알 수 없으나 외눈박이는 휴대용 초음파 기계로 패혈증 환자의 심장을 관찰하더니 화가 머리끝까지 오른 표정으로 말했다. "심장 근육의 움직임이 없잖아! 이 환자는 심근경색이야! 어서 심폐소생술을 계속해!" 황당했다. 사망했으니 심장 근육의 움직임이 없을 수밖에 없다. 최종적으로 심장의 움직임이 멈추는 것이 사망이기 때문이다. 패혈증뿐 아니라 외상으로 사망해도 당연히 심장의 움직임은 없다. 그런데 패혈증으로 이미 사망한 환자의 심장 근육에 움직임이 없으니 심근경색이라고? 그가 외눈박이란 별명을 얻은 이유는 그런 식으로 오직 심장만 관찰해서 모든 질환을 진단했기 때문이다.

그러니 상황은 더욱 악화할 수밖에 없었다.

"무슨 소리야? 심장 문제야. 어서 기관내관 제거하고 응급실로 옮겨."

나는 뒤로 물러날 수밖에 없었다. 그러자 내과 1년차 레지던트가 기관내관을 제거하고 이동식 침대로 옮겼다. 그러고는 환자를 데리고 응급실로 향했는데 나는 어두운 표정으로 그 행렬을 따랐다.

3

안타깝게도 지하 1층에서 지상 1층으로 향하는 환자용 엘리베이터에서 호흡부전이 나타났다. 엘리베이터에 타지 못한 나는 계단을 통해 1층으로 올라와서 호흡부전이 발생하는 순간을 목격하지 못했으나 엘리베이터 문이 열리고 내과 1년차 레지던트의 당황한 표정과 응급실을 향해 이동식 침대를 빠르게 밀고 가는 모습으로 심상치 않은 상황임을 깨달았다.

응급실에 도착해서도 나는 철저히 배제당했다. 응급실 상주 내과 2년차 레지던트와 내과 1년차 레지던트가 한참 끙끙거린 끝에 겨우 기관내삽관에 성공했으나 이미 심정지에 빠진 후였다. 외눈박이, 심장내과 담당 4년차 레지던트까지 포함해서 4명의 내과 의사가 환자 곁을 지키며 심폐소생술을 지속했으나 20분 가까이 되어서 겨우 환자의 심장 박동이 돌아왔다. 외눈박이는 심각한 표정으로 보호자를 불러 설명을 시작했다.

"CT를 찍으려고 하던 중 심장 문제 악화로 심정지가 발생했습니다. 현장에서 회복했으나 응급실에서 다시 심정지가 발생했고 이번에도 가까스로 회복했습니다만 상태가 좋지 않아요."

그러면서 그는 중환자실로 입원해서 치료를 계속할 것이라 덧붙였다. 나는 외눈박이와 심장내과 담당 4년차 레지던트에 대한 분노 그리고 환자에 대한 안타까움으로 응급실의 공기를 견딜 수 없었다. 그래서 크게 숨을 들이쉬기 위해 응급실 복도로 나왔는데 공교롭게도 심장내과 담당 4년차 레지던트와 마주쳤다.

그때 정말 심장내과 담당 4년차 레지던트를 흠씬 두들겨 패고 싶었다. 그러나 현실적으로 가능하지 않았다. 1년차 레지던트 초반에 응급실 상주 내과 2년차 레지던트를 때릴 때와는 상황이 달랐다. 그때는 그런 행동으로 '내가 응급실에서 진료하는 것을 막지 마라'는 뜻을 내과 2년차 레지던트뿐 아니라 나머지 전체에 알릴 수 있었고 징계위원회가 열려도 실질적으로 처벌받을 가능성이 작았다. 그리고 악명이 긴 했으나 다른 응급의학과 레지던트들처럼 무시당하지 않을 영향력도 얻을 수 있었다. 그러나 이번에는 얻을 것은 없고 크게 처벌받을 가능성만 컸다. 그래서 심장내과 담당 4년차 레지던트가 거만한 표정으로 지나가는 것을 말없이 지켜볼 수밖에 없었다.

그 상황에서 내가 할 수 있는 일은 응급의학과 교수에게 보고하는 것뿐이었다. 그러나 미니무스 교수에게 보고해도 달라질 것은 없었다. 미니무스 교수는 그런 일에 관심이 없다. 골치 아픈 일은 피하려 할 것이다. 그래서 오히려 나를 야단칠지도 몰랐다. 백번 양보해서 미니무스 교수가 심장내과 교수를 찾아가도 상대는 눈썹 하나 까닥이지 않을 것이 분명했다.

나는 '우두머리 없는 병사의 서러움'을 느꼈다. 위대하고 훌륭한 장군은 바라지도 않았다. 미니무스 교수 같은 부류가 아니라 정상적인 누군가가 응급의학과 교수로 왔으면 하고 간절하게 기원했다.

진공관 교수의 등장

1

제법 단골이 있고 나름 유명한 식당은 몇 가지 공통점이 있다. 음식의 맛과 종업원의 태도 같은 기본적인 부분은 당연하고 세월의 흔적이 느껴지나 누추하지 않은 가구, 번쩍번쩍 광나지는 않으나 정결한 위생 상태 같은 면도 묘하게 서로 닮아 있다. 소소한 공통점도 있는데 벽 한쪽에 액자가 걸려 있고 그럴듯한 필체로 고사성어나 격언이 적혀 있는 것도 그 가운데 하나다.

그날 복어집도 그랬다. 병원 근처에 있어 단골 대부분이 교수와 행정직 간부라 비싸지 않은 가격에 괜찮은 음식을 먹을 수 있는 곳이었다. 앞서 언급한 다른 공통점과 함께 벽 한쪽에 액자도 걸려 있었다. 다만 고사성어나 짧은 격언이 아니라 꽤 긴 문장이었다. 간추리면 '말과 행동에 앞서 충분히 생각하라', '꼭 필요하지 않으면 말과 행동을 하지 않는 것이 낫다'는 내용이었는데 나는 피식 한 번 웃었다. 미니무스 교수가 그 액자를 보면 몇 마디 훈계를 내뱉을 가능성이 컸기 때문이다.

"사람이 생각이 부족하면 안 된다. 의사란 사람이 말하고 행동할 때는 미리 생각이란 것을 충분히 해야 한다."

예상대로 미니무스 교수는 액자를 바라보며 사려 깊은 스승 같은 표정을 한껏 지으며 말했다. 미니무스 교수의 다음 행동도 예상하기 어렵지 않았다. 액자를 향했던 시선이 나를 향하며 잔소리를 덧붙일 것이다.

"그러고 보니 우리 응급의학과는 훈이 문제네. 훈이 문제야. 전문의나 전공의나 이름에 훈이 들어가면 똑같군."

그때보다 몇 달 전에는 '곽경훈이 문제야'라며 말했을 것이다. '전문의나 전공의나 이름에 훈이 들어가면 모두 문제'라고 얘기한 것에는 몇 달 사이 의국에 작은 변화가 있었기 때문이다.

2

무능할 뿐 아니라 게으르고 나태하며 부정한 방법으로 이익을 얻는 것도 마다하지 않을 만큼 타락한 부류라면 과연 어떤 사람을 아랫사람으로 두려 할까? 만약 '부지런하고 유능한 아랫사람'이란 대답을 떠올린다면 당신은 아직 세상을 구석구석 경험하지 못한 지나치게 순진한 존재일 가능성이 크다. 단순하게 생각하면 유능하고 부지런한 아랫사람이 있으면 그에게 일을 맡겨두고 게으르고 나태한 삶을 지속할 수 있으리라 판단할 수도 있다. 그러나 실제로는 유능하고 부지런한 아랫사람이 나타나는 순간 윗사람의 게으르고 나태한 삶은 흔들릴 수밖에 없다. 운 좋게 아랫사람이 야망 없고 선량해도 열심히 일하면 이전에는 이런저런 변명으로 하지 않았던 일을 해야 하기 때문이다. 또 선량해도 '부처님 가운데 토막' 같은 성품이 아닌 다음에야 자신은 끝없이 일하고 윗사람은 무위도식하는 상황을 참을 가능성은 작다. 더구나 유능하고 부지런한 사람이 선량할 수는 있어도 야망까지 없을 가능성은 매우 낮다. 야망 있는 아랫사람이 유능하고 부지런하면 무능하고 게으른 윗사람의 통제를 받지 않으려 하고 굳이 하극상을 계획하지 않아도 자연스레 윗사람이 밀려

나는 경우가 많다. 그래서 게으르고 무능한 윗사람은 유능하고 부지런한 아랫사람을 뽑지 않는다. 자신과 같은 무능하고 게으른 존재를 아랫사람으로 선택하는 경우가 압도적으로 많다. 다만 게으를 뿐 아니라 무능하기에 이런 문제까지 고려하지 못해서 때때로 비교적 유능하고 부지런한 아랫사람을 뽑기도 하는데 그때 미니무스 교수도 비슷했다.

물론 미니무스 교수가 자신을 '무능하고 게으르며 타락한 교수'라 생각했는지는 확실하지 않다. 이틀에 한 번 '아침 회진'을 제외하면 실질적으로 아무 일도 하지 않고 담배를 피우며 스포츠 신문을 정독하고 교수 연구실에서 짧은 퍼팅 연습하는 것으로 시간을 보내면서도 자신이 괜찮은 의사이며 존경할 만한 스승이라 생각했을 수도 있다. 그런 망상에 가까운 착각 때문인지 혹은 게으르고 무능한 사람이 저지르는 실수, 그러니까 유능하고 부지런한 아랫사람이 있으면 자신이 더 편히 지낼 수 있으리란 판단 착오 때문인지 몰라도 미니무스 교수는 자신과 사뭇 다른 사람을 '신임교수 후보'로 데려왔다.

신임교수 후보의 첫인상은 그다지 인상적이지 않았다. 크지 않은 키, 평균적인 체형, 헤어스프레이로 힘을 준 머리카락, 금속 안경테, 잘 면도한 수염은 나쁜 인상은 아니었으나 그렇다고 돋보이지도 않았다. 다만 안경 렌즈 너머 눈빛은 불꽃처럼 강렬하지는 않아도 재기발랄한 느낌을 주었다. 미니무스 교수는 그를 우리에게 소개하며 "멀리 서울에서 훌륭하게 수련받은 분이다. 지금은 촉탁의로 부임해도 내년에 정식 교수로 임용될 테니 잘 모셔라."라고 덧붙였다. 지금껏 '지원자가 없다'는 이유로 대학 본부에서 교수 자리를 배정해도 반납하던 미니무스 교수가 '멀리 서울에서'까지 수소문해 갑작스레 교수 지원자를 데려온 것이 이상했는데 그 이유를 알아내는 것은 어렵지 않았다.

정책 변화 때문이었다. 응급실은 병원 경영진이 운영하고 싶다고 개설할 수 있는 기관이 아니다. 국가의 허가가 필요하고 그렇게 허가받아도 모든 응급실이 같은 등급은 아니다. 일단 국가가 허가한 가장 낮은 단계의 응급실은 지역응급의료기관이다. 주변 상황으로 예외적인 경우를 제외하면 지역응급의료기관은 중증 질환보다 경증 질환을 주로 치료하는 작은 응급실이다. 그다음 단계가 지역응급의료센터인데 일반적인 대학병원 규모의 응급실이 여기 해당한다. 당시 수련받던 응급실도 지역응급의료센터에 해당했다. 마지막으로 가장 상위 단계가 권역응급의료센터인데 서울을 제외하면 광역자치단체마다 1~2개 정도 설치해서 이론적으로는 해당 광역자치단체에서 발생한 중환자를 완벽히 담당할 수 있어야 한다. 물론 단순히 병원 규모만으로 응급실 등급을 결정하지는 않는다. 지역응급의료센터와 권역응급의료센터는 수술과 시술을 응급으로 진행할 수 있어야 하고 응급실에도 중환자를 담당할 수 있는 양질의 의료 인력이 충분히 있어야 한다. 다만 2009년 이전에는 요즘처럼 인력 기준이 높지 않았다. 응급실을 전담하는 전문의 숫자가 부족해도 지원금에서 불이익을 당할 뿐 허가 자체가 취소되지는 않았다. 그래서 오랫동안 미니무스 교수를 포함해 응급의학과 교수 두 명만으로 지역응급의료센터를 유지할 수 있었다. 그런데 2009년 최소한 세 명의 응급의학과 전문의가 있어야 지역응급의료센터 유지가 가능하도록 인력 기준이 강화되었다. 그러니 미니무스 교수도 부랴부랴 '신임교수'를 구해 올 수밖에 없었다.

나는 시큰둥했다. 솔직히 신임교수 후보에게 기대가 없었다. 미니무스 교수가 칭찬하는 의사 가운데는 무능한 부류가 적지 않았고 또 미니무스 교수 같은 게으르고 무능한 악당이

괜찮은 아랫사람을 데려왔을 까닭이 없다고 판단했기 때문
이다. 그러나 신임교수 후보에 대한 나의 선입견은 빗나갔다.

"곽경훈 선생, 왜 염화칼슘부터 투여하나?"

함께 근무한 지 며칠 지나지 않아 신임교수 후보(지금부
터는 편의상 '진공관 교수'라 부른다. 이유는 진공관 오디오가 취미이
기 때문이다.)가 물었다. 고칼륨혈증(hyperkalemia) 환자를 치
료할 때였다. 고칼륨혈증은 심장 근육에 문제를 일으켜 갑
작스러운 심정지를 초래할 수 있다. 따라서 우선 염화칼슘을
정맥주사로 투여하고 그다음에는 포도당 수액에 인슐린을
섞어서 역시 정맥주사로 투여한다. 마지막으로는 카리매트
(성분명은 Polystyrene sulfonate) 같은 약물로 관장을 시행한다.

"염화칼슘을 최우선으로 투여하고 그다음에 50% 포도
당 100cc에 휴물린(humulin, 인슐린) 10유니트를 섞어서 투
여합니다. 마지막으로 카리매트 관장을 시행합니다. 순서가
잘못되었습니까?"

그러자 진공관 교수는 미소 띤 얼굴로 말했다.

"순서는 맞아. 그런데 나는 이유를 물었어. 왜 염화칼슘
부터 투여하나?"

나는 말문이 막혔다. 이유는 몰랐다. 그게 치료 방법이라 따랐을 뿐이다. 부끄럽게도 그렇게 투여하는 이유가 무엇인지 한 번도 생각한 적이 없었다.

"곽경훈 선생, 이유를 알지 못하고 지금껏 그렇게 해 왔고 잘 치료되었으니 앞으로도 계속 그렇게 하겠다는 태도는 우습지 않나? 소문에 따르면 곽경훈 선생은 합리적이지 않은 결정에 대해서는 완력 행사도 서슴지 않는다고 들었는데 결국 선생이 싫어하는 사람들과 다를 것이 없지 않나?"

얼굴이 붉어진 나는 대답을 찾지 못했다. 진공관 교수는 싱긋 웃으며 나를 의국 회의실로 데려갔다.

"펍메드라고 찾아봐. 어딘지 들어보긴 했지?"

펍메드(pubmed)는 의학 계열 논문을 검색하는 사이트다. 검색까지는 무료지만 중요 논문은 유료가 많다. 대학병원은 해당 업체와 계약을 맺어 유료 논문도 대부분 출력할 수 있다. 그러나 논문은 연구 결과를 알리는 것이지 치료 방법을 친절하게 설명하지 않는다.

"그런데 교수님, 논문은 통계가 잔뜩 나오는 연구일 뿐 치료는 아니지 않습니까?"

그러자 진공관 교수는 고개를 양쪽으로 저었다.

"아니야. 오리지널 아티클은 그런 경우가 많지. 그러나 리뷰나 가이드라인(치료 지침)은 그렇지 않아. 자 이제 펍메드에서 고칼륨혈증 치료에 관한 크리니컬 리뷰나 가이드라인을 검색해 볼까?"

어렵지 않게 고칼륨혈증에 대한 치료 지침을 찾을 수 있었다. 칼륨은 생명 유지에 있어 꼭 필요한 물질이나 혈액 내 농도가 지나치게 낮아지면 마비가 발생하고 혈액 내 농도가 지나치게 높으면 심정지를 초래할 수 있다. 심정지가 발생하는 이유는 간단히 말하면 혈액 내 칼륨 농도가 지나치게 높아지면 심장 근육세포가 불안정해지기 때문이다. 고칼륨혈증의 치료에서 염화칼슘부터 투여하는 이유가 바로 여기에 있다. 염화칼슘을 투여하면 심장 근육세포가 불안정해지는 것을 일시적으로 막을 수 있다. 그런 다음 인슐린을 투여하면 혈액 내 존재하는 칼륨이 일시적으로 세포 안으로 이동해서 혈액 내 칼륨 농도가 낮아진다. 그렇게 해서 심정지 위험을 낮춘 다음 카리매트 관장을 통해 몸 밖으로 칼륨을 배출시키면 고칼륨혈증에 대한 응급 치료는 일단락된다(물론 최종적으로 혈액 투석이 필요한 경우도 종종 있다).

"곽경훈 선생, 이제 알겠지? 단순히 예전에도 그랬고 지금껏 그렇게 치료해서 괜찮았으니 계속 따르겠다는 것은 바람직하지 않은 태도야. 펍메드에서 오리지널 아티클을 찾아 획기적인 연구를 하라는 뜻이 아니네. 어떤 질환을 치료하든 가이드라인과 크리니컬 리뷰를 찾아 그렇게 치료하는 근거를 이해하고 또 새로운 의학 지식에 뒤처지지 말라는 뜻이야. 그러고 보니 지금까지 패혈증을 치료하면서 서바이빙 셉시스 캠페인도 찾아보지 않았겠군."

'서바이빙 셉시스 캠페인(surviving sepsis campaign)'은 4년마다 발간되는 국제적인 '패혈증 치료 지침'이다. 부끄럽게도 나는 그때까지 그런 치료 지침이 존재하는지도 몰랐다.

"곽경훈 선생은 병원에서 이름난 싸움꾼이라던데 지금까지 어떻게 싸웠나? 내가 열심히 환자를 본다고, 내가 더 열정적이고 헌신적인 의사라고 주먹을 휘두르는 것은 불한당과 다를 것이 없어. 욕설을 퍼붓든, 주먹을 휘두르든 그것은 곽경훈 선생의 자유지. 그러나 의사는 자신의 판단을 뒷받침할 수 있는 근거를 댈 수 있어야 해."

그러면서 진공관 교수는 레지던트 교육을 시작해야겠다고 말했다. 그 말은 곧 행동으로 옮겨져 며칠 후 레지던트 교육이 시작되었고 첫 주제는 '패혈증 치료 지침'이었다.

3

진공관 교수가 조금씩 응급실과 병원에 적응할 무렵 고열과 호흡 곤란을 호소하는 환자가 내원했다. 119 구급대를 통해 이송된 환자는 고열과 호흡 곤란뿐 아니라 의식 저하도 있었다. 심한 폐렴 환자에서 의식 저하는 드물지 않게 나타나는 증상이나 폐렴 자체는 그리 심하지 않았다. 동맥혈 가스 검사(ABGA, arterial blood gas analysis, 동맥 혈액 내 산소와 이산화탄소 수치를 측정하는 검사) 결과도 특이했다. 동맥혈 내 산소 수치는 정상 범위에 가까웠으나 이산화탄소 수치가 많이 증가한 상태였다. 따라서 환자의 의식 저하는 혈액 내 산소가 감소하여 나타난 것이 아니라 이산화탄소 증가가 원인이었다. 덧붙여 환자의 팔과 다리는 나이와 비교하여 지나치게 빈약했다. 단순히 빈약한 것이 아니라 근육이 거의 사라진 상태였는데 보호자를 통해 기저 질환을 확인하자 의문은 쉽게 풀렸다.

근위축측삭경화증(ALS, amyotrophic laternal sclerosis), 일반인에게는 '루게릭병'으로 널리 알려진 병이 환자의 기저 질환이었다. 루게릭병은 간단히 말하면 몸 전체의 근육이 점진적으로 사라져 최종적으로 호흡 근육 마비로 사망하는 질환으로 아직 확실한 치료법이 없다. 다만 환자마다 진행 속도는 천차만별이라 유명한 물리학자 스티븐 호킹처럼 비교적 오랫동안 생존하는 경우도 있으나, 이 환자는 급속히 진행하는 운 나쁜 사례에 속했다. 아직 호흡 근육이 완전히 마비되지 않아 산소가 풍부한 외부 공기를 들이마시는 것은 비교적 원활하나 이산화탄소가 많은 공기를 폐 밖으로 내쉬는 것에 문제가 생겨 혈액 내 이산화탄소 수치가 증가하고 그로 인해 의식 저하가 나타나는 상황이었다. 즉시 기관내삽관을 시행하고 인공호흡기 치료를 시작했더니 이산화탄소 수치가 감소하고 명료한 의식을 되찾았다. 폐렴 역시 심하지 않아 정맥 항생제 투여로 어렵지 않게 치료할 수 있는 정도였다. 그러나 진료가 아니라 병원 시스템으로 인한 문제가 있었다.

사실 의학적인 치료 계획은 복잡하지 않았다. 폐렴이 호전할 때까지는 기관내관을 유지하고 인공호흡기 치료를 지속하고 그다음에는 비침습성양압환기(NIPPV, noninvasive positive pressure ventilation, 기관내관을 삽입하거나 기관절개술을 시행해서 인공호흡기를 연결하는 것이 아니라 환자의 얼굴에 밀착되는 마스크를 사용해서 인공호흡을 진행하는 방식으로 루게릭병 같은 근육병 환자의 호흡 재활에 자주 사용한다)를 적용해서 환자가 잘

적응하면 퇴원시키면 된다. 그러나 어떤 임상과도 그 과정을 진행하려 하지 않았다.

"루게릭병은 신경과에서 담당하는 질환입니다. 폐렴은 심하지 않고 의식 저하도 폐렴 때문이 아니라 루게릭병으로 호흡 근육이 약해져서 나타나는 증상에 불과합니다. 따라서 우리 호흡기내과에 해당하는 환자가 아닙니다."

"루게릭병은 우리 신경과에서 담당하는 질환이 맞습니다. 그런데 지금 환자는 폐렴이 있습니다. 호흡도 원활하지 않고 의식 저하까지 있어 인공호흡기 치료를 하는 상태이니 당연히 호흡기내과에서 봐야 합니다. 아니면 재활의학과에서 봐야죠."

"호흡재활은 재활의학에 해당하는 분야가 맞습니다. 그러나 아직 우리 병원은 호흡재활을 담당하는 교수가 없습니다. 아무래도 이 환자를 입원시키기는 어렵습니다."

그때까지 수없이 반복된 상황의 연장이었다. 환자는 분명히 대학병원에 입원해야 할 문제가 있으나 모든 임상과가 환자를 거부했다. 그래서 나는 최악의 경우 환자를 응급실에 머무르게 하고 내가 의료기 업체에 연락해서 기계를 가져와 비침습성양압환기를 시행할 계획을 조심스레 세웠다.

그런데 그때 진공관 교수가 등장했다.

"곽경훈 선생, 오늘도 무슨 반역 음모를 꾸미고 있나? 이런 환자에게 응급실에서 비침습성양압환기를 시행하는 것은 바람직하지 않아. 중환자실로 입원시켜서 시행해야지."

나는 진공관 교수에게 "맞는 말씀입니다만 환자를 입원시키려는 임상과가 없습니다."라고 대답했다. 그러자 진공관 교수는 싱긋 웃으며 말했다.

"그런데 곽경훈 선생은 이 환자에게 얼마나 헌신할 각오가 있나? 환자를 입원시키면 레지던트 가운데 누군가는 환자를 담당해야 할 거야. 오프 때도 병원에 머물러야 하고 또 이 환자를 담당한다고 응급실 근무를 줄여 줄 수는 없는데 그럴 각오가 있나?"

나는 "당연히 그 정도는 각오하고 있습니다." 하고 대답했다. 그러자 진공관 교수는 웃으며 "그럼 내 이름으로 중환자실 입원장을 발부하게."라고 지시했다. 2년차 레지던트 무렵의 나에게는 아주 감격적 순간이었다.

그런데 입원장을 발부해서 원무과로 보낸 보호자가 고개를 갸웃하며 돌아왔다. 원무과에서 입원장이 없다고 얘기했다는 것이다. 전산 오류라 생각해서 나는 다시 입원장을 발부하고 보호자를 원무과로 보냈는데 이번에도 마찬가지였다. 단순한 전산 오류가 아닐 가능성이 크다는 생각이 떠오르는 순간 응급의학과 3년차 레지던트가 나타났다.

"미니무스 교수님께서 찾습니다."

4

나만 미니무스 교수의 호출을 받은 것은 아니었다. 진공관 교수 역시 미니무스 교수의 호출을 받았다. 미니무스 교수는 잔뜩 굳은 표정으로 의국 회의실에서 우리를 맞이했다.

"중환자실 입원 같은 문제를 상의 없이 결정해선 안 돼!"

그 어느 때보다 미니무스 교수는 완강했다. 하얀 백발과 붉게 달아오른 얼굴이 묘한 조화를 이루었다.

"응급의학과 의사는 응급실을 지키는 것이 본분이네! 환자를 중환자실로 입원시켜서 재활의학과 조무래기들이나 가지고 노는 기계로 노닥거리는 것을 허락할 수 없어!"

응급실을 지키는 것이 응급의학과 의사의 본분이란 말에는 이견이 없다. 다만 미니무스 교수에게는 그런 말을 함부로 내뱉을 자격이 없었다. 나는 당장에라도 미니무스 교

수의 말을 반박하고 싶었으나 진공관 교수의 참으라는 눈짓
에 입을 열지 못했다. 그 후에도 10분 넘게 미니무스 교수의
설교는 이어졌다. 그렇게 진공관 교수와 나의 새로운 시도
는 시작하기도 전에 끝났다.

　그때부터 진공관 교수는 미니무스 교수에게 '위험인물'
로 낙인찍혔다. 서울까지 수소문해서 미니무스 교수 자신이
직접 데려온 사람이었으나 이제는 '반드시 제거해야 할 인
물'이 된 셈이었다.

교수님 길들이기

1

남자와 여자, 성별에 상관없이 '길고 매끈한 목'은 아름다운 외모의 기준 가운데 하나다. 짧고 굵은 목은 투박하고 촌스럽게 느껴지고 기껏해야 거칠고 강한 인상을 줄 수 있을 뿐이다. 다만 격투 스포츠에는 짧고 굵은 목이 유리하다. 복싱, 킥복싱, 무에타이 같은 타격 종목에서 길고 매끈한 목은 '유리 턱'을 의미한다. 상대의 주먹이 턱에 명중했을 때 짧고 굵은 목은 충격을 상당 부분 흡수한다. 그러나 길고 매끈한 목은 충격을 거의 흡수하지 못한다. 그렇게 목이 흡수하지 못한 충격은 뇌로 전해지기 때문에 길고 매끈한 목을 지닌 사람은 굵고 짧은 목을 지닌 사람보다 KO 당하기 쉽다. 유도, 주짓수, 레슬링 같은 그래플링 종목도 마찬가지다. 길고 매끈한 목을 지닌 사람이 유연성이 좋다면 주짓수의 몇몇 상황에서는 돋보일 수 있으나 상대의 중심을 빼앗아 넘어뜨리고 일어서지 못하도록 누르고 관절을 꺾는 대부분 상황에서는 극히 취약하다. 특히 레슬링에서는 목으로 체중 전체를 지탱하거나 목의 힘만으로 상대를 눌러 제압할 수 있어야 해서 길고 매끈한 목은 '아무것도 할 수 없는 목'에 가깝다.

어쨌거나 응급실 복도에서 간호사 스테이션을 향해 걸어오는 도련님 교수의 길고 매끈한 목은 돋보였다. 약간 길지만 잘 정돈된 검은 머리카락, 부리부리하나 날카롭지는 않은 눈매, 오똑한 콧날 그리고 길고 매끈한 목을 지녔을 뿐 아니라 비교적 큰 키에 날씬한 체형을 지닌 도련님 교수는 정말 일반외과 의사보다는 '세련된 예술 취향을 지닌 부잣집 도련님'에 어울렸다. 대학병원 응급실보다는 일본 식민지 시절 자작의 저택에 어울리는 외모였다.

다만 그날 그의 표정은 밝지 못했다. 그렇다고 단순히 화가 치밀어 오르거나 상심한 표정도 아니었다. 분노와 짜증, 부끄러움이 묘하게 섞인 표정이었는데, 그와 나는 곧 눈이 마주쳤다. 일반적으로는 2년차 레지던트인 내가 의자에서 일어나 고개 숙여 인사해야 했다. 교수부터 인턴까지 의료진 대부분이 같은 학교 출신이며 다른 지역보다 선후배 관계가 엄격해서 10년 정도 선배인 도련님 교수에게 나는 깍듯할 수밖에 없었다. 그러나 나는 의자에서 일어나지 않았다. 시선을 피하지도 않고 도련님 교수를 빤히 바라봤다. 덧붙여 한쪽 입술을 일그러뜨리며 야릇한 미소를 머금었는데 조롱, 도전, 경멸이 모두 섞인 도발에 해당했다. 평소라면 상상할 수 없는 행동이었으나 도련님 교수는 애써 상황을 무시했다. 마치 내가 존재하지 않는 투명 인간인 양, 그의 눈에는 내가 전혀 보이지 않는 것처럼 나를 지나쳐 응급실 수간호사에게 향했다.

"오, 수쌤, 어제 사건 알죠? 내가 말입니다. 나는 교수예요. 교수가 틀리고 실수했어도 지가 레지던트이고 학교 후배면 숙이고 일단 잘못했다고 해야 하는 거 아닌가요? 아무리 내가 틀리고 지가 맞아도 그렇게 한 마디도 지지 않고 악다구니 덤벼들어야 합니까? 수쌤, 어떻게 생각해요?"

응급실 수간호사는 난처한 미소를 지으며 도련님 교수의 시선을 회피했다. 그래도 도련님 교수는 개의치 않았다.

응급실 수간호사에게 얘기하는 형식을 빌렸으나 나에게 하는 얘기였기 때문이다. 그래서 나도 응급실 인턴을 불렀다. 도련님 교수가 '간접 화법'으로 대화를 시작했으니 맞장구 치는 것이 예의였다.

"인턴쌤. 실수하지 않는 인간은 없다. 아무리 훌륭하고 완벽한 인간도 실수하기 마련이다. 그래서 인간이니까. 그러나 훌륭한 인간은 실수를 인정하고 반복하지 않으며 사과가 필요하면 아랫사람에게도 기꺼이 사과한다. 하지만 부족한 인간은 그렇지 않아. 자신의 지위를 들먹이며 아랫사람에게 사과하지 않고 자신의 실수와 무례한 행동을 합리화한다. 우리 병원에도 그런 사람이 많아. 심지어 지금도 응급실에 한 명 있다."

도련님 교수의 얼굴이 붉게 변했으나 그 상황에서는 응급실에서 조용히 사라지는 것이 더 크게 망신당하지 않는 유일한 선택이었다.

2

이른 새벽 젊은 나이의 건장한 남자가 의식 없이 실려 왔다. 교통사고 운전자였다. 에어백이 제대로 작동해서 외부 상처는 없었고 혈압과 맥박은 정상 범위였다. 자발 호흡도 있었으나 통증에 반응하지 못할 정도로 의식 저하가 심했다. 기도 확보가 우선이라 즉시 기관내삽관을 시행했고 뇌출혈을 감별하기 위해 머리 CT를 시행하면서 혹시나 모를 흉부와 복부 장기 손상 역시 확인하기 위해 흉부와 복부 CT도 처방했다.

다행히 머리 CT 결과 뇌출혈과 두개골 골절 같은 손상은 확인되지 않았다. 흉부 CT에는 갈비뼈가 두세 부분이 부러졌고 소량의 혈흉이 관찰되었다. 고인 피의 양이 많거나 출혈이 지속할 가능성이 크면 흉강삽관술이 필요한데, 다행히 환자의 혈흉은 경미해서 당장 흉강삽관술이 필요하지는 않았다. 복부 CT에도 복강에 피가 고인 혈복강은 확인되지 않았다. 다만 간 열상(hepatic laceration)이 있었는데 간과 신장, 비장 같은 장기는 단단한 피막에 싸여 있어 다소 손상되어도 피막이 찢어지지 않으면 당장 수술적 치료가 필요하지는 않다. 환자는 열상 자체도 아주 심한 편은 아니었고 피막에도 손상이 없었다.

CT를 시행하고 30분쯤 지나자 환자는 명료한 의식을 회복해서 기관내관을 제거했다. 환자의 의식 저하는 사고 당시 충격으로 인한 일시적 증상에 해당했다. 뇌진탕, 늑골 골절과 경미한 혈흉, 혈복강을 동반하지 않는 간 열상이 환자의 진단명이었다. 당장은 흉강삽관술도 필요하지 않고 일반외과의 응급 수술도 요망하지 않았다. 그러나 혈흉이 증가하면 흉강삽관술이 필요했고 간 열상 역시 악화하여 혈복강이 나타나면 응급 수술이 필요했다. 따라서 외과 중환자실로 입원해서 1~2일 정도 지켜볼 필요가 있었다. 그래서 나는 흉부외과 당직 레지던트와 일반외과 당직 레지던트를 호출했다.

"다발성 늑골 골절이 있으나 동요가슴(flail chest)은 아님. 오른쪽 흉강에 경미한 혈흉이 있으나 흉강삽관술이 필요한 정도는 아님. 향후 혈흉이 증가하면 흉강삽관술이 필요할 수 있으니 입원하여 협진 의뢰 부탁합니다."

흉부외과 당직 레지던트의 판단은 합리적이었다. 그런데 일반외과 당직 레지던트의 판단이 예상에서 어긋났다.

"간 열상이 있으나 혈복강이 없으므로 2차 병원 전원."

환자에 대한 최종 판단은 해당 임상과의 몫이다. 일반외과 당직 레지던트가 '2차 병원 전원'으로 판단한 결정에도 나름 합리적인 이유가 있을 것이다. 그러나 인근 2차 병원

가운데 혈흉이 악화하면 즉시 흉강삽관술이 가능하고 혈복
강이 발생하면 일반외과 응급 수술이 가능한 곳이 없었다.
아무리 생각해도 2차 병원 전원은 위험한 결정이었다. 그래
서 응급실에서 2일 정도 지켜본 다음 혈흉 악화나 혈복강이
발생하지 않으면 2차 병원으로 전원하기로 결정했다. 미니
무스 교수가 '왜 환자가 계속 응급실에 머무르냐?'고 화내거
나 아침 회진 때 환자에게 불필요한 일을 지시할 수도 있으
나 미니무스 교수는 게으르고 나태해서 아침 회진이 지나고
나면 환자에게 관심을 보이지 않는다. 그러니 2일 정도 응급
실에서 환자를 지켜보는 것이 어렵지 않았다. 환자와 보호
자 역시 나의 계획에 동의했다.

그런데 오후 늦게 일반외과 당직 레지던트가 응급실에
나타나 환자를 중환자실로 입원시켰다. 오전까지 입원시키
지 않겠다며 완강히 주장하다 갑자기 입원시켜 의아했으나
환자에게 좋은 일이라 크게 관심을 기울이지 않았다.

3

"너, 네가 환자의 기관내관을 제거한 녀석이야? 참 나, 나는

흉부외과 레지던트가 기관내관 제거를 결정한 줄 알았는데 어디 응급의학과 새끼가 기관내관 제거를 결정하고 실행해!"

다음 날 오전 응급실 간호사가 "일반외과 ○○○ 교수님 이세요."라며 전화기를 건네주었다. 전화기를 건네받고 "응급의학과 2년차 곽경훈입니다."라고 말하자 전화기 너머에서 도련님 교수의 화난 목소리가 들렸다.

"네가 기관내관을 제거한 덕분에 어제 입원한 환자 오늘 아침에 심정지 올 뻔했어! 알고 있나! 이 새끼, 너 어쩔 거야!"

처음에는 무슨 영문인지 알아차리기 어려웠으나 곧 도련님 교수가 일반외과이며 '어제 입원한 환자'라고 하는 것으로 미루어 중환자실로 입원한 교통사고 환자일 것이라 짐작했다. 그래서 도련님 교수의 욕설을 들으며 진료용 컴퓨터에서 환자의 기록을 확인했다. 중환자실로 입원하고 밤늦게 일반외과 당직 레지던트는 흉부 엑스레이를 처방했다. 합리적 판단이었다. 혈흉 악화를 확인하기 위해 환자는 아침저녁으로 흉부 엑스레이를 시행할 필요가 있었다. 그런데 일반외과 당직 레지던트는 엑스레이를 처방했으나 확인하지 않은 듯했다. 밤늦게 중환자실에서 시행한 흉부 엑스레이에서 혈흉 악화가 관찰됨에도 불구하고 아무 조치도 취하지 않았기 때문이다.

그제야 상황을 알아차릴 수 있었다. 일반외과 당직 레지던트는 도련님 교수의 명령으로 마지못해 환자를 중환자실로 입원시켰으나 이른바 '루틴'으로 흉부 엑스레이를 촬영했을 뿐 제대로 확인하지 않았다. 중환자실로 입원시키고도 환자에게 별다른 관심을 기울이지 않았고 밤새 환자의 혈흉은 방치되어 커졌다. 아침에야 도련님 교수가 회진하며 심각한 호흡 곤란을 호소하는 환자를 발견한 상황이었다. 환자의 악화는 내가 아니라 일반외과 당직 레지던트의 책임이었으나 도련님 교수는 화풀이 대상이 필요했고 '기관내관을 제거했다'는 것을 트집 잡아 전화했다.

"교수님, 기관내삽관을 시행한 이유는 의식 저하 때문이었습니다. 환자는 곧 의식을 회복했고 흉부 CT에서 경미한 혈흉이 있으나 흉강삽관술을 시행할 정도는 아니었습니다. 따라서 2~3일 정도 혈흉의 증가 여부는 관찰할 필요가 있었을 뿐입니다. 그러니 기관내관을 제거하는 것이 합리적입니다."

도련님 교수는 나의 말을 자르려 했으나 나는 계속 말을 이었다.

"그리고 환자를 입원시켰으면 제대로 진료해야죠. 혈흉이 증가할 가능성이 있어 흉부 엑스레이를 찍으면 뭘 합니까? 흉부 엑스레이를 밤새 확인하지 않았는데요. 그래서 밤새 혈흉이 악화해서 호흡 곤란이 심해졌으면 그것은 제 책임이 아니라 중환자실에서 환자를 담당한 일반외과 레지던트의 책임입니다."

도련님 교수의 분노가 전화기를 타고 느껴졌으나 나는 말을 멈추지 않았다.

"그리고 애초에 교수님네 레지던트는 환자를 2차 병원으로 옮기라고 했습니다. 그랬다면 환자가 호흡부전 상태로 다시 응급실에 실려 왔을 텐데 그걸 막고 응급실에서라도 지켜보려 했던 사람이 바로 접니다. 그러니 꾸중이 아니라 상을 주셔야 하지 않겠습니까? 그리고 꾸중을 하시려거든 그런 지도편달은 교수님이 지도하는 레지던트에게 먼저 하시죠."

나는 틈을 주지 않고 쏘아붙였다. 도련님 교수도 예상하지 못한 반발에 움찔했으나 이내 더 화난 목소리로 말했다.

"너 곽경훈이라고 했지? 그래, 네 녀석 소문은 들었다. 너 단단히 각오해!"

안타깝게도 도련님 교수는 외모는 출중하나 사용하는 단

어는 지극히 상투적이었다.

"네, 저도 기대하고 있겠습니다!"

그러면서 전화를 끊었다. 전화기 본체가 부서져라 수화기를 세게 내려놓으면서.

4

도련님 교수와 통화가 끝나자 나는 흉부외과 의국으로 향했다. 이른바 '프로파간다'라 불리는 여론몰이는 국가나 정당처럼 거창한 단위에서만 중요한 것이 아니다. 대학병원 같은 조직에서도 그런 여론몰이는 아주 중요하다. 사람들은 실제로 일어난 사실보다는 알려진 진실에 관심을 보이기 때문이다. 환자가 호흡부전에 빠진 이유는 일반외과 담당 레지던트의 나태와 무능 때문이었지만, 자칫 '곽경훈 그 녀석 여기저기 주제넘게 간섭하더니 결국 사고쳤다'는 식으로 소문이 퍼질 가능성도 배제할 수 없었다. 더구나 상대는 일반외과 교수와 레지던트였다. 누가 봐도 내가 '언더독'에 해당해서 신속하게 움직여야 했다.

그런데 응급실 복도를 지나는 순간 담배 냄새가 풍겼다.

응급의학과 의국 회의실에서 누군가 담배를 피우는 듯했다. 아무래도 미니무스 교수가 비슷한 연배의 교수들과 환담하는 듯했는데 미니무스 교수와 친한 교수들은 임상의사와 교육자로는 형편없었으나 '소문을 퍼트리는 도구'로는 아주 유용했다. 그래서 의국을 기웃거렸는데 아니나 다를까 미니무스 교수의 친구들이 가득했다. 특히 가운데는 흉부외과 교수도 있었다.

"교수님, 2년차 곽경훈입니다. 죄송합니다만 꼭 아셔야 할 일이 발생했습니다."

물론 미니무스 교수는 나를 좋아하지 않았다. 미니무스 교수의 친구들도 마찬가지였다. 그러나 도련님 교수 역시 평판이 썩 좋지는 않았다. 더구나 미니무스 교수도 원래는 외과 의사여서 도련님 교수와 출신 의국이 같았는데 둘은 사이가 좋지 않았다. 나에게는 절대 놓쳐서는 안 될 기회였다. 나는 미니무스 교수와 그 친구들에게 사건을 설명했다. 예상대로 흉부외과 교수가 관심을 보였고 그는 입원할 때부터 환자가 찍은 CT와 엑스레이 그리고 의무 기록을 검토했다.

"당연히 이 정도 혈흉이라면 기관내관을 유지할 필요는 없어. 일반외과 레지던트가 중환자실에 입원시키고는 환자를 방치해서 일어난 문제네. 저녁에 중환자실 입원 후 찍은 흉부 엑스레이를 확인해서 흉강삽관술만 했더라도 큰 문제는 없었을 거야. 자네 잘못은 확실히 아니네."

그러면서 흉부외과 교수는 짧은 한숨을 내쉬었다.

"이 문제는 나도 의국에 가서 얘기해야겠네. 곽경훈 선생 잘못은 아니니까 너무 걱정하지 말게."

나는 "감사합니다."라는 말과 함께 인사하고 의국 회의실을 나왔다. 그러나 바로 응급실로 돌아가지 않았다. 내가 향한 곳은 각 임상과 외래였다. 흉부외과 교수로부터 확실한 판단까지 들었으니 이제 각 임상과 외래를 돌면서 사실을 널리 알려 나에게 유리한 '여론몰이'에 나설 차례였기 때문이다.

그래서 다음 날 도련님 교수가 직접 응급실에 나타났을 때는 이미 승부가 갈린 상황이었다. 덕분에 도련님 교수는 응급실 수간호사에게 하소연하는 것 외에는 할 수 있는 일이 없었다.

병원에 아는 사람 있습니까?

1

지하 1층으로 내려가는 계단이 유달리 길게 느껴졌다. 솔직히 말하면 '지하 1층으로 내려가는 계단'이 아니라 '지옥 입구로 향하는 계단'처럼 느껴졌다. 계단을 하나씩 내려갈수록 긴장은 짜증으로 바뀌었고 짜증은 다시 불안으로 바뀌었다. 지하 1층에 도착해서 '판독실'이라 적힌 거대한 문 앞에 서자 불안은 정점에 도달했다. 정말 꼭 필요한 상황이 아니면 그 거대한 문을 열지 않고 응급실로 돌아가고 싶었다. 그러나 그날은 '정말 꼭 필요한 상황'에 해당해서 어쩔 수 없었다. 크게 숨을 들이쉬고 거대한 문을 조심스레 열었다.

그때부터는 케르베로스(그리스 신화에서 저승을 지키는 지옥의 사냥개)를 상대하는 헤라클레스 같은 조심성이 필요했다. 우선 '거대한 문'을 여닫을 때 최대한 주의를 끌지 않아야 한다. 문을 너무 많이 열거나 세게 닫아 큰 소리를 내는 것은 피해야 한다. 내가 판독실에 들어왔다는 것을 아무도 눈치채지 못할 만큼 조심스레 여닫아야 한다. 그렇게 누구의 주의도 끌지 않고 들어오는 것에 성공하면 판독실의 풍경이 펼쳐진다. 어두침침한 조명 아래 CT와 MRI 영상이 가득한 모니터만 밝게 빛나고 모니터마다 영상의학과 교수, 전임의, 레지던트가 앉아 있다. 판독실의 생경한 분위기는 그런 시각적 요소만이 아니다. 판독실에 들어서면 정확히 알아듣기 힘든 중얼거림이 배경음악처럼 들리기 때문이다. "otherwise unremarkable(그 외 특별한 이상은 없음)", "clinical correlation(임상 증상과 비교 바람)" 같은 단어만 어렴풋이 알아들을 수 있는데 교수와 전임의가 판독 결과를 녹음하는 소리다(빨리 판독하기 위해 교수와 전임의가 판독 결과를 음성으로 녹음하면 후에 기술직원이 녹음을 문서화한다). 아무리 노력해도 쉽게 익숙해질 수 없는 분위기인데 역시 최대한 주의를 끌지 않으면서 영상의학과 1년차 레지던트에게 다가간다.

"응급의학과 2년차 곽경훈입니다. 복부 CT 판독을 하나 부탁드려도 될까요?"

당연히 영상의학과 1년차 레지던트가 복부 CT를 정확히 판독할 수 있을 리 없다. 그러나 그래도 1년차 레지던트에게 가장 먼저 물어볼 수밖에 없다.

"선생님, 복부 CT는 2년차 선생님한테 물어봐야 합니다."

그러면 나는 공손하게 영상의학과 2년차 레지던트에게 향한다.

"응급의학과 2년차 곽경훈입니다. 복부 CT 판독을 하나 부탁드려도 될까요?"

영상의학과 2년차 레지던트는 어느 정도 판독할 수 있으나 다른 임상과에 판독 결과를 가르쳐 주지는 않는다.

"선생님, 일단 3년차 선생님한테 가 보시죠."

그러면 영상의학과 3년차 레지던트 곁에 가서 다시 같은 말을 반복한다. 3년차 레지던트부터는 내가 부탁한 복부 CT를 살펴본다. 그런 다음 대답은 크게 2가지로 나누어진다.

"이 CT는 제가 판독하기 어렵습니다. 4년차 선생님이나 전임의 선생님께 물어보세요."

"제가 판독할 수는 있습니다만 어디까지나 선배님 진료에만 참고하셔야 합니다. 제가 판독한 결과를 공식적으로 사용하거나 이 결과로 특정 임상과 환자로 확정하면 안 됩니다."

다행히 이번에는 후자였다. 영상의학과 3년차 레지던트는 잠깐 얼굴을 찌푸리더니 단호하게 말했다.

"선배님, 이 환자 인공호흡기하고 있죠? 우리는 인공호흡기가 달린 환자에게는 농양배액술 안 합니다. 아시죠?"

'인공호흡기 치료 중인 환자에게는 농양배액술을 시행하지 않는다'는 결정 자체는 그리 합리적이지 않다. 그러나 나는 농양 여부를 확인하고자 했기에 일단은 만족했다. 나는 조용히 판독실을 나왔다. 그러고는 조그마한 승리의 달콤함에 취해 조금은 으스대며 응급실로 걸음을 옮겼다.

2

중년 남자가 사우나에서 의식 잃고 쓰러졌다. 환자는 며칠 동안 근육통과 오한에 시달렸고 몸살이라 스스로 판단해서 '땀을 빼면 가뿐해질 것'이라는 생각으로 사우나를 찾은 듯했다. 응급실 도착 당시 환자는 통증에도 반응하지 않았고 40도의 고열이 있으며 혈압이 80/60으로 낮고 호흡 곤란도 심했다. 원인이 무엇이든 '쇼크'에 해당했다.

그날 근무하던 응급의학과 3년차 레지던트는 기관내삽관을 시행하고 인공호흡기를 연결했다. 그리고 수액을 투여했다. 혈액 검사 결과 심한 백혈구 증가와 C반응 단백질 수치 증가가 있고 간효소 수치 역시 증가했을 뿐 아니라 크레아티닌 수치도 증가했다. 앞서 말했듯 쇼크는 확실했고 그로 인한 다발성 장기부전이 발생한 상태였다.

따라서 쇼크의 원인을 밝히는 것이 중요했는데 응급의학과 3년차 레지던트는 열사병(heat stroke)으로 진단했다. 고온에 노출되어 발생하는 온열 질환은 크게 열사병과 열탈진(heat exhaustion)으로 분류된다. 열탈진은 무시무시한 이름과 달리 고온에 노출되어 구역, 무기력감, 근육통, 어지러움을 호소하나 뇌를 비롯한 중추신경계 손상은 발생하지 않은 질환으로 서늘한 그늘에서 수분을 섭취하며 휴식을 취하는 것으로 쉽게 회복한다. 그러나 열사병은 상당 기간 고온에 노출되어 중추신경계 손상, 그러니까 쉽게 말해 뇌 손상이 발생한 질환으로 열탈진 환자의 체온이 정상 범위에 가까운 것과 비교하여 열사병 환자에서는 38~39도 이상 고열이 확인된다. 또 열탈진 환자는 의식이 명료하나 열사병 환자는 심한 의식 저하를 보인다. 예후 역시 완전히 달라서 열탈진 환자는 앞서 언급한 것처럼 대부분 쉽게 회복하나 열사병 환자는 사망하는 사례가 많고 생존해도 심각한 후유증이 남는다.

그런데 과연 환자의 쇼크 원인이 정말 열사병이었을까? 응급의학과 3년차 레지던트가 열사병으로 판단한 이유는 사우나에서 발견되었기 때문이다. 더운 여름 통풍이 제대로 되지 않는 쪽방에서 노인이 의식 불명으로 발견되거나 더운 여름 어른들의 부주의로 차량에 홀로 남겨져 방치된 아이가 의식 없이 발견되는 것이 열사병의 전형적 사례임을 고려하면 응급의학과 3년차 레지던트의 판단도 언뜻 합리적으로 보인다. 그러나 환자는 노약자가 아니라 건장한 중년 남자였고 무엇보다 사우나에 입장하고 10분 만에 쓰러졌다. 특히 환자는 며칠 동안 근육통과 오한을 호소했는데 그런 증상은 사람들이 '몸살'이라 부르는 경미한 바이러스 감염에도 나타나나 신우신염이나 간농양 같은 심각한 감염 초기에도 나타난다.

따라서 환자는 '열사병으로 인한 다발성 장기부전'이 아니라 '패혈증 쇼크로 인한 다발성 장기부전'에 해당했다.

그러나 응급의학과 3년차 레지던트뿐 아니라 응급실 상주 내과 2년차 레지던트도 '열사병으로 인한 다발성 장기부전'이란 진단을 고집했다. 심지어 흉부 CT와 복부 CT를 시행한 결과 흉부 CT에서는 흡인성 폐렴(환자가 의식을 잃었을 때 분비물과 토사물이 식도가 아닌 기관지로 넘어가 생겼을 가능성이 크다)이 확인되고 복부 CT에는 간에 경계가 불분명하고 여러 엽으로 나누어진 낭종(multiple lobulated cyst)이 관찰됨에도 불구하고 둘은 감염의 가능성을 완전히 배제해서 아예 정맥 항생제도 투여하지 않았다. 둘은 흡인성 폐렴 가능성이 큰 폐의 병변은 '다발성 장기 부전으로 인한 폐부종'이라 주장했다. 또 간의 병변은 '농양이 아니라 단순한 낭종'이라 주장했다.

"세프트리악손(ceftriaxone, 3세대 세팔로스포린 계열 항생제) 2g과 메트로니다졸(metronidazole, 항원충 효과가 있는 정맥 항생제) 500mg을 정맥으로 주세요."

다음 아침 출근해서 환자를 확인한 나는 경악했다. 환자가 응급실에 도착한 지 20시간 남짓 지났음에도 불구하고 패혈증 쇼크가 강력하게 의심되는 환자에게 아무도 항생제를 주지 않았기 때문이다. 그래서 간호사에게 최대한 빨리 항생제를 투여하라고 지시했는데 그러자 응급의학과 3년차 레지던트가 약간 당황한 말투로 말했다.

"곽경훈쌤, 그 환자는 열사병입니다."

따지고 보면 그 환자를 처음 진료했던 응급의학과 3년차 레지던트는 미니무스 교수를 비롯한 다른 응급의학과 구성원과 비교하면 나름대로 괜찮은 의사였다. 응급의학과 4년차 레지던트나 다른 3년차 레지던트가 근무했다면 인공호흡기 연결, 중심정맥관 확보, 대량의 수액 투여와 승압제 사용 같은 기본적인 처치도 제대로 하지 않고 내과 2년차 레지던트에게 환자를 떠넘겼을 것이고 그러는 동안 환자의 상태는 더욱 악화하였을 가능성이 크다. 그러나 나는 차갑게 말했다.

"인간은 포유류입니다. 온혈 동물이죠. 파충류라면 모를까 건강한 중년 남자가 사우나에 입장하고 10분 만에 열사병에 걸리지는 않습니다."

그러면서 '환자는 패혈증 쇼크에 해당하며 패혈증의 원인은 간농양일 가능성이 크다'고 덧붙였다. 간과 신장에는 흔히 '물혹'이라 부르는 단순 낭종이 자주 발생하나 경계가 불분명하고 여러 개의 엽으로 나누어진 낭종은 단순 낭종이 아니라 농양(abscess)일 가능성이 크다. 다만 환자의 복부 CT는 조영제를 사용하지 않고 촬영한 상태였다. 간과 신장 같은 복부 장기를 자세히 관찰하기 위해서는 조영제를 사용한 CT를 촬영해야 하나 환자는 신장 기능이 저하되어 부득이 조영제를 사용하지 않고 CT를 촬영할 수밖에 없었다. 그래서 응급의학과 3년차 레지던트와 나는 열사병이냐 아니면 간농양으로 인한 패혈증이냐를 두고 짧은 설전을 벌였다. 논쟁 끝에 모두 감정이 약간 상했고 급기야 '누가 맞나 보자, 패배자는 각오하라'는 단계에 이르렀다.

지하 1층 영상의학과 판독실을 찾은 것도 복부 CT의 병변이 간농양인지 아닌지 확실한 답변을 듣기 위해서였는데 영상의학과 3년차 레지던트의 '우리는 인공호흡기가 달린 환자에게는 농양배액술 안 합니다'는 단호한 말로 상황은 종료되었다. 환자는 열사병이 아니라 '간농양으로 인한 패혈증 쇼크'가 확실했다.

3

신속하고 정확한 진단은 치료 성공의 필요조건이다. 그러니까 완쾌한 환자 대부분은 신속하고 정확하게 진단받았을 가능성이 크지만, 신속하고 정확하게 진단받은 환자 모두가 성공적으로 회복하는 것은 아니다. 그 환자도 마찬가지였다. 패혈증 쇼크란 것을 밝혀냈고 간농양이 패혈증의 원인이란 것도 알아냈으나 상태는 점점 나빠졌다. 패혈증은 감염이 특정 장기에 국한되지 않고 혈액을 통해 독소가 몸 전체에 퍼지는 질환으로 감염된 장기뿐 아니라 다른 장기의 손상도 나타난다. 그래서 환자의 폐에는 흡인성 폐렴으로 인한 병변 외에도 폐부종이 광범위하게 관찰되었고 신장 기능도 감소했다. 다행히 폐 문제는 인공호흡기 치료로 어느 정도 안정되었으나 신장 기능 저하는 점점 심해져서 급성 신부전 단계에 이르렀다.

충분한 수액과 정맥 이뇨제를 투여해서 소변량을 늘리는 것이 급성 신부전의 일반적인 치료다. 그러나 수액을 충분히 투여하고 정맥 이뇨제를 최대 용량까지 늘렸으나 환자의 소변량은 시간당 5cc도 되지 않았다. 그런 증상은 신장 기능이 완전히 상실되었다는 것을 의미한다. 그래서 이제는 혈액 투석이 필요했다. 그러나 인공호흡기가 연결된 환자를 인공신장실로 옮겨 혈액 투석을 진행할 수는 없다. 물론 그런 환자에게 사용하기 위해 지속적 신대체요법(CRRT, Continuous Renal Replacement Therapy)이란 치료가 개발되어 있다. 지속적 신대체요법은 쉽게 말하면 이동식 혈액 투석기를 사용해서 혈액 투석을 진행하는 방법이다. 나는 응급실 상주 내과 2년차 레지던트에게 지속적 신대체요법이 필요하다는 의견을 전했다.

"형, 아시겠지만 아마도 CRRT는 어려울 거예요. 환자 상태가 너무 불안정해서 3년차 선생님이 CRRT를 하려고 하지 않을 거예요."

이전에도 그런 상황은 적지 않았다. 지속적 신대체요법은 인공신장실로 옮겨 혈액 투석을 진행하기 힘든 중환자를 위해 개발된 방법인데 '환자가 너무 불안정해서 불가능하다'는 이유를 이해할 수 없었다. 인공신장실로 옮겨 혈액 투석을 진행할 만큼 안정적인 환자라면 지속적 신대체요법이 필요할 까닭이 없지 않나? 그러나 나는 잠자코 물러날 수밖에 없었다. 응급실 상주 내과 2년차 레지던트에게 계속 말해 봐야 의미가 없었고 신장내과 담당 3년차 레지던트를 찾아가

멱살잡이한다고 해결될 문제가 아니었기 때문이다.

그때 기발한 생각이 떠올랐다. 첫째 날 환자를 담당했던 응급의학과 3년차 레지던트가 '환자가 ○○○ 교수와 아주 친한 친구다'라고 말한 것이 기억났는데 ○○○ 교수는 신경과 선임교수다. ○○○ 교수가 임상의사로 유능하냐, 교육자와 연구자로 업적이 얼마나 뛰어나냐와 관계없이 대학병원에서 선임교수의 부탁은 거절하기 힘든 힘이 있다. 그리고 응급의학과 3년차 레지던트는 환자의 딸이 다른 지역에서 의과대학을 다니고 있고 이제 졸업을 앞둔 본과 4학년이라고 했다.

마침 의과대학생인 환자의 딸이 응급실에 있어 그녀를 불러 환자의 상태를 설명했다. 의학과 4학년이니만큼 '간농양으로 인한 패혈증 쇼크', '패혈증 쇼크로 인한 다발성 장기부전'을 아주 쉽게 이해했다.

"그래서 지금 환자에게는 CRRT가 필요합니다. 하지만 정상적인 방법으로는 결코 CRRT를 받을 수 없을 것입니다. 왜 CRRT가 가능하지 않은지 물어도 저는 대답할 수 없습니다. 그러나 한 가지 확실한 것은 CRRT를 받지 못하면 환자는 생존할 수 없습니다. 그러니 지금 당장 ○○○ 교수에게 전화하세요. 아버지의 절친한 친구라도 이른 새벽에 전화하는 것이 실례는 아닐까 망설이는 생각은 버리십시오. 그리고 무조건 ○○○ 교수에게 CRRT를 해 달라고 부탁하세요. 이런저런 이유로 망설이다 ○○○ 교수에게 연락하지 못해 CRRT를 받지 못하면 장담하는데 환자는 잠시 후 떠오를 태양을 맞이할 수는 있어도 그 태양이 지는 것을 보지는 못할 것입니다."

머지않아 해가 떠오를 이른 새벽, 인공호흡기 소리가 들리는 응급실에서 왜 그렇게 연극적인 말을 건넸는지 나도 모른다. 과시적이고 현학적인 성향이 불쑥 튀어나온 것인데 환자의 딸은 울면서 응급실 밖으로 나갔다.

잠시 후 아침 7시 무렵 신장내과 담당 3년차 레지던트가 지속적 신대체요법에 사용하는 기계와 함께 나타났다.

"아, 보호자가 의대생이라더니 어떻게 알고 신경과 ○○○ 교수에게 전화했나 봐요. 어차피 회복하기 힘들 텐데 위에서 하라니까 어쩔 수 없이 하긴 해야죠."

다행히 신장내과 담당 3년차 레지던트의 푸념과 달리 환자는 성공적으로 회복했다. 의식을 어느 정도 되찾고 인공호흡기 치료를 중단할 정도로 회복해서 지속적인 치료를 위해 수도권 대형 병원으로 전원했다. 재미있게도 일반적으로 내과 중환자의 장거리 이송에는 내과 인턴이 동행하나 그 환자만큼은 중환자실 담당 내과 레지던트가 동행했다. 이유? 교수의 친한 친구였으니까.

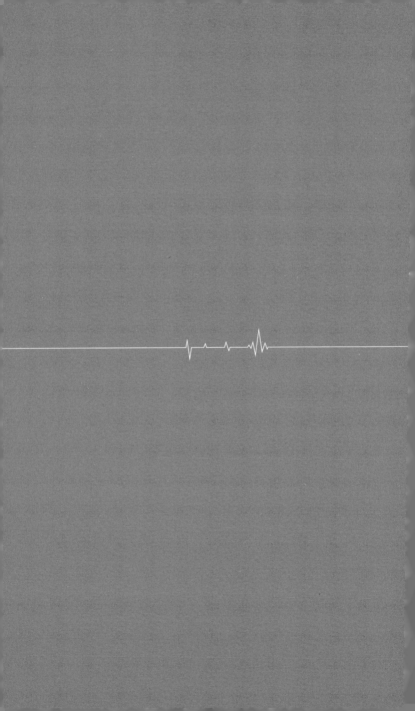

3년차

소름 끼치는
현실주의

누구의 책임인가

1

2000년대 후반까지 대학병원에서는 킴(kim)과 넌킴(non-kim)이란 은어를 사용했다. 인턴 가운데 군 복무를 마치지 않은 남자를 킴, 여자와 군 복무를 마쳤거나 면제된 남자는 넌킴이라 불렀는데 굳이 인턴을 킴과 넌킴이란 생경한 단어를 사용해서 분류하는 이유는 '원활한 레지던트 선발'을 위해서였다. 그러니까 대부분 임상과가 레지던트 선발 인원을 킴과 넌킴으로 구분했다. 예를 들어 정형외과 레지던트 선발 인원이 3명이면 '킴 2명/넌킴 1명' 같은 방식으로 구분했다. 당연히 공식적인 구분은 아니었다. 그러나 상당한 위력을 발휘

했고 특히 교수부터 인턴까지 대부분 같은 의과대학 출신으로 구성된 대학병원에서는 공식화된 제도나 마찬가지였다.

그런데 왜 굳이 킴과 넌킴으로 레지던트를 구분해서 선발했을까? 우선 레지던트 수련이 도제식 교육으로 이루어지는 부분이 한몫했다. 레지던트 조직뿐 아니라 대학병원 의사 집단 전체가 중세 상공업자 조합(길드)과도 같아서 다소 폐쇄적이었고, 그들만의 특이한 규율이 존재했다. 또 지식과 기술을 전해 주는 스승과 선배에게 복종할 수밖에 없는 엄격한 질서가 있었다. 그러면서 묘하게 남성 우월적인 분위기도 있었다. 킴과 넌킴으로 구분을 하면, 특정 임상과에 여자 레지던트가 선발되는 것을 교묘하게 방해할 수도 있고, 남자의 경우 아랫년차 레지던트가 군 복무를 미리 마쳐 아직 군 복무를 마치지 않은 윗년차 레지던트보다 나이가 많거나 의과대학 선배인 껄끄러운 상황을 피할 수도 있었다. 물론 2000년대 후반까지 얘기일 뿐이다. 수도권 대형 병원은 2000년대 후반에 이미 그런 구분이 유명무실해졌고 지금은 중소 병원 특정 임상과에서나 드물게 찾아볼 수 있다.

2000년대 후반에도 그런 방식은 인기 있는 임상과의 전유물이었다. 지원자가 없어 전전긍긍하는 임상과에서는 킴이니 넌킴이니 따질 여유가 없었다. 그 무렵에는 응급의학과가 '비인기과'에 속했고 내가 수련받은 병원은 더욱 그랬다. 그래서 의과대학 졸업 후 인턴 수련에 앞서 군 복무부터 마쳐 넌킴에 해당했고 의과대학을 끝에서 3등으로 졸업한 나도 어렵지 않게 레지던트로 선발될 수 있었다. 그러다 보니 윗년차 레지던트 대부분이 의과대학 후배였다.

'나치'도 그랬다. 의과대학은 내가 3년 선배였고 의국은 나치가 1년 선배였으며 나이는 같았다. 고등학교 졸업 후 바로 의과대학에 입학한 나와 달리 나치는 공과대학을 잠깐 다니다가 대학 입시를 다시 치렀는데 재미있게도 나치의 원래 목표는 의과대학이 아니라 사관학교였다. 사관학교 대신 의과대학을 선택한 이유가 단순히 예상보다 입시 성적이 좋았기 때문인지 아니면 군대에 흥미를 잃었기 때문인지 알 수 없으나 적어도 나치의 겉모습은 장교에 어울렸다. 183~184cm의 키, 길고 늘씬한 팔과 다리, 조각 같은 미남은 아니라도 금속테 안경이 어울리는 단정하고 잘생긴 얼굴은 엘리트 장교에 어울렸다. 다만 최전선에서 흙먼지를 뒤집어쓰고 병사들을 독려하는 야전 지휘관에는 전혀 어울리지 않았다. 나치란 별명답게 2차 대전 당시 독일 SS 친위대 지휘관처럼 멋지게 차려입은 장교가 연상되는 외모였다. 외모뿐 아니라 성격도 확실히 '조직의 사람'에 해당했다. 나치는 아주 열정적이고 헌신적인 의사는 아니었으나 다른 응급의학과 레지던트와 비교하면 그나마 책임감 있고 '병원에서 우리는 잉여인간으로 취급받는다'는 상황을 명확히 인식하고 부끄러워했으며 미니무스 교수가 '악의 근원' 가운데 하나란 것도 알고 있었다. 하지만 나와 달리 나치는 미니무스 교수에게 깍듯했다. 심지어 미니무스 교수가 환자에게 피해를 줄 뿐 아니라 교묘한 방법으로 나치 자신을 착취해도 대학병원과 의사 집단이란 조직에서 미니무스 교수가 지닌 위치 때문에 공손하게 행동했다. 그래서 나치는 곤혹스러운 상황에서도 미니무스 교수의 명령에 충실했는데 그때 상황이 딱 그랬다.

"응급의학과에서는 저와 곽경훈 선생이 교수님들 대신 참석했습니다."

나치는 특유의 침착한 목소리로 말했다. 응급실 수간호사와 수석 주임간호사, 진단검사실 계장, 총무팀 의료사고 담당자, 나치 그리고 나, 이렇게 여섯이 작은 회의실에 둘러앉았다. 원래는 나치와 내가 아니라 미니무스 교수가 참석해야 했으나 언제나 그렇듯 미니무스 교수는 골치 아프고 성가신 일에는 나서지 않았다.

"그런데 이게 어려운 문제인가요? 간단한 문제 같은데요. 혈액 샘플이 바뀌어서 생긴 문제인데 누가 혈액 샘플을 검사실로 잘못 올렸는지 알고 있잖아요. 그러니 그 인턴 선생이 보호자에게 사과하고 책임지면 되는 일 아니에요?"

응급실 수간호사가 가장 먼저 입을 열었다. 언뜻 합리적으로 들리나 실제로는 '꼬리 자르기'나 다름없는 제안이다. 인턴의 실수이니 인턴이 책임져야 한다는 것은 단순하고 이기적인 발상에 불과하다. 응급실 인턴이 실수했다면 해당 인턴과 함께 근무한 응급의학과 레지던트에게 책임이 있고 최종적으로는 응급의학과 교수인 미니무스 교수에게 책임이 있다. 그래서 잠자코 있을 수 없었다.

"안 됩니다. 우리는 그런 식으로 일을 처리하지 않습니다. 책임은 권한에 비례해야 합니다. 응급실 인턴의 실수는 함께 근무한 응급의학과 레지던트의 책임이며 나아가 응급의학과 당직 교수의 책임입니다. 그러니까 그날 같이 근무했던 응급의학과 레지던트인 저의 책임이고 나아가 미니무스 교수님의 책임이죠. 이제 막 의사 생활을 시작하는 인턴에게 책임을 지우는 것은 꼬리 자르기나 다름없습니다. 그런데 우리는 모두 도마뱀이 아니라 인간이 아니던가요?"

지나치게 응급실 수간호사를 몰아세운 것 같아 조금 미안했다. 따지고 보면 응급실 수간호사에 대한 반감이 아니라 아무것도 책임지지 않고 해결을 위해 어떤 노력도 하지 않는 미니무스 교수에 대한 분노였다.

"그렇군요. 인턴 선생님 혼자 책임지는 것은 확실히 좋지 않은 것 같습니다."

진단검사실 계장이 말했다. 사실 그는 느긋할 수밖에 없었다. 진단검사실 직원의 실수로 혈액 샘플이 바뀐 것이 아니라 응급실 인턴이 라벨을 잘못 붙여 발생한 사고라 그의 마음은 편안할 수밖에 없었다.

"저희가 보호자에게 사과하겠습니다. 시말서가 필요하면 그날 응급의학과 당직 레지던트였던 제가 적겠습니다."

내색하지 않았으나 나치는 적지 않게 난처했을 것이다. 그가 뭐라 말하기도 전에 내가 앞질러 말해 버렸기 때문이다. 그러자 총무과 의료사고 담당자가 입을 열었다.

"심각한 사고는 아니라서 큰 문제는 없는데 아무래도 환자의 병원비 정도는 보상해야 할 겁니다. 크지는 않으나 추가 비용이 발생하는 일이라 사고를 저지른 사람이 누구인지 알아야 합니다. 그러니 혈액 샘플에 라벨을 잘못 붙인 인턴 선생이 누구인지 알아야 해요. 서류 작업을 하려면 적어야 합니다."

총무과 의료사고 담당자의 말에 나치가 고민했는지는 아직도 알 수 없다. 이번에도 나치가 대답하기 전에 내가 먼저 말했기 때문이다.

"서류에 이름이 필요하면 제 이름 적으세요. 저야 이미 찍혀서 더 나빠질 것도 없어서요."

따지고 보면 나치는 별로 고민하지 않았을 가능성이 크다. 실수한 인턴이 누구인지 몰랐기 때문이다. 혈액 샘플에 라벨을 잘못 붙이는 실수를 저지른 인턴이 누구인지 아는 사람은 해당 인턴과 나, 그렇게 둘뿐이었다.

2

바이러스성 간염은 한국, 일본, 중국 같은 동북아시아에 특히 흔하다. 그래서 의료인이 아니어도 B형 간염, C형 간염 같은 단어에 익숙하다. 한 달 간격으로 세 차례 시행하는 B

형 간염 예방접종을 모르는 사람은 드물다. 그러나 A형 간염은 2000년대 초반까지 생소한 질병이었다. 만성 간염으로 악화할 가능성이 큰 B형과 C형 간염과 달리 A형 간염은 만성 간염으로 악화하지 않고 한 차례 감염된 후 회복하면 면역이 생겨 다시 걸리지 않는다. 또 주로 혈액을 통해 전염되는 B형과 C형 간염과 달리 A형 간염은 이질, 콜레라, 장티푸스 같은 수인성 전염병처럼 오염된 식수와 음식을 통해 전염되는데, 위생 상태가 좋지 않은 1960~1970년대에 성장기를 보낸 사람 대부분은 어린 시절 자연스럽게 감염되어 가볍게 앓고 회복했다. 그러니 2000년대 초반까지 임상의학과 보건학 모두 A형 간염에는 별다른 주의를 기울이지 않았다.

그러나 2000년대 초반 상황이 달라졌다. 급속한 경제 발전과 함께 위생 상태가 개선되어 1980~1990년대에 성장기를 보낸 사람 대부분은 A형 간염에 걸리지 않고 성인이 되었다. 다시 말해 성인 가운데 A형 간염에 대한 면역이 없는 비율이 늘어나서 지금껏 유년기에 주로 유행하던 A형 간염이 성인 사이에서 유행하기 좋은 조건이 마련되었다. 앞서 말했듯 A형 간염은 만성 간염으로 악화하지 않고 유년기에 감염될 경우 가벼운 발열, 근육통, 설사, 구토 같은 증상만 나타나며 쉽게 회복한다. 그러나 성인이 된 후 감염되면 고열, 근육통, 설사, 구토뿐 아니라 심한 황달이 나타나고 전격성 간염으로 악화하여 사망하는 사례도 종종 발생한다. 이런 문제 때문에 1990년대 후반부터 소아에게 B형 간염뿐 아니라 A형 간염 예방접종도 시행하기 시작했으나, 1970년대 후반부터 1990년대 중반 사이에 출생한 연령층은 A형 간염 유행에 취약한 사각지대가 되었다. 이전에 출생한 연령층은 개발도상국 특유의 비위생적인 환경에서 자연스레 A형 간염 면역을 획득했고 이후에 출생한 연령층은 예방접종을 통해 면역을 획득했으나 1970년대 후반부터 1990년대 중반 사이 출생한 연령층은 여기에도 저기에도 해당하지 않기 때문이다.

그래서 내가 응급의학과 레지던트로 수련받던 2008~2011년에는 건강한 젊은 성인이 A형 간염에 걸려 응급실을 방문하는 경우가 흔했고 안타깝게도 전격성 간염에 걸려 사망하는 사례도 있었다. 그날 응급실을 방문한 환자도 그런 연령층에 속했다.

특별한 기저 질환이 없는 건강한 젊은 남자가 발열, 근육통, 설사, 구토를 호소하며 내원했다. 4~5일 전부터 증상이 있어 의원에서 치료했으나 증상이 지속해서 응급실을 찾은 사례였는데 의식은 명료했고 발열, 근육통, 설사, 구토 외 다른 이상은 확인되지 않았다. 이학적 검사에서도 복부 압통이나 강직은 없었다. 세균성 장염 혹은 경미한 바이러스 감염에 해당하는 증상이었으나 A형 간염 같은 문제도 배제할 수 없어 수액과 해열제를 투여하고 혈액 검사를 시행했다.

얼마 후 혈액 검사 결과가 나오자 경악할 수밖에 없었다. 40~50 이하가 정상 범위인 간효소 수치가 800~1000으로 증가했고 황달을 나타내는 빌리루빈 수치 역시 5~6으로 증가했기 때문이다. 덧붙여 크레아티닌 수치도 3 정도로 증가한 상태였다. 혈액 검사 결과만으로 판단하면 심각한 간 손상으로 신장 기능까지 저하되는 간신증후군(hepato-renal syndrome)에 해당했다. 이전에도 A형 간염에 걸린 젊은 성인이 전격성 간염으로 악화한 사례를 목격해서 자연스레 음울한 예후를 떠올릴 수밖에 없었다.

그래서 환자와 보호자에게 검사 결과를 설명하고 치료를 시작했다. A형 간염 바이러스 자체에 대한 특효약은 존재하지 않아 포도당을 비롯한 간기능개선제를 투여하고 신장 손상을 치료하기 위해 대량의 수액과 정맥 이뇨제를 처

방했다. 그런 치료를 효과적으로 시행하기 위해서는 말초
정맥이 아니라 중심정맥을 확보할 필요가 있어 중심정맥관
도 삽입했다.

그런데 환자를 지켜볼수록 의문을 떨쳐버릴 수 없었다.
전격성 간염으로 치닫고 있으며 심각하게 손상된 간 때문
에 신장 기능까지 저하된 환자라고 생각하기에는 전반적인
상태가 너무 양호했다. 더구나 대량의 수액과 정맥 이뇨제
를 투여하자 소변량이 엄청나게 늘어났는데 소변량을 증가
시키는 것이 급성 신손상의 가장 우선적인 치료이나 단순히
치료 효과가 있다고 생각하기에는 너무 반응이 좋았다. 그
래서 나는 응급실의 다른 환자들을 살펴보았다. 혈액 샘플
이 바뀌었을 가능성이 있었기 때문이다.

잠시 후 나는 비슷한 검사 결과를 찾아냈다. 소화기내과
로 임상과가 정해졌으나 병실이 없어 며칠째 응급실에 머무
르고 있는 환자의 혈액 검사 결과가 거의 비슷했다. 나는 확
실한 확인을 위해 내가 직접 A형 간염이 의심되는 젊은 환
자의 혈액을 채취해서 다시 검사를 시행했다. '불길한 예상
은 빗나가지 않는다'는 말처럼 다시 시행한 혈액 검사 결과는
간효소 수치가 80~100 정도로 경미하게 증가했을 뿐 다른

이상은 없었다. 경미한 바이러스 감염에 해당하는 결과였다.

혈액 샘플이 바뀐 것이 확실했다. 가능성은 두 가지다. 검사실에서 실수로 결과를 잘못 입력했거나 응급실 인턴이 혈액 샘플에 라벨을 잘못 붙였거나. 그런데 혈액 샘플의 라벨을 바코드로 만들어 자동으로 진행되는 것을 생각하면 검사실에서 실수로 결과를 잘못 입력할 가능성은 희박했다. 그러니 응급실 인턴이 혈액 샘플 라벨을 잘못 붙인 것이 틀림없었다.

"선생님, 제가 라벨을 잘못 붙인 것 같습니다."

그때 응급실 인턴이 조용히 다가와서 말했다. 나는 깜짝 놀랄 수밖에 없었다. 자신의 잘못을 인정하고 책임지는 것은 당연한 일이나 나를 찾아와 자수(?)하는 것에는 상당한 용기가 필요했기 때문이다. 응급의학과 3년차 레지던트가 된 나는 '내과 레지던트에게 무시당하는 무기력한 존재'가 아니었다. 환자를 위해 필요하면 미니무스 교수뿐 아니라 다른 임상과 교수에게 무례하게 대드는 것도 마다하지 않고 나의 자존심을 건드리고 도발하면 상대가 누구든 기꺼이 싸움에 나서는 미치광이에 가까웠다. 응급실 환자를 제대로 진료하고 임상의사로 지닌 자존심을 지키기 위해서는 교수와도 설전을 벌이니 다른 레지던트와 인턴에게 가혹하지 않을 리가 없었다.

"알겠다."

나는 짧게 말했다. 그리고 조용한 목소리로 말을 이었다.

"라벨을 잘못 붙인 것은 심각한 상황을 초래할 수 있는 실수야. 그래도 다행히 이번에는 환자의 생명을 위협하는 문제는 아니었어. 더구나 응급실 인턴의 잘못은 응급의학과 당직 레지던트인 나의 잘못이기도 하지. 그래서 이번에는 크게 문제 삼지 않겠지만 앞으로 다시는 이런 실수가 있어서는 안 돼. 내가 관대하거나 마음이 약해서 넘어가는 것이 아니라 이번에는 환자에게 심각한 문제가 발생하지 않았기 때문이야. 만약 환자에게 심각한 피해가 발생했다면 너를 가만두지 않았을 거야."

그리고 덧붙였다.

"다른 사람에게는 이 사실을 얘기하지 마라."

3

환자와 보호자는 전격성 간염이 아니라는 사실에 눈물 흘리며 안도했다. 그리고 당연히 곧 분노했다. 심각한 피해는 없었으나 짧은 시간이나마 마음고생이 심했고 중심정맥관 삽입과 도뇨관(foley cath) 삽입은 불필요한 시술이었기 때문이다. 나와 나치는 환자와 보호자에게 그들의 기분이 조금이라도 풀릴 때까지 정중한 태도로 사과할 수밖에 없었다. 라벨을 잘못 붙인 인턴은 자신도 사과하겠다고 말했으나 나는 그럴 필요 없다고 잘라 말했다. 그리고 며칠 후 교육연구부에서 전화가 걸려왔다.

"곽경훈 선생님, 라벨을 잘못 붙인 인턴이 누구인가요? 총무팀 비용 처리와는 별도로 교육연구부에 해당하는 일이라 인턴 관리 차원에서 알아야 합니다."

인턴 관리 차원이라. 교육연구부 행정직원의 말에 교육연구부장 교수가 누구인지 떠올려 보자 실소가 터져 나왔다. 자신보다 약한 사람을 괴롭히는 것에서 삶의 즐거움을 찾는 사디스트가 교육연구부장이었기 때문이다. 인턴 관리 차원이 아니라 알량한 권력을 휘두르고 싶은 욕망이며 자신보다 약한 사람을 괴롭히고 싶은 비열한 욕구겠지. 그래서 나는 행정직원에게 물었다.

"그런데 제가 끝까지 말하지 않으면 어떻게 되나요? 이번에도 징계위원회에 회부됩니까?"

그러자 머뭇거리는 목소리가 들렸다.

"그… 그게 징계위원회에 갈 일은 아닙니다. 곽경훈 선생님 잘못도 아니라서."

그 말에 나는 유쾌한 목소리로 대답하고 전화를 끊었다.

"그럼 말하지 않겠습니다. 교육연구부장님이 물으면 제가 기억력이 나빠 이름을 잊어버렸다 얘기했다고 하세요."

전염병의 시대

1

비행기 사고는 극히 드물게 발생한다. 통계를 보면 비행기 사고로 사망할 가능성은 정말 '맑은 하늘에 날벼락' 같은 수준이다. 반면에 자동차 사고로 사망할 가능성은 비행기 사고보다 훨씬 높다. 물론 그 가능성도 그리 크지 않아 평범한 사람이 비행기 사고나 자동차 사고로 사망할 가능성은 매우 낮다. 그러나 굳이 걱정한다면 비행기 사고보다는 자동차 사고다. 하지만 비행기를 탈 때 느끼는 공포는 매일 자동차를 탈 때보다 훨씬 크다. 출근길에 자동차 핸들을 잡으면서 혹은 버스에 올라타며 '혹시 사고가 나면 어쩌나?', '이게 마지막 운전이면 어떡할까?' 같은 걱정을 품는 사람은 드물다. 그러나 "곧 이륙하겠습니다."라는 기장의 안내 방송에 비행기 사고의 끔찍한 영상을 떠올리는 사람은 생각보다 많다. '나의 발이 땅에 붙어 있지 않다'는 생각이 주는 막연한 공포 때문인데 그런 공포는 '눈으로 확인할 수 없는 위협'에도 똑같이 발생한다.

그래서 인간은 전염병을 두려워한다. 고대부터 인간을 괴롭힌 콜레라와 장티푸스 같은 고전적 질병부터 말라리아처럼 모기가 옮기는 질병, 중세 유럽 인구의 1/3을 죽음으로 이끈 흑사병 그리고 20세기 초반 세계를 경악시킨 스페인 독감까지 '눈에 보이지 않는 존재'가 퍼트리는 전염병은 인간의 가장 근원적인 공포에 해당한다.

역사를 살펴보면 인간은 전염병에 대한 그런 근원적 공포를 떨쳐내기 위해 희생양을 만드는 손쉬운 방법을 선택했다. 전염병을 '신의 징벌'로 생각한 고대에는 '신을 노엽게 한 불손한 인간'을 찾아 제물로 바쳤다. 중세부터 18세기, 심지어 19세기 초반까지도 유대인과 집시가 '전염병을 퍼트리는 악랄한 집단'으로 몰리는 것은 유럽에서 드문 일이 아니었다. 과학과 의학이 발달한 현대에는 그런 전통적 희생양을 만들기 어렵다. 대신 과학과 의학에 의존해서 이제는 '감염자'를 희생양으로 만들어 책임을 묻곤 한다.

2

단정하게 교복 입은 소녀는 휴대폰을 손에 들고 울고 있었다. 응급실 환자분류소 앞에 자리 잡은 대기실에서 슬픔에 잠긴 사람과 마주치는 것은 드물지 않다. 대기실에 머무르는 사람 대부분은 환자의 가족이나 친한 친구이기 때문이다. 슬픔에 잠긴 이가 눈물 흘리는 것 역시 낯선 풍경이 아니다. 그러니 평소라면 주의를 기울이지 않았을 것이다. 특히 그날은 평소보다 더 지치고 짜증 나는 상태였다. '신종플루 진료소 근무' 때문이었다. '신종플루'로 알려진 H1N1 인플루엔자 감염이 의심되는 환자는 응급실이 아니라 응급실 앞 주차장에 마련된 '신종플루 진료소'로 보냈는데, 말이 좋아 '진료소'였을 뿐 컨테이너 박스에 불과했다. 또한 나는 진료 내내 '숨이 제대로 쉬어지지 않는 느낌'을 주는 N95 마스크를 착용해야 했다. 정말 H1N1 인플루엔자가 의심되는 환자도 적지 않았으나, 고열과 근육통 같은 의심 증상이 전혀 없으면서 단순히 '혹시나 감염되었으면 어쩌나' 하는 걱정에 찾아온 사람도 드물지 않았는데, 심지어 그들 대부분은 당뇨와 만성 폐질환 같은 질병을 앓고 있는 위험군에 해당하지도 않았다. 그래서 신종플루 진료소에서 보내는 4시간은 응급실에서 보내는 8시간보다 힘들었다. 어쨌거나 그때 나는 신종플루 진료소 근무를 끝내고 응급실을 향하는 길이었다.

"응급실 환자 가운데 가족이 있나요?"

이유는 아직도 알 수 없으나 나는 대기실에서 울고 있는 소녀에게 관심을 보였다.

"아니요. 제가 환자예요."

소녀는 울먹이는 목소리로 대답했다. 그러고 보니 소녀의 교복 주머니에 타미플루(tamiflu, 인플루엔자에 사용하는 항바이러스제) 박스가 보였다. 신종플루 진료소에는 의사 2명이 배치되었기에 내가 진료한 환자가 아닐 수도 있었다. 물론 환자가 너무 많아 내가 타미플루를 처방했음에도 불구하고 기억하지 못할 가능성도 있었다.

"신종플루는 이름은 무섭지만 건강한 사람은 대부분 잘 회복하는 질병입니다. 너무 걱정할 필요 없어요. 울지 말고

집에 가서 쉬어요."

나의 기준으로는 가장 상냥하고 친절한 위로였다. 그런
데 소녀는 고개를 가로저었다.

"그것 때문에 우는 게 아니에요. 보건 선생님 때문에 우
는 거예요."

보건 선생님 때문이라? 소녀의 말은 호기심을 자극했다.
나는 소녀 옆에 앉아 자초지종을 파악했다.

여전히 울음을 멈추지 못한 소녀가 털어놓은 이야기를
간추리면 다음과 같았다. 한국뿐 아니라 세계적으로 '신종
플루 대유행(pandemic)'이 휘몰아치는 시기였으나 소녀가 다
니는 학교에는 감염자가 한 명도 없었다. 물론 정말 한 명
도 없지는 않았겠으나 어디까지나 '공식적인 감염자'는 한
명도 없었다. 그런데 며칠 전 소녀에게 고열과 근육통이 나
타났다. 사실을 확인한 담임 교사는 보건 교사를 불렀고 보
건 교사는 소녀를 병원으로 보냈다. 그리고 우리 병원 신종
플루 진료소를 찾은 소녀는 H1N1 인플루엔자 확진 판정을
받았다. 그러자 소녀는 보건 교사에게 전화해서 확진 사실
을 알렸는데 여기서부터 이야기가 이상해졌다. 보건 교사가
그녀에게 쉬라고 얘기한 것에는 별다른 문제가 없었으나 거

기서 그치지 않고 보건 교사는 '조심스럽지 못해 신종플루에 걸렸다'며 그녀를 나무랐다. 손을 잘 씻으면 걸리지 않는 질병인데 그러지 않아 걸린 것이 틀림없다고도 얘기했다고 했다. 또 그런 힐난은 보건 교사에게 그치지 않았다. 보건 교사와 통화가 끝나고 얼마 지나지 않아 교감 선생이 전화해서 '우리 학교가 신종플루 청정 지역이었는데 너 때문에 오염 지역이 되었다'며 야단쳤다고 했다. 그녀의 이야기에 나는 어처구니가 없었다. 신종플루에 걸린 학생을 위로하고 '잘 쉬었다가 몸이 회복되면 등교해라' 하고 얘기하는 것이 정상적인 교육자의 태도 아닌가? 짜증 나고 지친 상태에서 그런 이야기를 들으니 화가 치밀었다. 보건 교사와 교감 선생의 행동이 미니무스 교수와도 묘하게 비슷했기 때문이다.

"보건 선생님한테 전화 좀 걸어 줄래?"

나의 말에 소녀는 순순히 전화를 걸어 휴대폰을 내게 건네주었다.

"○○ 대학교 병원 응급의학과 레지던트 곽경훈입니다. 현재 신종플루 진료소에서 일하고 있습니다. ○○○ 학생이 오늘 우리 진료소에서 H1N1 인플루엔자 그러니까 신종플루로 확진되었습니다. 그런데 제가 도무지 이해할 수 없는 얘기를 들었는데 사실입니까?"

보건 교사는 선량하지도 않고 책임감이 강하지도 않았으나 둔하고 어리석은 부류는 아니었다. 보건 교사는 나의 적대적인 분위기를 알아차렸고 그런 부류가 가장 잘하는 행동을 시작했다. 보건 교사는 모든 책임을 교감에게 돌렸다. 자기도 신종플루에 걸린 학생이 걱정된다. 그러나 교감 선생이 그 학생 때문에 '신종플루 청정 지역'이 깨졌다고 난리쳐서 어쩔 수 없었다. 교감 선생의 행동이 합리적이지 않으나 자기는 아랫사람이라 어쩔 수 없다. 아마도 보건 교사는 그 정도에서 일을 수습할 수 있으리라 생각했을 것이다.

"그렇습니까? 그럼 교감이란 분과 얘기하고 싶군요. 물론 교감 선생님이 레지던트에 불과한 저와 얘기하고 싶지 않다면 어쩔 수 없죠. 보아하니 거기 공립학교 같은데 교육청에 바로 민원을 제기하겠습니다. 교사들이 학생을 낙인찍어 공공연히 따돌림을 조장하고 있으며 심지어 그런 행동에 의학적 근거도 없다고 말입니다. 교육청에서 별다른 반응이 없으면 그다음에는 국민권익위원회도 있고 청와대 신문고도 있고 민원을 보낼 곳은 많은데다 인터넷 강국 대한민국이라 인터넷으로 처리하면 그렇게 어렵지도 않아서요."

효과는 즉각적이었다. 잠시 후 나는 해당 학교의 교감 선생과 통화를 시작했다. 소녀의 말만 믿을 수 없어 교감 선생에게 정말 그런 식으로 말했는지 확인했다. 황당하게도 교감 선생이란 사람은 아주 당당하게 자신의 발언을 인정했다. 그는 아예 그걸 잘못이라 생각하지 않는 듯했다. 이제 명백한 증거를 확인했으니 나도 정중할 이유가 없었다.

내가 교감 선생에게 무슨 말을 했는지 자세히 밝히지는 않겠다. 다만 아마도 그 교감 선생은 정년퇴임할 때까지 그날을 잊지 못했을 것이다.

그런데 1910년대 스페인 독감 대유행 이후 최악의 독감 유행이란 뉴스가 매일 반복되던 그 겨울, 그런 단순한 해프닝만 있는 것은 아니었다.

3

인간의 존엄은 저마다 지닌 독특한 개성에서 나온다. 그래서 인간을 자신만의 고유한 특징을 지닌 존재가 아니라 숫자로, 거대한 집단의 부분으로만 인식하는 상황에서는 선량한 사람도 쉽게 다른 인간에게 가혹한 처분을 내리고 죽음으로 내몰 수 있다. 그래서 나치 독일의 수뇌부는 강제수용소에서 유대인을 처리할 때 그들의 머리카락을 남김없이 깎고 똑같은 죄수복을 입히고 가슴에 노란색 별을 붙였다. 그렇게 하면 일선에서 학살을 집행하는 평범한 독일인이 쉽게 상황을 받아들일 수 있기 때문이다.

그런데 심각한 질병에 걸려도 인간은 자신만의 독특한 특징을 잃어버린다. 뇌출혈 혹은 심각한 뇌종양으로 수술받고 신경외과 중환자실에 누운 환자들을 떠올려 보라. 머리카락은 모두 말끔히 제거되었고 똑같은 환자복을 입고 입에는 인공호흡기와 연결된 기관내관이 꽂힌 상태로 힘없이 누워 있다. 분명히 저마다 다른 개성을 지닌 인간이나 그들을 서로 구분하는 특징을 찾기는 매우 어렵다. 혈액 투석을 위해 인공신장실에 누워 있는 환자들도 마찬가지다. 혈액 투석을 시작한 지 몇 년이 지나 탄력 없고 거무튀튀한 피부를 지닌 그들은 표정까지도 소름 끼칠 만큼 비슷하다.

응급실에서도 마찬가지다. 심각한 폐질환으로 인공호흡기가 연결된 환자는 점차 자신만의 특징을 잃어버린다. 거기에는 만성 폐질환으로 오랫동안 고통받은 환자만 해당하지 않는다. 비교적 건강했던 환자도 인공호흡기 치료를 시작하면 빠른 속도로 자신의 모습을 잃어버리고 '환자 가운데 하나'가 되어 버린다. 성인호흡부전증후군(adult respiratory distress syndrome) 같은 질환으로 인공호흡기가 부착되면 12시간만 지나도 얼굴이 부어오른다. 거기에 양쪽 눈은 건조해져 손상되는 것을 막기 위해 연고를 바른 거즈로 덮여 있고 입에는 기관내관이 꽂혀 있다. 기관내관을 고정하기 위한 장치까지 덧붙여 있어 아주 가까운 가족이 아니라면 언뜻 봐서는 환자를 알아보기도 어렵다.

신종플루 대유행이 절정으로 치닫던 겨울, 응급실 중환자 구역에서 그런 환자를 찾는 것은 어렵지 않았다. 그날의 환자도 그랬다. 불과 며칠 전까지만 해도 중환자란 분류도, '인공호흡기 부착'이란 치료도 생경했을 것이고 그런 일은 늙고 쇠약해진 아주 먼 미래에나 일어날 것이라 생각했을 테지만 무정하고 가혹한 병마는 그녀를 희생자로 지목했다.

일반적으로 독감의 희생자는 어린아이, 노인, 장기 이식으로 면역억제제를 복용하는 사람, 혈액 투석을 받는 신부전 환자, 천식과 만성 폐쇄성 기관지염 같은 폐질환 환자, 심근경색을 비롯한 심각한 심부전 환자, 암 환자, 심한 당뇨병 환자 같은 부류다. 의료인이 아닌 사람도 어렵지 않게 떠올릴 수 있는 '취약군'이며 그래서 해마다 독감 예방접종을 권장하고 폐구균 백신(이른바 폐렴 백신. 모든 폐렴을 막는 것은 아니며 폐구균에 의한 심각한 폐렴에 대해 어느 정도 예방 효과가 있다.) 접종을 우선으로 고려하는 대상이다. 그러나 때때로 비교적 젊고 건강한 사람에게서 아주 짧은 시간에 급격히 악화하는 폐렴이 발생하기도 한다. 대부분 독감에서 발생하는 폐렴은 바이러스성 폐렴이 아니라 독감 바이러스로 인해 감염에 취약해진 폐에 세균이 침범해서 나타나는 합병증이나, 그렇게 급속히 악화하는 사례는 독감 바이러스 자체로 인한 폐렴일 경우가 많다.

　그녀도 그런 바이러스성 폐렴의 희생자였다. 고열과 근육통이 나타나고 불과 며칠 만에 심각한 호흡 곤란이 발생해서 응급실로 실려 왔고 응급실에 도착하고 몇 시간 만에 인공호흡기 치료를 시작했다. 신종플루 대유행이 덮친 그해 겨울에는 유독 그런 환자가 많았는데 그렇다고 신종플루가 다른 독감보다 특별히 치사율이 높은 것은 아니다. 다만 예년과 비교하여 감염되는 사람이 확실히 많았고 그래서 같은 비율로 중환자가 발생하더라도 숫자 자체는 증가할 수밖에 없었다. 그런데 그녀에게는 다른 환자와 구분되는 독특한 특징이 있었다. 그녀는 임신 7개월을 막 넘긴 임산부였다.

4

그녀가 처음 응급실에 왔을 때부터 볼록 나온 아랫배만으로도 임산부란 것을 어렵지 않게 알아차릴 수 있었다. 폐렴에 일반적으로 사용하는 페니실린 계열이나 세팔로스포린 계열 항생제 대부분은 임신 중에도 비교적 안전하게 사용할 수 있는 약물이다. 그러나 타미플루를 비롯한 항바이러스제는 대부분 임신 중 사용에 위험이 따르는 약물이며 심각한 폐렴에서 사용하는 스테로이드도 마찬가지다. 하지만 그녀는 응급실 도착할 때부터 호흡 곤란이 심했고 불과 몇 시간 만에 인공호흡기를 연결하지 않으면 안 될 만큼 악화해서 항바이러스제와 스테로이드 투여를 주저할 상황이 아니었다. 태아에게 위험이 있어도 어머니가 생존하지 못하면 당연히 배 속의 태아는 살아남을 수 없으니까 말이다.

그러나 모든 노력에도 불구하고 그녀의 상태는 점점 나빠졌다. 인공호흡기의 설정을 이리저리 바꾸면서 최대 성능으로 가동하고 항바이러스제, 항생제, 스테로이드, 기관지확장제를 모두 사용해도 산소포화도는 점점 감소했다. 95% 이상이 정상 범위인 산소포화도는 85%를 힘겹게 유지했다. 그리고 다른 장기에도 문제가 생기기 시작했다. 혈압이 불안정해지고 몸이 산성화되면서 신장 기능이 손상되어 소변량도 줄어들었다. 수액, 승압제, 이뇨제를 추가로 사용했으나 그 무엇으로도 다가올 파국을 막을 수는 없을 듯했다.

"에크모를 해야 하지 않을까?"

나는 응급실 상주 내과 2년차 레지던트에게 조심스레 말했다. 에크모라 불리는 체외막 산소 공급(ECMO, Extra-Corporeal Membrane Oxygenation)은 간단히 말해 폐와 심장 기능을 기계로 대체하는 치료다. 인공호흡기는 폐의 모든 역할을 대신하는 것이 아니다. 숨을 들이쉬고 내쉬는 호흡 근육의 기능을 대신하고 100%에 가까운 고농도 산소를 공급해줄 뿐 혈액 내로 산소를 들여보내고 혈액 내 이산화탄소를 제거하는 폐포의 기능을 대신하지는 못한다. 반면에 에크모는 환자의 몸에서 빼낸 혈액에서 이산화탄소를 제거하고 산소를 흡수시켜 다시 환자 몸으로 돌려보내는 장치다. 덧붙여 이런 폐의 기능뿐 아니라 필요하면 심장을 대신해서 산소가 풍부한 혈액을 몸 구석구석으로 보내는 펌프 기능까지 수행할 수 있다. 따라서 성인호흡부전증후군 같은 폐질환뿐 아니라 심근경색에도 사용할 수 있다. 실제로 메르스가 유행했을 때 적지 않은 환자들이 에크모를 통해 목숨을 건졌다. 그러나 신종플루 대유행이 한국을 휩쓸었던 10년 전에는 요즘처럼 보편화한 시술이 아니었다. 당시 수련받던 대학병원에서도 필요하면 정식 에크모 기계가 아니라 심장 수술 때 이용하는 체외순환장치(심장을 멈추고 수술해야 하는 경우 멈추어 있는 시간 동안 심장을 대신해 줄 장치가 필요한데 이런 체외순환장치의 작동원리는 에크모와 거의 같다)를 사용할 수 있는 정도였다. 그래서 응급실 상주 내과 2년차 레지던트에게 말할 때도 그리 기대하지는 않았다. 지속적 신대체요법도 시행하지 않으려는 사람들이 흉부외과에 부탁해서 에크모를 시행할 가능성은 극히 낮았기 때문이다.

"그게, 에크모 한다고 살 수 있을까요?"

응급실 상주 내과 2년차 레지던트의 반응은 예상대로였다. 응급실 상주 내과 2년차 레지던트뿐 아니라 호흡기내과 담당 3년차 레지던트의 반응도 비슷했다. 나의 힘으로 해결할 수 없는 문제에 계속 관심을 기울일 수는 없어서 아예 다른 문제를 제기했다.

"그런데 생존 가능성이 희박하면 태아라도 살려야 하지 않을까?"

나의 말에 응급실 상주 내과 2년차 레지던트는 크게 한숨을 내쉬며 응급실 한쪽을 가리켰다. 그가 가리킨 쪽에는 산부인과 당직 레지던트가 이미 와 있었다. 나는 산부인과 당직 레지던트에게 다가가 태아의 상태를 확인해야 하지 않느냐고 물었는데 예상하지 못한 대답을 들었다.

"그게 우리는 산부인과입니다. 산모를 담당하는 임상과일 뿐입니다. 태아요? 그건 소아과를 불러야죠."

소아과를 부르라니! 그때까지 여러 임상과에서 '우리 임상과에 해당하는 환자가 아닙니다'라는 온갖 변명을 들었으나 그중 최악의 헛소리였다. 산부인과라서 산모만 담당한다니! 그러면 산전 검사하면서 초음파로 태아의 상태를 확인하는 이유는 무엇일까? 산부인과 당직 레지던트의 논리에 따르면 임신 초기부터 태아는 소아과에 가서 확인해야 한다. 그래도 해당 임상과 레지던트의 의견을 완전히 무시할 수 없어 소아과 당직 레지던트를 호출했다.

"선배님. 혹시 산부인과에서 결정을 내려 제왕절개를 시행하면 아이는 우리가 인큐베이터로 데려가 담당하겠습니다. 그러나 지금 단계에서 태아의 상태는 산부인과에서 확인해야 할 텐데요."

그나마 소아과 당직 레지던트는 합리적인 의견을 제시했다. 이제 선택의 순간이었다. 환자의 회복 가능성이 극히 낮다면 태아라도 구해야 했다. 임신 7개월에 접어들었으니 미숙아여도 생존할 가능성이 아주 낮지는 않았다. 하지만 누구도 환자의 가족들에게 적극적으로 말하지 않았다. 환자의 아버지, 남편 그리고 시아버지 모두에게 말해야 하는데 자칫 귀찮은 상황에 직면할 수 있기 때문이다. 계속 무의미한 시간을 보낼 수 없어 나라도 나설 수밖에 없었는데 보호자들과 얘기하니 상황이 더욱 묘해졌다.

"0.1%의 확률도 없습니까? 조금이라도 회복 가능성이 있다면, 기적이라도 바랄 수 있다면 딸을 포기할 수 없습니다."

환자의 아버지는 눈물이 범벅된 얼굴로 말했다. 0.1%의 확률이라. 사람들은 모두 기적을 원한다. 드라마나 소설에 나올 법한 극적인 소생을 끝까지 기원한다. 그러나 0.1%의 확률은 사실상 0%나 마찬가지다. 기적은 현실에서 거의 일어나지 않기에 기적이다. 환자는 소생 가능성이 없다고 해도 틀린 말이 아니었다. 에크모를 시행해도 회복 가능성은 매우 낮았고 그나마도 이미 늦은 상태였다. 그래서 나는 남편에게 다시 물었다. 산모는 소생 가능성이 희박하고 지금이라도 제왕절개를 시행하면 태아는 생존할 가능성이 있다고 얘기했다. 남편은 제왕절개를 선택할 것처럼 보였다. 그런데 남편의 아버지, 그러니까 환자의 시아버지와 얘기하더니 판단이 달라졌다.

"제가 결정할 수 있겠습니까. 저는 장인어른과 장모님의 선택을 따르겠습니다."

기분이 묘했다. 환자는 이미 회복하기 어렵고 지금이라도 제왕절개를 선택하면 태아는 살릴 수도 있었다. 남편과 시아버지 모두 그 차가운 사실을 어느 정도 알고 있는 듯했다. 그런데 그들은 선택을 미루었다. 엄밀히 말하면 둘 다 포기하는 쪽을 선택한 것이나 다름없었다. 물론 현실적인 측면에서 그들의 선택을 이해할 수 있다. 남편이 회복 가능성이 극히 낮은 환자를 포기하고 태아를 선택한다면 그것이 합리적인 판단이라고 해도 환자의 아버지는 원망을 품을 수 있다. 더구나 태아는 7개월을 겨우 넘겼을 뿐이며 어머니의 상태가 태아에게도 영향을 주었을 가능성이 있다. 그러니까 태아는 생존해도 장애를 갖고 살아갈 가능성이 컸다. 게다가 환자와 마찬가지로 남편은 아직 젊었다. 아직 긴 삶이 남아 있을 가능성이 크고 단순히 아내와 사별한 남자가 장애아가 딸린 홀아비보다는 새로운 삶을 꾸려나가는 것에 유리했다. 그래서 나는 개입을 포기했다. 나의 권한으로 해결할 수 있는 문제가 아니었고 사태가 어긋나면 나의 위치에서 책임질 수 있는 정도도 아니었다. 미니무스 교수 같은 윗사람이 나를 보호해 줄 가능성은 극히 낮았고 병원에는 이미 나를 싫어하는 사람이 많았다.

그렇게 시간은 흘러갔고 몇 시간 후 환자는 심정지에 빠졌다. 심폐소생술 끝에 가까스로 심장 박동은 회복했으나 이제 환자도, 태아도 모두 생존 가능성이 실질적으로 사라진 상태였다. 그런데 그제야 호흡기내과 3년차 레지던트는 흉부외과에 연락해서 에크모를 준비했다. 산부인과 당직 레지던트도 제왕절개를 통해 태아를 살릴 수 있는지 알아보겠다면서 태아에 대한 초음파를 실시했다.

에크모를 하려면 더 빨리했어야 했다. 제왕절개를 고려하는 것도 더 빨리해야 했다. 골치 아프고 힘든 일은 싫으나 그렇다고 비난받고 처벌받고 싶지도 않아 오직 자신만을 위해 야비한 선택을 하는 것이 틀림없었다. 내과, 산부인과 그리고 환자의 남편과 시아버지, 모두 그랬다.

역겨웠다. 응급실의 공기를 참을 수 없던 나는 밖으로 나와 크게 숨을 들이마실 수밖에 없었다. 지금까지도 그때 평범한 사람들이 보여 준 소름 끼치는 현실주의를 잊을 수 없다.

최악의 모욕

정형외과 병동은 의료진으로 북적였다. 정확히 말하면 병동 전체가 아니라 간호사실 옆 처치실이 그랬다. 병동마다 마련된 처치실은 평소에는 입원 환자에게 간단한 치료를 진행하는 곳이다. 신경과 병동에서는 요추 천자(아래쪽 허리 중앙 부분에 긴 바늘을 꽂아 뇌척수액을 얻는 시술), 소아 백혈병 환자를 많이 진료했던 소아과 병동에서는 골수 검사가 주로 행해졌다. 정형외과 병동 처치실은 수술 부위 소독과 간단한 시술이 이루어지는 공간이었다. 그러나 환자 상태가 급격히 악화했는데 공교롭게도 중환자실에 자리가 없는 경우 일시적으로 '병동 내 중환자 구역'으로 사용했다. 그러니 처치실에 의료진이 여럿 모여 있어도 이상한 상황은 아니었다. 하지만 그날은 너무 많았다. 정형외과 레지던트와 병동 간호사뿐 아니라 근처 병동에서 일하는 인턴들, 내과 레지던트, 신경외과 레지던트, 소아과 레지던트, 산부인과 레지던트 심지어 재활의학과 레지던트까지 보였다. 그들은 화재, 사형집행, 결투를 구경하러 온 군중처럼 처치실 안 침대를 둘러싸고 있었다. 나는 맨 뒤에 선 인턴의 어깨를 손가락으로 톡톡이며 말했다.

"응급의학과 곽경훈이다. 좀 들어가도 될까?"

인턴은 뒤를 돌아보더니 깜짝 놀란 표정으로 옆으로 비켰다. 그다음도 비슷했다. 몇 차례 더 손가락으로 어깨를 톡톡이며 '응급의학과 곽경훈이다'란 말을 건네자 드디어 처치실 침대에 도착할 수 있었다.

처치실 침대 주변 모습은 낯설지 않았다. 평균보다 훨씬 큰 체구, 하지만 거칠고 강한 느낌이 아니라 비대하고 병약한 느낌을 주는 환자였다. 그는 의식 없이 축 늘어진 상태였다. 환자의 머리맡에서는 내과 1년차 레지던트가 후두경을 들고 기관내삽관을 위해 끙끙대고 있었는데 순조롭지 않은 듯 이마에는 송글송글 땀이 맺혔고 얼굴은 붉게 상기되었다. 사실 내과 1년차 레지던트의 표정을 살펴보지 않아도 기관 내삽관이 제대로 진행되지 않는다는 것을 알아차릴 수 있었다. 내과 1년차 레지던트가 후두경을 환자의 입으로 밀어 넣는 자세 그리고 환자의 머리 위치부터 문제가 있었다. 환자는 몸 전체도 상당히 비대했으나 짧은 목에는 특히 살이 많이 쪄 있었다. 그런 환자의 경우 목을 충분히 젖히지 않으면 후두개를 들어 올리고 성대를 찾기가 어렵다. 물론 외상으로 경추 손상이 의심되는 환자라면 그런 식으로 목을 젖히면 안 된다. 환자는 거기 해당하지 않았는데도 내과 1년차 레지던트는 환자의 목을 거의 젖히지 않았다. 또 후두경을 들고 삽입하는 자세도 이상했다. 어쨌거나 내과 1년차 레지던트가 기관내삽관을 성공하지 못해 전전긍긍할수록 환자의 얼굴은 푸르게 변해 갔다. 조금 더 지체하면 호흡부전으로 심정지가 발생할 것 같았다. 그런데도 내과 2년차 레지던트는 굳은 표정으로 팔짱을 낀 채 지켜보고 있었다. 기관내삽관 같은 술기는 1년차 레지던트의 일이라 생각했는지 혹은 기관 내삽관도 제대로 하지 못하는 1년차 레지던트에 대한 징벌인지 애매했으나 환자의 생명이 위험할 수 있는 상황이었다.

"손을 좀 바꾸어 볼까?"

나는 내과 레지던트들에게 말했다. 1년차 레지던트의 얼굴에 안도하는 표정이 떠올랐다. 2년차 레지던트는 뭐라 표현하기 힘든 표정을 지었으나 고개를 끄덕이며 말했다.

"네, 그러시죠."

나는 수술 장갑을 착용하고 내과 1년차 레지던트에게서 후두경을 건네받은 다음 환자의 머리맡으로 다가갔다. 지켜보고 있던 인턴에게 도움을 구해 환자의 위치를 변화시켜 목을 뒤로 젖혔다. 그리고 한쪽 무릎을 꿇고 후두경을 환자의 입에 밀어 넣었다. 혀를 젖히고 후두개를 밀어 올리자 성대 사이로 기관이 보였다.

"튜브!"

그러자 간호사가 기관내관을 건네주었다. 나는 그 길고 투명한 플라스틱관을 기관 사이로 밀어 넣었다.

"23cm에 고정합니다."

기관내관을 너무 얕게 넣으면 기관에서 빠져 버리고 너무 길게 밀어 넣어 한쪽 폐의 기관지로 들어가면 양쪽 폐 모두에 산소를 공급하기 힘들다. 그래서 나이, 키, 체중 같은 사항을 고려해서 20~25cm 사이 깊이에서 기관내관을 고정한다. 기관내관을 고정하자 인턴이 암부백을 통해 인공호흡을 시작했다. 인턴이 암부백으로 공기를 불어 넣을 때마다 환자의 양쪽 폐에서 정상적인 폐음이 들리는 것을 확인했다. 다행히 환자는 자발 호흡만 사라진 상태였고 맥박은 온전했다. 그래서 심장 압박 없이 기관내삽관을 시행하고 인공호흡을 시작하는 것만으로도 상태가 안정되었다.

"인공호흡기는?"

내 물음이 끝나기도 전에 간호사가 인공호흡기를 가져왔다. 자발 호흡은 사라졌으나 폐음 자체에는 큰 문제가 없어 기본 설정으로 인공호흡기를 연결했는데 그래도 산소포화도는 98%로 잘 유지되었다. 환자 상태가 안정되었으니 이제 병동에서 내가 할 일도 끝났다고 생각하는 순간 주위를 둘러보니 나와 정형외과 레지던트들 외에는 아무도 없었다. 다들 '닥터 그린'이란 방송에 달려왔으나 이제는 더 이상 머무를 이유가 없었기 때문이다.

"형, 환자 좀 봐주고 가면 안 될까요?"

정형외과 레지던트의 부탁에 조금 더 머무르기로 결정했다. 마침 응급실이 바쁘지 않았고 낮이라 응급의학과 4년차 레지던트와 1년차 레지던트도 있었기 때문이다.

2

대퇴골두 무혈성 괴사(avascular necrosis of femoral head)로 인공 고관절 수술을 받은 환자였다. 인간의 고관절은 어깨 관절과 함께 아주 중요한 역할을 담당한다. 어깨 관절이 360도로 회전하며 다양한 동작을 수행한다면, 고관절은 체중을 지탱하며 순간적이고 폭발적으로 움직이면서 급격한 방향 전환에도 버틸 수 있어야 한다. 또한 각각 나름의 취약점을 지니고 있는데, 인대와 근육이 복잡하게 얽힌 어깨 관절은 심한 손상을 입으면 수술해도 완벽한 재활이 어렵다. 고관절은 대퇴골의 위쪽 끝부분, 그러니까 골반뼈의 구멍에 꽂히는 대퇴골두(femoral head)에 혈액이 제대로 공급되지 않을 가능성이 존재한다. 골절 같은 외상의 후유증으로 발생하기도 하고 알코올 남용, 장기간 스테로이드 사용, 당뇨병 같은 질환이 원인일 때도 있는데 이른바 '대퇴골두 무혈성 괴사'라는 이 질환이 악화하면 문제가 생긴 고관절을 인공 고관절로 바꿀 수밖에 없다. 간단하지는 않으나 매우 어렵거나 위험한 수술은 아니며 대형 병원 정형외과에서 많이 시행하는 수술인데 환자의 경우 수술 자체보다 기저 질환이 문제였다. 고혈압과 당뇨병이 모두 있을 뿐 아니라 당뇨병성 신부전이 발병해서 일주일에 세 번 혈액 투석을 받는 환자였고 협심증(angina)으로 관상동맥 스텐트를 삽입한 상태였다. 그래서 대학병원에서 수술할 수밖에 없었고 수술하기 전 심장내과, 신장내과, 내분비내과의 협진이 이루어졌다. 덕분에 수술은 성공적으로 진행되었고 수술 후에도 며칠 동안 별다른 문제없이 지냈는데, 갑작스레 의식 저하가 발생했다. 그러자 깜짝 놀란 보호자는 간호사에게 알렸고 간호사는 환자를 처치실로 옮기면서 '닥터 그린'을 발동했다.

여전히 의식은 없었지만, 인공호흡기 연결 후에는 혈압과 맥박, 체온이 안정적이었고, 인공호흡기를 기본 설정으로 사용해도 산소포화도가 98% 정도로 유지되었다. 이제는 의식 저하의 원인을 찾아야 했다. 환자를 담당했던 정형외과 2년차 레지던트 그리고 정형외과 의국장인 4년차 레지던트는 내심 '심근경색' 혹은 '폐부종'이 의식 저하의 원인이길 바랐다. 그러나 그들의 바람과 달리 심근경색과 폐부종 모두 의식 저하의 원인으로 생각하기 어려웠다. 인공호흡기를 연결한 후 시행한 심전도에서 심근경색을 의심할 만한 새로운 변화가 관찰되지 않았다. 폐부종은 간단히 말해 심장 기능이 감소하여 폐에 습기가 차는 질환으로 흉부 엑스레이에서 쉽게 관찰되는데 인공호흡기 연결 후 이동식 기계로 촬영한 흉부 엑스레이에도 별다른 이상이 확인되지 않았다. 또 신부전 환자의 경우 고칼륨혈증으로 심정지가 발생할 수 있으나 환자는 심정지가 아닌 의식 저하였고 칼륨 수치도 정상 범위였다. 더구나환자는 의식 저하와 함께 자발 호흡도 사라졌으나, 심한 호흡곤란으로 의식이 저하되고 자발 호흡이 사라진 것이 아니라의식 저하와 동시에 자발 호흡이 사라졌다. 그런 측면에서 정형외과 수술 후 누워 지내는 환자에게 종종 발병하는 폐동맥색전증 가능성도 작았다. 따라서 환자에게는 내과적 문제가아니라 다른 문제가 있을 가능성이 컸다. 폐나 심장 자체의문제가 아니라 머리, 그러니까 뇌의 문제일 가능성이 컸다.오랫동안 고혈압으로 치료받았고 혈액 투석을 받고 있으며신부전 자체가 혈관에 부담을 주고 혈액 투석을 진행할 때혈전 생성을 막기 위해 헤파린(heparin)을 투여하는 것을 감안하면 뇌출혈을 감별해야 했다. 지주막하 출혈(subarachnoid hemorrhage)이나 심한 뇌내 출혈(intracranial hemorrhage)이라면 갑작스럽게 의식 저하가 나타나고 자발 호흡이 사라진 것을 모두 설명할 수 있다. 그래서 나는 정형외과 의국장에게'신경외과를 불러 뇌출혈부터 감별해야 한다. 나는 자발성 뇌출혈 가능성이 크다고 생각한다'고 얘기했다.

"형, 그러면 교수님께도 형이 말씀드리면 안 될까요?"

정형외과 의국장은 조심스럽게 말했고 나는 흔쾌히 그러겠다고 대답했다.

3

평균보다 조금 큰 키, 볼록 나온 배, 통통한 팔과 다리, 정형외과 담당 교수는 곰돌이 인형을 떠올리게 했다. 체형뿐 아니라 동글동글한 눈, 동그란 안경, 살이 올라 분명하지 않은 턱선 때문에 얼굴도 곰돌이 인형과 비슷했다. 그러나 곰돌이 교수의 외모는 위장에 가까웠다.

"그래, 응급의학과 선생은 환자의 문제가 뭐라고 생각하나?"

곰돌이 교수는 아랫사람을 깔볼 때 윗사람의 얼굴에 나타나는 표정으로 물었다. 그러나 나는 개의치 않고 대답했다.

"환자는 당뇨병과 고혈압이 있고 관상동맥 스텐트를 시술받았으며 혈액 투석을 받고 있습니다. 따라서 내과 질환부터 떠올리기 쉽습니다. 그런데 심근경색을 의심할 만한 심전도 변화가 없습니다. 또 폐부종을 의심하기에는 인공호흡기를 연결한 후 시행한 흉부 엑스레이가 정상에 가깝습니다. 감염 징후가 없어 패혈증도 아닙니다. 환자는 호흡 곤란을 호소하다가 의식이 저하된 것이 아니라 갑작스레 의식을 잃으면서 자발 호흡도 사라졌습니다. 따라서 심장이나 폐의 문제, 그러니까 내과 문제가 아닐 가능성이 있습니다. 특히 오랫동안 고혈압을 앓았고 혈액 투석 자체가 혈관에 무리를 주고 더구나 혈액 투석할 때 혈전 생성을 막기 위해 헤파린을 투여하는 것을 감안하면 지주막하 출혈이나 뇌내 출혈 같은 신경외과 문제부터 감별해야 합니다. 따라서 지금 바로 뇌 CT를 시행하고 뇌출혈이 있다면 신경외과에 연락해야 합니다. 뇌 CT를 시행하시겠다면 제가 뇌출혈 여부는 판독할 수 있습니다."

곰돌이 교수의 표정이 어두워졌다. 그런데 실망, 낙담, 우울함이 아니라 화난 표정에 가까웠다. 그러더니 정형외과 의국장을 바라보며 말했다.

"이런 개소리에는 신경 쓸 필요 없다. 들을 가치도 없는데 괜히 물어봤군. 어서 내과 3년차 레지던트에게 연락해. 제대로 된 의사의 얘기를 들어야겠어."

레지던트 시절 겪은 최악의 모욕 가운데 하나였다. 곰돌이 교수는 정형외과의 막내 교수이고 나는 응급의학과 3년차 레지던트였으나 그래도 그에게 그런 식으로 말할 권리는 없었다. 더구나 나는 의식 저하와 호흡부전이 발생한 정형외과 병동 환자가 안정된 상태에 이를 때까지 응급 처치를 전담했다. 그리고 묻지도 않은 의견을 말한 것이 아니었다. 분명히 곰돌이 교수 자신이 내게 먼저 의견을 물었다. 물론 내 의견은 곰돌이 교수의 마음에 들지 않았고 그 이유 역시 어렵지 않게 추측할 수 있었다. 만약 심근경색, 폐부종, 폐동맥색전증 같은 내과 문제라면 곰돌이 교수를 비롯한 정형외과 의료진의 책임이 없기 때문이다. 이미 그런 문제를 걱정해서 수술하기 전 심장내과, 내분비내과, 신장내과에 협진을 의뢰했으니 그런 내과 문제가 발생했다면 내과의 책임이다. 그러나 지주막하 출혈이나 뇌내 출혈 같은 신경외과 문제가 발생했다면 정형외과 입장에서는 책임을 전가할 곳이 없었다. 그렇다고 '의료사고'에 해당하는 사건은 아니었으나 곰돌이 교수는 성가시고 귀찮은 일에 휘말리는 것을 싫어했다. 그래서 내과 질환이길 바랐는데 내가 신경외과 문제일 가능성이 크다고 얘기하니 마음에 들지 않을 수밖에 없었다. 그러나 그렇더라도 자신에게 도움을 준 사람을 그런 식으로 모욕할 권리는 없다.

모욕감에 손이 부들부들 떨릴 정도였으나 곰돌이 교수의 턱에 어퍼컷을 꽂을 수는 없었다. 그렇다고 조용히 물러나고 싶지도 않았다. 그때 작은 플라스틱 쓰레기통이 눈에 띄었다. 나는 그 쓰레기통을 힘껏 걷어찼다. 쓰레기통은 경쾌한 소리와 함께 부서졌다. 곰돌이 교수는 커진 눈으로 나를 바라봤으나 뭐라 말하지 못했다. 정형외과 의국장만 황급히 다가와서 내 손을 잡았다. 나는 그 손을 뿌리치면서 말했다.

"야, 이 새끼, 앞으로 다시는 내 도움받을 생각 하지 마. 어디 내과 불러서 굿판이나 잘해 봐."

그날 밤 나는 다른 환자를 진료하기 위해 응급실을 찾은 신경외과 당직 레지던트에게 '정형외과 병동 환자'를 물었다. 그러자 신경외과 당직 레지던트는 어떻게 그 환자를 아느냐는 표정으로 말했다.

"아, 그 환자는 지주막하 출혈이에요. 그런데 정형외과 병동 환자인데 형이 어떻게 아세요?"

나는 웃으며 '곰돌이 교수는 상종할 인간이 아니다'란 말만 건넸다.

데자뷰

1

짧은 머리카락이 어울리는 곱슬머리, 작지만 날이 선 오뚝한 콧날, 갈색에 가까운 피부, 가끔 착용하는 안경. 성형외과 주임 과장의 외모는 김기태나 최형우 같은 야구 선수를 떠올리게 했다. 거구는 아니나 어깨가 넓고 몸통이 굵은 체형 역시 은퇴한 야구 선수에 어울렸다. 그래서 '4번 타자'라 불렸는데 안타깝게도 의사로 실력은 '4번 타자'보다 '후보 선수'에 어울렸다. 1군 명단에는 있으나 승부가 결정된 경기 후반에나 대수비나 대주자로 나서 존재감이 없는 선수에 가까웠다. 그런 그가 성형외과 주임 과장에 오른 이유는 다른 유능한 교수들이 죄다 병원을 떠났기 때문이다. 한국뿐 아니라 세계적으로 인정받는 재건술의 대가가 있었으나 독불장군에 가까운 성격 때문에 병원을 떠났고 줄기세포를 사용해서 조직을 재건하는 연구에 집중하던 교수 역시 충분한 연구비를 약속한 새로운 직장으로 떠났다. 그러다 보니 별다른 야망 없이 주어진 일 가운데 꼭 해야 하는 최소한의 일만 감당하던 '4번 타자'가 성형외과의 우두머리가 되었다. 어쨌거나 그런 뒷배경과 관계없이 4번 타자도 풍기는 분위기만큼은 '유능한 의과대학 교수'였다.

"자, 이제 걱정하지 마세요. 수술실도 있으니 앞으로 30분 안에 응급 수술을 시작하겠습니다. 아무 걱정 하지 마세요. 여기 함께 수술할 정형외과 교수님도 오시지 않았습니까?"

4번 타자는 교수다운 말투로 옆에 선 곰돌이 교수를 가리켰다. 4번 타자의 소개에 곰돌이 교수 역시 미소를 머금은 밝은 표정으로 말했다.

"다른 분도 아니고 성형외과 주임 과장님께서 직접 부탁하셨으니 절대 차질이 없을 것입니다. 성형외과 주임 과장님 말씀대로 30분 내로 응급 수술을 시작할 겁니다. 성형외과에서 얼굴 쪽 골절을 수술하고 저는 다리 쪽 골절을 수술할 거예요. 여기는 대학병원입니다. 여기까지 살아서 오면 다 살아서 나갑니다. 이제 정말 걱정하지 마세요."

곰돌이 교수 역시 4번 타자만큼 자신만만했다. 경험이 부족한 의사가 비관적으로 과장해서 보호자를 불필요한 절망과 낙담에 몰아넣을 때가 종종 있는 만큼, 보호자를 위로하고 안심시키는 일은 중요하다. 그래서 외상이든 내과 질환이든 관계없이 갑작스레 닥친 재앙에 당황하고 불안에 떨고 있는 보호자를 위로하고 안정을 찾도록 돕는 것은 임상 의사가 꼭 해야 할 일이다. 그러나 지나친 낙관도 위험하다. 환자와 보호자를 위로하고 쓸데없는 불안을 쫓아 버리도록 도와야 하나 근거 없는 낙관을 심어 주어서는 안 된다. 임상 의사는 환자와 보호자가 상황을 객관적으로 바라보고 현실적인 판단을 내리도록 이끌어야 한다. 그런 측면에서 나는 4번 타자와 곰돌이 교수 모두 못마땅했다.

"야, 너네 두목은 지금 환자 상태를 알고 얘기하는 거냐?"

나는 찌푸린 표정으로 성형외과 당직 레지던트에게 물었다.

"그게, 그러니까, 저, 환자를 보낸 2차 병원 의사가 과장님 친구라서요. 친구분이 환자 정보를 이야기했을 거예요."

환자가 처음 이송된 2차 병원 원장이 4번 타자의 의과대학 시절 친구라는 얘기였다. 그것이 정식 진료 의뢰 절차 없이 환자를 보낸 이유였다. 나는 짧은 한숨을 쉬고 이번에는 정형외과 당직 레지던트에게 물었다.

"너네 곰돌이는 알고 설치는 거냐? 아니면 성형외과 과장한테 연락받고 그냥 응급실에 온 거냐?"

정형외과 당직 레지던트는 머리카락을 긁적이며 대답했다.

"형, 그게 지금 저도 환자 파악을 하지 못했습니다."

당연했다. 환자가 응급실에 도착한 지 10분도 지나지 않았다. 교통사고 피해자인 환자는 2차 병원에서 안면부 골절, 양쪽 경골 개방성 골절(tibia open fracture, 경골은 비골과 함께 정강이를 이루는데 비골에 비해 경골이 훨씬 크고 중요하다. 개방성 골절은 부러진 뼈가 근육과 피부를 뚫고 외부로 드러난 상태를 의미한다.)로 진단받고 응급 수술을 위해 막 우리 병원 응급실로 이송된 상황이었다. 2차 병원에서는 골절만 진단했을 뿐 뇌출혈, 혈흉, 혈복강 같은 문제에 대한 검사는 시행하지 않았다. 또 의식은 비교적 명료했으나 혈압이 90/60으로 다소 낮았고 100~110회가량 빈맥이 확인되었다. 혈압이 낮고 맥박이 빠르게 뛰는 것은 출혈로 인한 저혈량성 쇼크에 접어들고 있다는 뜻이며 양쪽 경골 개방성 골절이 출혈 원인일 수 있으나 혈흉이나 혈복강 같은 문제도 감별해야 했다. 또 무엇보다 대량의 수액을 투여해서 혈압부터 올려야 했다. 그래서 중심정맥관 삽입을 준비하고 있었는데 뜬금없이 4번 타자와 곰돌이 교수가 나타나 '30분 안에 응급 수술하겠다', '아무것도 걱정하지 마시라' 같은 책임지지 못할 말을 보호자에게 늘어놓은 것이다.

일단 나는 환자에게 다가가 쇄골하정맥을 통해 중심정맥관을 삽입했다. 그 중심정맥관을 통해 대량의 수액을 신속하게 투여하도록 처방하고 머리, 흉부, 복부, 골반 CT를 시행했다. 4번 타자와 곰돌이 교수가 호언장담한 것처럼 '30분 내 성형외과와 정형외과 응급 수술'을 시행하기 위해서는 다른 문제가 없다는 것을 신속하게 감별해야 했기 때문이다. 다행히 머리, 흉부, 복부, 골반 CT에는 별다른 문제가 확인되지 않았다. 환자의 문제는 안면부 골절과 양쪽 경골 개방성 골절뿐이었다. 그리고 양쪽 경골 개방성 골절이 일으킨 출혈로 저혈량성 쇼크 초기 증상이 나타나고 있었다. 나는 정형외과 당직 레지던트와 성형외과 당직 레지던트를 불렀다.

"자, 다른 임상과 문제는 없으니 너네 교수들이 보호자들에게 한 약속을 지켜야지. 지키지 않는 약속을 사기라고 하고 그런 지키지 못할 약속을 남발하는 사람을 사기꾼이라 부르잖아. 설마 교수님들을 사기꾼으로 만들 생각은 아니지?"

그러나 나는 묘하게 불길한 느낌을 떨쳐버릴 수 없었다. 4번 타자와 곰돌이 교수가 보호자들에게 '30분 내 응급 수술'을 호언장담할 때부터 그랬다.

2

환자의 혈색소 수치는 7.7 정도였다. 성인 남자의 정상 혈색소 수치가 12~16 사이인 것을 감안하면 우리 응급실에 도착할 때부터 출혈량은 상당했다. 다행히 안면부 골절과 양쪽 경골 개방성 골절 외 다른 문제는 없었다. 혈흉이나 혈복강 같은 문제가 동반되었다면 흉부외과와 일반외과까지 연관되어 훨씬 일이 복잡했을 것이다. 최악의 경우 흉부외과, 일반외과, 성형외과, 정형외과가 모두 '우리 임상과에 해당하는 외상으로는 이렇게까지 혈압이 떨어지지 않는다'고 주장하는 상황이 벌어질 수도 있었다. 그러나 앞서 말했듯 '다행히' 이번에는 출혈의 원인이 명확했다. 양쪽 경골 개방설 골절 외에는 출혈 원인이 없었다. 헤모글로빈이 감소하고 혈압이 떨어지고 맥박수가 증가하는 것도 양쪽 경골 개방성 골절이 원인이었으니 곰돌이 교수가 보호자들에게 호언장담했던 것처럼 '30분 내 응급 수술'을 시행해서 출혈 원인을 치료할 차례였다. 양쪽 경골 개방성 골절 외 출혈 원인이 없고 정형외과와 성형외과 외 다른 임상과 문제가 없다는 것을 밝혀냈으니 수술실로 옮길 때까지 환자의 상태를 안정적으로 유지하는 것이 응급의학과 의사로 내게 남은 임무였다. 중심정맥관은 이미 확보했으니 수액 투여를 계속하며 농축 적혈구와 신선동결혈장(FFP, fresh frozen plasma)을 신청하고 감염을 예방하기 위해 정맥 항생제를 처방했다. 곧 환자의 수축기 혈압은 100 이상으로 상승했고 빈맥도 다소 호전되었다. 이제 정말 곰돌이 교수가 보호자들에게 자신 있게 약속했던 것처럼 응급 수술을 시행할 차례였다.

그러나 시간이 흘러도 연락이 없었다. 1시간이 지나고 2시간을 넘어서자 지속적인 수액 투여와 수혈에도 불구하고 환자의 혈압이 다시 떨어지기 시작했다. 이유는 간단했다. 양쪽 경골 개방성 골절이란 출혈 원인을 치료하지 않고서는 수액 투여와 수혈 모두 '밑 빠진 독에 물 붓기'에 불과했기 때문이다. 나는 다시 정형외과 당직 레지던트와 성형외과 당직 레지던트를 호출했다.

"잘 들어. 어렸을 때 동화 들어 봤을 거야. 계모에게 괴롭힘당하는 불쌍한 소녀 얘기에 보면 계모가 바닥에 구멍이 난 항아리를 주면서 물을 가득 채우라고 명령하는 부분이 있지. 아무리 물을 길어 와서 항아리에 부어도 붓는 족족 흘러내려 소녀가 울음을 터트리자 두꺼비가 나타나지. 그 두꺼비가 항아리 바닥의 구멍을 자기 몸으로 메워 소녀는 물을 가득 채우는 것에 성공해."

정형외과 당직 레지던트와 성형외과 당직 레지던트 모두 곤란한 표정으로 입을 열지 못했다.

"지금 상황이 이야기에 나오는 불쌍한 소녀와 같아. 아무리 수액과 농축 적혈구를 쏟아부어도 양쪽 경골 개방성 골절을 치료하지 않으면 모두 흘러나간다고. 알겠어? 저건 수술해야 막을 수 있는 출혈이라고. 너네 두목들은 다 어디 갔어? 로컬(2차 병원) 원장이 부탁하니 환자 파악도 하지 않고 나타나서 30분 내 응급 수술한다고 대학병원에 왔으니 이제 죽지 않을 거라고 뻔뻔한 얼굴에 웃음을 가득 머금고 얘기하더니 지금 어디 있어? 말을 했으면 책임을 져야지. 그리고 나는 이야기에 나오는 불쌍한 소녀와 달라. 그냥 울면서 두꺼비가 도와주길 기다리지는 않을 거야. 너네 팔을 뽑아 버리면 그때 비명을 듣고 곰돌이 교수가 나타날지도 모르니까 응급 수술하지 않으면 너네 손가락부터 하나씩 뽑아 버릴 거야."

그러나 상황은 조금도 변하지 않았다. 2년차인 성형외과 당직 레지던트와 정형외과 당직 레지던트뿐 아니라 두 임상과의 3년차 레지던트까지 응급실에 나타났다는 것을 제외하면 아무 변화가 없었다. 환자의 상태는 더 나빠져서 급속 주입기를 사용할 수밖에 없었다. 급속 주입기는 농축 적혈구와 생리식염수를 혼합해서 체온에 가까운 온도로 가열한 다음 빠른 속도로 주입하는 기계로 출혈로 인한 저혈량성 쇼크에 아주 효율적이다. 그러나 근본적인 해결책은 아니다. 출혈이 지속하는 상태에서는 급속 주입기 역시 '밑 빠진 독에 물 붓기'다. 그저 물 붓는 속도가 조금 빨라졌을 뿐이다.

그래서 이번에는 정형외과와 성형외과 3년차 레지던트를 불러 상황을 설명하고 당장 응급 수술을 하지 않으면 급속 주입기를 사용해도 환자의 상태가 점점 나빠질 것이며 특정 단계에 이르면 돌이킬 수 없을 것이라 경고했다.

그러나 이번에도 아무 변화가 없었다. 급속 주입기로 혈액과 수액을 투여해도 혈압이 점점 감소해서 승압제 사용을 시작했다. 환자의 의식 역시 점차 저하되었다. 급기야 환자가 응급실에 도착하고 4시간이 흐른 후에는 통증에 반응하지 않을 정도로 의식이 악화하여 기관내삽관을 시행했고 자발 호흡도 불규칙적으로 변해 인공호흡기도 연결했다. 그 와중에도 급속 주입기를 통해 수액과 혈액은 쉴 새 없이 공급되었고 환자의 양쪽 정강이 골절 부분을 통해 흘러나온 피로 침대 주위는 붉게 물들었다. 하지만 그런 상황에서도 4번 타자와 곰돌이 교수는 응급실에 나타나지 않았고 '응급 수술이 준비되었으니 환자를 수술실로 올려라' 하는 소식도 전해지지 않았다.

결국 응급실에 도착하고 6시간이 지났을 무렵 심정지가 발생했다. 에피네프린을 정맥 주사로 투여하면서 전력을 다해 심폐소생술을 시행했으나 30분이 지나도 환자는 심장 박동을 회복하지 못했다.

"안타깝게도 환자는 저혈량성 쇼크로 인한 심정지에서 회복하지 못했습니다. 사망 시간은⋯."

사망 선언을 마치기 전에 보호자의 억센 손이 나의 먹살

을 움켜잡았다. 나는 멱살 잡은 손을 뿌리치지 않고 울음 터
트리는 보호자가 거칠게 흔드는 데로 몸을 맡겼다. 환자는
사망했고 이제 새로운 문제와 마주할 차례였다.

3

응급실 간호사실에는 나, 정형외과 3년차 레지던트와 2년
차 레지던트, 성형외과 3년차 레지던트와 2년차 레지던트
가 모였다. 짧은 시간 동안 침묵이 우리를 짓눌렀고 내가 입
을 열었다.

"어떻게 할 거야? 저혈량성 쇼크가 사망 원인일 가능성
이 크고 저혈량성 쇼크의 원인은 양쪽 경골 개방성 골절이
야. 그런데 환자가 응급실에 도착하자마자 나타나서 30분 내
로 응급 수술하겠다고 수술하면 아무렇지 않게 회복될 것처
럼 호언장담했던 분들은 지금 어디 있어? 의사가, 그것도 교
수란 인간들이 책임지지도 못할 말을 늘어놓고는 환자 상태
가 나쁘니 숨어 버린 것을 어떻게 이해해야 해? 내가 이해
하는 것은 둘째 치더라도 보호자들에게 뭐라 말할 거야? 원
래 입만 살아 있는 등신들이라 지키지 못할 말을 했다고 얘

기할까? 너네 임상과 문제잖아! 너네 교수들이 와서 큰소리 탕탕 치더니 코빼기도 안 보였다고! 입이 있고 혀가 붙어 있으면 뭐라도 지껄여 봐!"

4번 타자와 곰들이 교수 모두 환자의 상태를 제대로 확인하지 않고 나타났다. 그들은 가볍게 생각했을 것이다. 환자의 상태가 안정적이고 다른 임상과 문제가 없다면 자기네가 정말 '30분 내 응급 수술'을 시행할 생각이었을 것이다. 또 환자의 상태가 불안정할 수도 있으나 '정형외과나 성형외과 문제로는 환자가 저혈량성 쇼크에 빠질 수 없다'고 판단했을 것이다. 그런 경우에는 분명히 신경외과, 흉부외과, 일반외과 문제가 동반되어 있을 테니 그런 임상과에서 먼저 응급 수술을 해서 환자 상태가 안정되면 자기네는 나중에 수술하면 그만이라 생각했을 것이 틀림없다.

그러나 환자는 성형외과와 정형외과 문제 외에는 다른 임상과 문제가 전혀 없었고 양쪽 경골 개방성 골절이 유일한 출혈 원인이었다. 그런데 환자 상태가 좋지 않고 저혈량성 쇼크 초기 증상을 보이니 응급 수술을 이리저리 미룬 것이다. 4번 타자와 곰돌이 교수의 평소 행동을 감안하면 어렵지 않게 추측할 수 있었다. 그런데 그때 정형외과 3년차 레지던트의 휴대폰이 울렸다. 정형외과 3년차 레지던트는 발신자를 확인하자 황급히 전화를 받았다. 응급실 간호사실은 좁은 공간이며 밖에는 보호자가 있어 나갈 수 없었다. 그리고 휴대폰 통화 소리가 너무 커서 정형외과 3년차 레지던트 옆에 앉은 내게 통화 내용이 똑똑히 들렸다. 정형외과 3년차 레지던트에게 전화한 사람은 곰돌이 교수였다.

"야, 절대 우리가 사망 선언하지 마. 그리고 당장 철수해. 보호자들에게는 응급의학과에서 수술을 지연시켰다고 얘기해. 우리는 30분 내로 응급 수술을 하려고 했는데 응급의학과에서 지연시켰다고 얘기하고 책임을 다 거기로 넘겨. 어떻게 지연시켰는지는 네가 알아서 적당히 말해. 보호자는 의사가 아니니까 우리가 먼저 그럴듯하게 말하면 그 응급의학과 레지던트 놈한테 뒤집어씌울 수 있어."

정형외과 3년차 레지던트의 통화가 끝나자 더 섬뜩한 침묵이 간호사실을 짓눌렀다. 성형외과 레지던트들은 자기네가 그 자리에 존재하지 않기를 바라는 듯했고 정형외과 3년차 레지던트는 고개를 숙였다. 나는 분노했다기보다 어처구니가 없었다. 곰돌이 교수가 어떤 부류인지 이전에도 모르지 않았으나 그 정도로 형편없는 인간일 줄은 미처 몰랐기 때문이다.

"교수가 시켰으니 레지던트는 당연히 따라야지? 안 그래? 그리고 괜찮은 생각이잖아. 어차피 나는 병원 내 평판이 좋지 않으니 이런 일에 내 편을 들어줄 사람도 별로 없을 테고, 미니무스 교수 같은 인간은 원래 도마뱀처럼 꼬리 자르기 좋아하니까 아주 현실적인 판단이야. 좀 야비하지만 원래 세상이 그렇잖아. 그렇지?"

나는 냉소 가득한 얼굴로 빈정거렸다. 정형외과 3년차 레지던트는 여전히 입을 열지 못했다.

"그런데 말이야. 사람이 말을 하려면 치아와 혓바닥이 멀쩡해야 해. 이 간호사실을 나가서 곰돌이 교수가 시킨 것처럼 나한테 덮어씌우려고 보호자들에게 말하려면 치아와 혓바닥이 멀쩡해야겠지. 그렇지 않으면 무슨 말인지 알아듣기 힘들거든. 틀니를 뺀 영감님의 발음을 생각해 봐. 치아가 없으면 그렇게 된다고. 그런데 과연 네가 치아와 혓바닥이 멀쩡한 상태로 이 방을 나갈 수 있을까? 내가 말이야. 너보다 축구는 못해도 주먹질에는 꽤 소질이 있거든."

그제야 정형외과 3년차 레지던트는 힘들게 입을 열었다.

"형, 왜 그러세요. 죄송해요. 그냥 곰돌이 교수 얘기예요.

형, 제가 정말 그렇게 싸가지 없게 행동할 것 같아요? 저는 그렇지 않아요."

4

'프롤로그'에서 인턴 시절 끔찍한 경험을 얘기했다. 다른 임상과 문제없이 심한 안면부 개방성 골절로 실려 온 교통사고 환자가 응급의학과를 비롯한 모든 임상과의 무책임 가운데 방치되어 사망하는 얘기다. 그때 환자를 담당한 응급실 인턴인 나는 밤새 10cc 주사기로 혈액을 짜 넣었다. 그러면서 내가 응급의학과 레지던트가 되면 결코 그런 일을 내버려 두지 않겠다고 다짐했다.

그러나 무기력한 응급실 인턴에서 다른 임상과 교수에게도 대들고 덤비는 기세등등한 응급의학과 3년차 레지던트가 되었으나 비슷한 재앙이 발생하는 것을 막지 못했다. 내가 할 수 있는 최선을 다했으나 환자가 수술도 받지 못하고 사망하는 최종 결과는 달라지지 않았다.

자네는 왜 그렇게 세상을 부정적으로 보나?

1

당직복 주머니에서 익숙한 진동이 느껴졌다. 익숙할 뿐 아니라 편안하게 느껴지는 진동, 휴대폰이었다. 평소라면 휴대폰 너머 사람과 그가 전할 이야기가 궁금해 설레는 마음으로 발신 번호를 확인하겠으나 나는 진동을 느끼지 못한 것처럼 애써 무시했다. 20~30초 후 진동이 잠깐 멈추었으나 휴대폰 너머 상대는 포기하지 않았다. 휴대폰이 다시 떨리기 시작했고 나는 짜증 섞인 동작으로 주머니에서 휴대폰을 꺼냈다. 그러고는 발신 번호를 확인하지도 않고 휴대폰을 켠 후 소리쳤다.

"나도 시계 볼 줄 알아. 지금 가고 있어!"

짧은 한숨을 내쉬고 진료용 컴퓨터 앞 의자에서 일어났다. 응급실 인턴 몇몇과 눈이 마주쳤으나 잔뜩 찌푸린 얼굴을 보고는 다들 황급히 고개를 돌렸다. 그런 응급실 인턴들을 냉소 가득한 표정으로 바라보며 의국 회의실로 걸음을 옮겼다. 의국 회의실 문은 언제나처럼 열려 있었다. 의국 회의실 안으로 약간 건들거리는 걸음을 내딛자 의자에 앉은 의대 실습생(PK라고 부른다) 셋이 일어나 고개 숙이며 인사했다. 엄밀히 따져 그런 행동은 예절에 어긋났다. 나는 응급의학과 3년차 레지던트이니 대학병원의 피라미드에서 의대 실습생보다 높은 위치이며 의과대학 선배기는 하다. 그러나 의국 회의실에 나보다 높은 사람이 있으면 의대 실습생들은 일어나서 인사할 필요가 없다. 의국 회의실에는 미니무스 교수가 이미 와 있었다. 그뿐만 아니라 의국장인 응급의학과 4년차 레지던트도 있었다. 물론 응급의학과 4년차 레지던트는 그런 상황을 개의치 않을 것이다. 하지만 미니무스 교수는 달랐다. 예상대로 그는 스포츠 신문을 한편으로 치우더니 못마땅한 표정으로 나를 바라보며 말했다.

"지금 몇 시인지 알고 있나?"

네, 당연히 알고 있습니다. 8시 30분이죠. 저는 하루 가운데 이때가 가장 싫고 그래서 미적거리다 들어온 것입니다. 물론 그렇게 말할 수 없어 겸연쩍은 표정으로 웃었다. 미니무스 교수는 여전히 못마땅한 표정으로 내가 자리에 앉는 것을 지켜봤다. 그러고는 익숙한 동작으로 담배를 꺼내 물고 라이터로 불을 붙였다. 미니무스 교수가 담배를 깊게 빨아들이고 내뱉자 이내 매캐한 연기가 의국 회의실을 채웠다. 문이 열려 있으니 응급실 복도까지 흘러나갈 것이 틀림없는데 엄격한 금연구역인 병원에서 응급의학과 교수란 사람이 보란 듯이 담배를 피우니 기가 찰 상황이었다.

"그럼 아침 보고를 시작하겠습니다."

응급의학과 1년차 레지던트가 말했다. 미니무스 교수와 응급의학과 레지던트들을 비롯하여 의대 실습생들까지 의국 회의실의 모든 사람이 거의 동시에 고개를 숙이고 각자 받은 '응급실 환자 명단이 적힌 종이'를 바라보았다. 응급의학과 1년차 레지던트는 명단 가장 위쪽에 있는 환자부터 설명하기 시작했다. 환자의 성별과 나이, 응급실을 찾은 주증상과 진료 경과, 현재 진단명과 향후 치료 계획을 얘기했는데 미니무스 교수는 진지한 표정으로 고개를 끄덕이며 담배를 깊게 빨아들였다가 토해 내는 것을 반복했다. 솔직히 컵에 물을 가득 채운 다음 미니무스 교수 머리 위에 쏟아 버리고 싶었다.

"그런데 이 환자는 왜 5일 동안 응급실에 머무르고 있나? 도대체 어떻게 된 것인가?"

미니무스 교수가 갑자기 입을 열었다. 환자 4~5명의 보고는 순조롭게 흘러갔으나 드디어 암초가 나타난 셈이다.

"분류도 응급의학과로 되어 있는데 레지던트 선생들! 응급의학과는 이런 일을 하는 곳이 아니야."

미니무스 교수는 여느 때처럼 '훌륭한 스승'이자 '위대한 의사'를 흉내 냈고 응급의학과 1년차 레지던트는 왜 그 환자가 응급실에 5일째 머무를 수밖에 없는지 설명하기 시작했다.

5일 전 119 구급대가 고열과 호흡 곤란이 주증상인 환자를 데려왔다. 당뇨병이나 고혈압 같은 기저 질환 없이 비교적 건강한 노인이었는데 24시간 정도 연락이 되지 않아 보호자가 집으로 찾아가 쓰러진 상태의 환자를 발견해 신고한 상황이었다. 응급실 도착 당시에 39도 가까운 고열과 산소포화도 90%의 호흡 곤란이 확인되었다. 비교적 건강한 노인도 폐렴에 취약할 수 있다. 그러나 환자는 발열과 호흡 곤란의 정도에 비해 의식 저하가 너무 심했다. 그런 심한 의식 저하는 폐렴이 악화하여 패혈증 단계에 이르렀을 때나 나타나는데, 환자의 폐렴은 그 정도는 아니었다. 그래서 폐렴 외 의식 저하를 일으킬 수 있는 다른 질환을 감별해야 했는데 가장 가능성 큰 질환은 뇌출혈과 뇌경색이었다. 다행히 뇌 CT에는 뇌출혈이 관찰되지 않았으나 뇌 MRI에서 예상대로 대뇌와 소뇌에 심한 다발성 뇌경색(multi-focal cerebral & cerebellar infarction)이 관찰되었다. 그러니까 환자는 뇌경색으로 의식을 잃고 쓰러졌고 그 후 폐렴이 발생했을 가능성이 컸다. 실제로 흉부 CT를 시행하자 흡인성 폐렴에 가까운 양상이 확인되었는데, 토사물이나 분비물이 식도가 아닌 기도로 넘어가 발생하는 흡인성 폐렴은 뇌출혈이나 뇌경색 같은 뇌병변이 있는 환자에서 자주 나타난다. 그런데 소뇌경색의 경우 손상되어 부어오른 소뇌가 뇌간(Brain stem, 호흡과 체온 그리고 혈압 유지 같은 생명에 필수적인 기능을 담당한다)을 눌러 갑작스레 호흡 마비가 나타날 수 있어 기관내삽관을 시행하고 인공호흡기를 연결했다. 흡인성 폐렴을 치료하기 위해 정맥 항생제를 처방하고 뇌병변에 대해 날록손(Naloxone)을 투여했다. 소뇌부종으로 뇌간이 눌리는 증상을 막기 위해 스테로이드 역시 처방했는데 진짜 문제는 그때부터 시작했다. 신경과와 호흡기내과 모두에 연락했는데 신경과 당직 레지던트는 '뇌경색은 신경과 질환이 맞습니다만 현재 폐렴으로 인공호흡기가 부착된 상태입니다. 더구나 이미 혈전용해제를 사용할 수 있는 시기(일반적으로 뇌경색은 발병하고 3~6시간이 지나면 혈전용해제 투여나 혈관조영술이 어렵다)가 지났습니다. 호흡기내과로 입원하면 협진하겠습니다'고 대답했다. 응급실 상주 내과 2년차 레지던트와 호흡기내과 담당 3년차 레지던트 역시 '폐렴이 있습니다만 흡인성 폐렴으로 그 원인은 뇌경색입니다. 흡인성 폐렴은 급성 뇌경색의 합병증일 뿐입니다. 따라서 신경과로 입원하면 협진하겠습니다'고 주장했다. 그래서 환자는 5일째 응급실에 머무를 수밖에 없었고 치료는 나와 응급의학과 1년차 레지던트에게 맡겨졌다.

"응급의학과 의사는 그냥 인공호흡기나 달고 항생제나 처방하는 사람이 아니야! 나는 너희를 그렇게 가르치지 않았어. 환자를 진심으로 아끼는 의사라면 그 환자가 입원해서 적절히 치료받을 수 있도록 일을 처리해야 해! 응급실에서 이리저리 뛰어다니며 소리 지르고 노가다 같은 일을 하는 것이 중요하지 않아! 이런 환자를 어떻게 5일씩이나 응급실에서 치료받게 하나!"

대단히 정의로운 의사인 양 얘기하는 미니무스 교수가 역겨워 참을 수 없었다.

"그럼 교수님께서는 환자를 입원시킬 수 있습니까?"

공격적인 질문에 미니무스 교수도 잠깐 움찔했다. 그러나 곧 평정심을 되찾고 말했다.

"신경과로 입원시켜야지!"

신경과라… 미니무스 교수의 말에 나는 한층 냉소적으로 말했다.

"신경과요? 혹시 ××× 교수님을 염두에 두고 말씀하십니까?"

신경과 ××× 교수는 미니무스 교수와 아주 가까웠다. 그들이 의국 회의실에서 담배 피우며 낄낄대는 모습을 어렵지 않게 목격할 수 있었다. 둘은 여러 가지 면에서 비슷했는데 미니무스 교수와 마찬가지로 ××× 교수 역시 '유능한 의사에 어울리는 외모'에 그와 정확히 반비례하는 실력과 열정을 지녔다. 당연히 ××× 교수 역시 미니무스 교수와 마찬가지로 병원에서 별다른 영향력 없는 투명 인간 같은 존재였으나 가까운 친척이 재단 고위직에 오르면서 상황이 반전되었다. 그때부터 ×××교수는 아주 거만해졌고 미니무스 교수는 친척 덕분에 '병원 실세'가 된 ×××교수와 더욱 친하게 지내려 노력했다. 그러니 ×××교수가 미니무스 교수의 부탁으로 환자를 입원시킬 가능성은 희박했다.

"×××교수님이 나쁜 사람이란 뜻은 아니나 지금까지 신경과에서 흡인성 폐렴이 걸린 뇌경색 환자를 입원시킨 사례는 아주 적습니다. 특히 인공호흡기 환자는 전무합니다. 더구나 이 환자는 신경과와 호흡기내과 모두에서 입원시키지 않을 아주 강력한 이유가 있습니다."

미니무스 교수는 적지 않게 당황했다. 동시에 '입원시키지 않을 아주 강력한 이유'가 궁금한 듯했다.

"곽경훈 선생, 그게 무슨 말인가? 무슨 이유가 있다는 건가?"

미니무스 교수뿐 아니라 의대 실습생들까지 호기심 가득한 눈으로 나를 바라봤다.

"이 환자는 병원에 아는 사람이 전혀 없습니다. 그게 아주 강력한 이유죠. 제가 혹시나 하는 마음에 보호자를 시켜 모두 알아봤는데 이 환자는 병원에 아는 사람이 전혀 없습니다. 사돈의 팔촌을 동원해도 이 병원에 있는 고매한 교수님들과 전혀 연관이 없더라고요. 그러니 어디 입원할 수 있겠습니까?"

미니무스 교수의 얼굴이 어두워졌다.

"곽경훈 선생, 왜 그렇게 세상을 부정적으로 바라보나? 게다가 여기는 PK 선생들도 있네. 곽경훈 선생의 무책임한 말이 자칫 부정적인 선입견을 심어 줄 수도 있어."

천만에. 의대 실습생이 있으니 더욱 어둡고 역겨운 사실을 밝혀야죠.

"아닙니다. 그런 사례가 있습니다. 예전에 간농양으로 인한 패혈증으로 다발성 장기부전에 걸렸던 환자 기억하십니까? 신장내과에서는 CRRT를 하지 않겠다고 했고 영상의학과에서는 환자가 너무 불안정해서 농양배액술을 할 수 없다고 했죠. 그래서 정말 죽음이 다가오기만을 기다리고 있었는데 그 환자가 알고 보니 신경과 ○○○ 교수님과 절친하다는 것이 알려지자 어땠습니까? 할 수 없다던 일이 순식간에 이루어졌습니다. 그리고 어느 정도 회복해서 수도권 대형병원으로 전원할 때는 내과 인턴이 아니라 내과 레지던트가 구급차에 동승했습니다. 그런데도 제 말이 무책임합니까?"

그러자 미니무스 교수는 조금 움츠러든 태도로 말했다.

"그건 특수한 경우가 아닌가, 늘 일어나는 일이 아니지 않나."

그러나 나는 고개를 좌우로 강하게 저으며 말했다.

"아닙니다. 며칠 전에도 비슷한 일이 있었습니다."

그러면서 나는 며칠 전 오후를 떠올렸다.

2

정신없이 바쁜 오후 누군가 내 어깨를 톡톡 두들겼다. 미칠 만큼 바쁜데 무슨 일이냐며 잔뜩 짜증 난 표정으로 돌아봤는데 예상 밖 인물이 있었다. 일반적인 임상의사가 아니라 병리학을 가르치는 교수가 약간 당황한 표정으로 서 있었다. 응급실에 병리학자라. 교회에 온 스님처럼 생경하고 어울리지 않는 존재였다.

"혹시 연락받았는지 모르지만 내 어머니가 119를 통해 오고 있네."

병리학 교수는 조심스레 말했다. 다른 교수와 달리 정중한 태도였으나 그래도 '지인 부탁'에 해당했다. 그래서 다시 짜증이 치밀었다. 모든 사람은 평등하다. 누구 어머니라고 특별 대우를 받아서는 안 된다. 특히 응급의학과 의사는 누구의 어머니냐는 것과 관계없이 질환의 중증도에 따라 진료 순서와 환자에게 기울이는 관심을 정해야 한다. 그래서 나는 짧게 대답했다.

"오시면 됩니다."

다소 퉁명스럽고 무례하게 느껴질 수 있는 대답이었는데 병리학 교수는 여전히 침착했다.

"그런데 심장박동기를 하고 있는데 지금 맥박이 없다고 하네."

'맥박이 없다고 하네'란 말과 함께 상황이 완전히 달라졌다. 심장박동기를 단 환자가 심정지 상태로 이송되고 있다면 최우선 순위다. 나는 응급실 간호사와 인턴 들에게 심정지 환자가 오고 있으니 준비하라고 외쳤다.

곧 환자가 도착했다. 맥박이 확인되지 않고 심전도 모니터에도 무정한 직선이 나타났다. 즉시 심장 압박을 시작하면서 기관내삽관을 시행했다. 에피네프린을 투여하고 1분 정도 심장 압박을 지속하자 이번에는 심실세동이 나타났다. 즉시 제세동기로 전기충격을 가하자 다행히 심실세동은 사라졌고 심폐소생술을 지속하자 10분 후 심장 박동을 회복했다. 혈압은 안정되었고 불규칙적이나 자발 호흡도 돌아왔다. 이제는 심정지의 원인을 밝히는 것과 저산소성 뇌손상 정도를 확인하는 것이 필요했다.

그때 심장내과 전임의가 이동식 초음파 기계를 가지고 응급실에 나타났다. 평소에는 '심장박동기를 가진 환자이니 심장 문제로 인한 심정지가 아닌지 감별해 달라'고 거듭 부탁해도 온갖 구실로 나타나지 않던 심장내과 의사가 부르지도 않았는데 나타나서 오히려 내가 당황했다. 어쨌거나 심장내과 전임의는 '심초음파 결과 심근의 움직임이 심각하게 감소한 부분은 없어 심근경색은 아니다'라고 말했다.

곧이어 신경과 교수와 재활의학과 교수가 나타났다. 급성기 뇌경색 환자를 담당하는 신경과와 뇌경색 환자의 재활을 담당하는 재활의학과는 밀접하게 협력해야 하는 파트너이나 실제로 병원에서는 앙숙에 가까웠다. 그러니 두 임상과 교수가 사이좋게 나타나 저산소성 뇌손상의 치료에 대해 머리를 맞대고 얘기하는 것은 '믿을 수 없는 기적'에 가까웠다.

그리고 환자는 응급실에 도착하고 2~3시간도 지나지 않아 중환자실로 입원했다. 응급의학과 의사 입장에서 아주 바람직한 진행이었으나 나는 씁쓸한 입맛을 떨치지 못했다.

3

"며칠 전 병리과 교수님의 어머니가 심정지 상태로 119 구급대를 통해 이송된 사례를 생각해 보십시오. 그때 어땠습니까? 부르지도 않았는데 심장내과 전임의가 나타나고 앙숙인 신경과와 재활의학과가 동시에 나타나 머리를 맞대고 저산소성 뇌손상을 치료할 계획을 세웠습니다. 그뿐입니까? 기껏 2시간 정도밖에 지나지 않았는데 중환자실로 입원했습니다. 그 환자가 병리학 교수의 어머니가 아니었어도 그랬을까요? 이 환자도 마찬가지입니다. 이 환자가 어느 임상과든 교수의 가까운 지인이었다면 5일씩이나 응급실에 머무르지 않았을 것입니다. 그렇지 않습니까?"

의국 회의실에는 잠깐 침묵이 내려앉았다. 미니무스 교수조차 할 말을 찾지 못했다. 잠시 후 미니무스 교수는 담배를 재떨이에 눌러 끄면서 말했다.

"곽경훈 선생 말에도 논리는 있지만 그렇게 세상을 바라보는 것은 자신에게 좋지 않아. 내가 야단치려는 게 아니라 곽경훈 선생을 아끼기에 말하는 거야. 옳은 말이라도 사람들이 듣기 싫어하면 하지 않아야 해. 그리고 우리 병원 교수들이 그렇게 나쁘지는 않아. 내가 꼭 이 사람을 입원시키도록 얘기하겠네. 늦어도 내일에는 신경과와 호흡기내과 가운데 하나로 입원할 수 있을 거야."

그러면서 미니무스 교수는 다음 환자의 보고로 넘어갔다. 다음 날에도 환자는 응급실에 머물렀고 며칠 후 2차 병원으로 '희망 없는 퇴원'이 결정되었다.

마녀 교수

1

의식 없는 환자가 119 구급대를 통해 실려 왔다. 물론 의식 저하는 심각한 증상이 틀림없으나 그런 환자가 실려 오는 것은 대학병원 응급실에서는 드문 상황이 아니다. 바쁜 날에는 하루에 스무 번도 겪을 수 있는 상황이다. 그리고 그렇게 119 구급대가 데려온 환자 대부분은 건강 상태가 좋지 않다. 고혈압, 당뇨병, 만성 신부전, 만성 간질환 같은 기저 질환이 있는 경우가 많고 오랫동안 제대로 치료받지 못했고 식사 역시 정상적으로 섭취하지 못했으며 위생 상태마저도 좋지 않을 때가 많다. 그래서 응급실에서 근무하다 보면 119 구급대원이 '의식 저하입니다'라고 말하며 들어와도 별로 놀라지 않는다.

그러나 그날의 환자는 달랐다. 피부는 한 번도 햇볕을 쬐지 않은 것처럼 지나치게 희고 탄력이 없었다. 그런 무기력한 하얀 피부로 덮인 팔과 다리는 빈약했다. 뇌병변으로 침대에 누워 생활한 환자나 심한 알코올성 간경화 환자처럼 팔과 다리의 근육이 쇠퇴한 환자를 많이 봤으나 그 환자는 아예 근육이 존재하지 않았던 것 같았다. 몸통 역시 마찬가지라서 갈비뼈가 앙상하게 드러난 흉부에는 숨을 들이쉬고 내쉬는 것에 필요한 아주 기본적인 근육조차 찾아보기 힘들었고 복부도 마찬가지였다. 환자는 가는 나무로 만든 빈약한 골격에 하얀 밀가루 반죽을 얇게 씌운 인형 같았다. 응급의학과 레지던트로 일하면서 그런 환자를 마주한 것은 그때가 처음이었는데 환자의 나이를 확인하자 더욱 놀랐다. 환자는 20대 중반의 남자였다. 삶에서 육체가 가장 아름답고 강건할 시기였으나 환자에게서는 젊음의 아름다움이나 강함과 관련된 무엇도 떠올릴 수 없었다.

일단 혈압은 90/60으로 다소 낮았으나 쇼크 상태는 아니었다. 맥박은 110회로 다소 빨랐고 체온은 37.8도로 조금

높았다. 센서로 측정한 산소포화도 역시 92%로 다소 낮았으나 그 정도 호흡 곤란으로는 심한 통증에만 겨우 반응하는 환자의 의식 상태를 설명하기 어려웠다. 어머니로 추정되는 보호자는 '평소처럼 낮잠을 잤는데 이상하게 깨워도 일어나지 않았다'고 말했다. 환자에게 만성 질환이 있는지 물었으나 보호자는 '진단받은 병은 없다'고만 얘기했다.

의문으로 가득한 환자였는데 의식 상태가 좋지 않아 기도를 유지하기 위해 기관내삽관을 시행했고 소량의 수액, 해열제, 광범위 정맥 항생제를 처방하고 혈액 검사를 시행했다. 다양한 혈액 검사 가운데 동맥혈 가스 검사가 가장 먼저 완료되었는데 검사 결과를 확인하자 모든 의문이 풀렸다. 센서로 측정했을 때와 마찬가지로 동맥혈 내 산소 수치는 비교적 정상 범위에 가까웠으나 이산화탄소 수치가 너무 높았다. 이산화탄소 혼수(carbon dioxide narcosis)였다. 환자는 산소가 풍부한 외부 공기를 들이마실 수는 있으나 이산화탄소가 많은 폐 내부의 공기를 밖으로 내뱉는 기능에 문제가 생겼고 그로 인해 혈액 내 이산화탄소 수치가 증가해서 뇌기능이 저하된 상태였다. 물론 다른 혈액 검사 결과 백혈구 수치와 C반응 단백질 수치가 증가했고 흉부 엑스레이에서 경미한 폐렴이 발견되었으나 폐렴은 이산화탄소 혼수의 원인이 아니라 이산화탄소 혼수로 의식을 잃으면서 나타난 합병증에 가까웠다.

"어릴 때부터 환자가 제대로 걷지 못했지 않습니까? 분명히 어릴 때부터 이상이 있었을 텐데요?"

나는 보호자에게 단도직입적으로 물었고 보호자는 고개를 끄덕였다. 가혹하다는 생각이 들었으나 다시 질문을 던졌다.

"근육병이라는 얘기를 듣지 못했습니까? 병원에서 분명히 그런 얘기를 했을 텐데요."

그제야 보호자는 고개를 끄덕이며 어릴 때 병원에서 근육병이 의심된다는 얘기를 들었으나 경제적 사정으로 확진 검사를 시행하지 못했고 그 후 특별한 치료 없이 집에서만 지냈다고 했다. 그러고 보니 환자는 스티븐 호킹과 체형이 비슷했다. 물론 스티븐 호킹의 루게릭병은 후천적인 질환이고, 환자의 근육병은 선천적인 질환일 가능성이 컸다. 하지만 뼈와 피부만 남고 근육과 지방이 사라진 모습은 비슷했다.

그러니까 환자는 근육병이 악화하여 호흡 근육이 약화되었고 그로 인해 호흡 기능에 문제가 발생한 상황이었다. 호흡 근육이 더 약화하면 산소가 풍부한 외부 공기를 들이쉬지도 못하겠으나 아직 그 기능은 그럭저럭 유지되는 상태였다. 다만 이산화탄소가 많은 폐 내부의 공기를 밖으로 내뿜지 못해 이산화탄소가 축적되어 의식 저하가 나타났다. 그래서 인공호흡기를 연결하자 얼마 지나지 않아 명료한 의식 상태를 되찾았다. 산소 자체가 부족한 것은 아니어서 인공호흡기를 기본 설정으로 사용해도 재차 시행한 동맥혈 가스 검사에서는 모든 수치가 정상 범위였다. 폐렴 자체는 심하지 않아 며칠 동안 정맥 항생제를 투여하면 문제없이 호전할 가능성이 컸다.

그러나 늘 그랬듯 문제는 그때부터 시작했다. 예전에도 수없이 경험한 데자뷰 같은 상황이 벌어졌다.

"형, 근육병은 우리 신경과에서 담당하고 있습니다만 이 환자는 호흡부전이 문제예요. 앞으로 평생 인공호흡기를 달고 살아야 할 거예요. 그런데 우리 병원은 신경과에서 그런 재활을 담당하지 않습니다. 엄밀히 말해 재활은 신경과 영역이 아니에요. 근육병 자체도 무슨 근육병인지 제대로 진단되지 않았어요. 근육병 진단이야 검사할 수 있지만 그게 의미가 있을까요? 이 환자를 우리 신경과에서 입원시킬 의미가 있다고 생각하세요?"

"선배, 환자에게 경미한 흡인성 폐렴이 있어요. 그런데 흡인성 폐렴은 합병증이에요. 근육병의 합병증이죠. 흡인성 폐렴 치료야 쉬워요. 선배도 할 수 있잖아요. 이미 선배가 정맥 항생제도 투여했고요. 이 환자의 진짜 문제는 근육병이에요. 근육병이 악화해서 숨을 쉬지 못해 문제가 생기는 것인데 그걸 우리 호흡기내과에서 어떻게 해결하겠어요? 인공호흡기를 달고 중환자실에 몇 년씩 머무르게 할 수는 없어요."

신경과 당직 레지던트와 호흡기내과 담당 3년차 레지던트의 말은 이전에도 수없이 들은 '우리 임상과 환자 아닙니다'는 반복에 불과했다. 틀린 말은 아니었다. 환자는 이제 남은 생애 동안 인공호흡기의 도움을 받고 살아야 했다. 당장 기관절개술(tracheostomy, 인공호흡기 연결을 위해 목 앞부분을 절개하여 기관으로 이어지는 통로를 만드는 시술)을 시행할 필요는 없으나 얼굴 전체에 밀착되는 마스크를 사용하여 인공호흡기를 연결하는 비침습성양압환기를 시도해야 했다. 그런데 비침습성양압환기 같은 시술을 응급실에서 시도하기는 어려웠다. 물론 기술적으로는 가능했으나 미니무스 교수가 그런 일을 허락할 가능성이 희박했다. 응급실에서 하는 것도 허락하지 않을 테고 응급의학과 환자로 입원시켜 병동에서 시행하는 것은 더욱 허락할 가능성이 적었다.(실제로 2년차 레지던트 시절 진공관 교수와 루게릭병 환자에게 그런 시도를 했으나 미니무스 교수에게 야단맞는 것으로 끝났다.)

이번에도 환자는 며칠 동안 응급실에 머무르다 다른 병원 전원으로 끝날 가능성이 컸다. 그런데 갑자기 재활의학과에서 환자를 입원시켰다. 호흡 재활 역시 재활의학과에서 담당하는 영역이니 완전히 틀린 결정은 아니었으나 그때 수련받던 병원에는 호흡 재활을 정식으로 배운 사람이 없었다. 재활의학과 자체는 상당히 유명했으나 대부분 기능적 뇌 MRI(functional brain MRI, 뇌 특정 부분의 기능과 역할을 밝히는 MRI)를 사용한 뇌재활과 관련된 연구와 진료였다. 그런 상황에서 뜬금없이 '이제부터 호흡 재활을 하겠다'고 나선 사람은 소아 재활을 담당하던 교수였다. 나보다 4~5살 정도 나이 많은 의과대학 선배라 학생 시절부터 그녀를 알았는데 평균보다 큰 욕심을 품고 있으나 재능과 노력 모두 평균보다 부족한 부류였다. 그러면서도 늘 허세 부리고 권위를 내세우기 좋아하며 아랫사람에게만 특히 가혹해 '마녀 교수'

로 불렸다. 그렇기에 나는 그녀가 갑자기 '이제부터 호흡 재활을 하겠다'고 선언하며 환자를 입원시킨 것이 못내 찜찜했다. 그리고 그 찜찜함이 현실로 나타나는 데에는 며칠밖에 걸리지 않았다.

2

인간의 호흡은 규칙적이다. 대부분 상황에서는 분당 12회를 유지한다. 거칠게 운동하거나 심리적 스트레스 상황에 놓이면 20회, 때로는 30회까지 증가하는데 그러면 손과 발이 저리고 숨이 제대로 쉬어지지 않는 듯한 답답한 느낌이 나타난다. 호흡수가 지나치게 증가해서 혈액 내 산소 농도는 필요 이상으로 증가하고 이산화탄소는 필요 이하로 감소하면 pH 7.35~7.45로 유지되어야 하는 혈액 내 산-알칼리 균형이 지나치게 알칼리 쪽으로 기울어 뇌를 자극하는데, 답답한 느낌은 이 때문이다.

반대로 호흡수가 12회보다 감소하면 혈액 내 산소 농도 자체는 그럭저럭 유지되더라도 이산화탄소 농도가 지나치게 증가한다. 그러면 지나치게 증가한 혈액 내 이산화탄소 농도 때문에 의식 저하가 나타난다. 이런 증상을 이산화탄소 혼수라 부른다. 정상적인 인간의 육체는 이렇게 호흡수가 지나치게 증가하거나 감소하는 상황을 피해 늘 적절한 상태를 유지한다.

그러나 인공호흡기는 다르다. 입력한 설정대로 움직이는 단순한 기계일 뿐이다. 각각 상황에 따라 호흡수를 조절할 뿐 아니라 한 번에 들이쉬는 공기량도 조절하는 인체와 달리 인공호흡기는 입력한 호흡수와 호흡량대로만 움직인다. 그래서 환자의 상황이 변화하는 것에 따라 의사가 인공호흡기 설정을 조정해야 한다. 특히 기관내관을 이용한 일반적인 인공호흡기가 아니라 안면 마스크를 사용하는 비침습양압환기의 경우에는 의사의 능력이 더 중요하다. 입을 통해 기관으로 삽입된 긴 플라스틱관을 통해 인공호흡기가 리듬에 맞춰 산소를 불어 넣는 일반적인 인공호흡기와 달리 비침습양압환기는 얼굴에 밀착된 마스크를 통해 산소를 불어 넣는다. 기관내관을 사용하는 인공호흡기의 경우 환자가 의식 없을 때도 많고 설령 의식이 있어도 환자가 인공호흡기를 거부하기는 힘들다. 그러나 비침습양압환기의 경우 환자 대부분은 의식이 있다. 또 기관까지 산소를 강제로 불어 넣는 것이 아니라 얼굴에 밀착된 마스크를 통해 높은 압력의 산소를 투여하는 방식이라 환자가 협조하지 않으면 제대로 시행할 수 없다.

양쪽 인공호흡기 모두 동맥혈 가스 검사를 통해 혈액 내 산소 농도와 이산화탄소 농도를 측정해서 이산화탄소 농도가 지나치게 높으면 인공호흡기 설정의 호흡수를 늘려야 하고 이산화탄소 수치가 지나치게 낮으면 인공호흡기 설정의 호흡수를 줄여야 한다. 그걸 제대로 유지하지 못하면 이산화탄소 수치가 높아져 환자가 의식을 잃거나 이산화탄소 수치가 지나치게 낮아져 손과 발에 마비감을 느끼고 '숨이 쉬어지지 않는 공포감'이 엄습하는 과호흡 상태가 되어 버린다.

'마녀 교수'는 인공호흡기를 다룰 능력이 없었다. 소아 재활 담당으로 호흡 재활은 한 번도 배운 적 없는 그녀였다. 지금 생각하면 그녀는 인공호흡기뿐 아니라 호흡과 관련된 원리 자체를 이해하지 못했다. 그런 상황에서 소아 재활 외에도 전문 분야를 만들어 재활의학과 내 영향력을 높이고 나아가 병원에서도 큰소리치고 싶어 무턱대고 환자를 입원시켰으니 일이 제대로 진행될 리 없었다. 재활의학과 병동으로 입원한 후 환자는 혈액 내 이산화탄소 농도가 너무 높아져 의식을 잃거나 혈액 내 이산화탄소 수치가 너무 낮아져 마비감과 '숨이 쉬어지지 않는 공포감'을 호소하는 상황을 시계추처럼 오갔다. 그러면서도 마녀 교수는 재활의학과 1년차 레지던트에게 '산소 수치를 정상 범위로 맞추어라', '이산화탄소 수치를 정상 범위로 맞추어라' 같은 명령만 내릴 뿐 인공호흡기 설정을 어떻게 조정하라는 말은 한 번도 하지 않았다. 그렇게 아무것도 가르쳐 주지 않으면서도 아침과 오후 회진 때 측정한 동맥혈 가스 검사 결과가 정상이 아니면 불같이 화를 냈는데, 그러다 보니 결국 이상한 일이 벌어졌다. 마녀 교수에게 야단맞는 것을 두려워한 재활의학과 레지던트들이 검사 수치를 조작하기 시작한 것이다.

마녀 교수가 환자에 대해 지닌 관심 자체는 미니무스 교수와 크게 다르지 않기에 아침 회진과 오후 회진 외에는 환자를 확인하지 않는 것에 착안해서 아침 회진과 오후 회진 직전 인공호흡기를 끄고 암부백을 이용해서 동맥혈 가스 검사 결과가 정상 범위에 있도록 호흡시켰다. 동맥혈 가스 검사 결과에서 이산화탄소 수치가 너무 높으면 한동안 엄청 빠르게 호흡시키고 너무 낮으면 한동안 천천히 호흡시킨 후 다시 동맥혈 가스 검사를 시행해서 정상 범위에 있는 결과를 얻는다. 그러고는 다시 인공호흡기를 연결하고 마녀 교수가 회진 돌 때는 마지막에 얻은 정상 범위의 동맥혈 가스 검사 결과를 보여주는 식이다. 물론 효과는 있었다. 마녀 교수는 환자의 검사 결과가 안정된 것에 만족했으니까. 그러나 시간이 갈수록 레지던트들의 두려움은 커졌다. 실제 환자의 상태는 아무것도 좋아진 것이 없었기 때문이다. 그런 식으로 계속해서는 환자가 비침습성양압환기 기계를 가지고 퇴원한 다음 날 다시 응급실로 실려 올 가능성이 컸고 최악의 경우 호흡부전으로 사망할 수도 있었다. 그러나 재활의학과 레지던트가 도움을 청할 곳은 어디에도 없었다. 흉부외과나 호흡기내과에 도움을 요청할 수도 있으나 그들이 순순히 도와줄 가능성은 희박했다. 더구나 그렇게 도움을 청한 사실이 알려지면 마녀 교수가 곱게 넘어갈 리 없었다.

"선배, 혹시 인공호흡기 설정 좀 도와주실 수 있나요?"

환자를 담당한 재활의학과 1년차 레지던트는 나를 찾아왔다. 어차피 나 외에는 도움을 요청할 사람이 없었다. 또 나는 병원 내에서 악명 높은 괴짜였으나 담당했던 환자에게는 묘한 책임감이 있었고 자신이 유능하고 똑똑한 임상의사란 것을 자랑하기 좋아하는 속물이라 선뜻 도와줄 가능성도 작지 않았다. 실제로 나는 재활의학과 1년차 레지던트의 부탁을 거절하지 못했다.

비침습성양압환기는 이전에 다루던 기관내관을 사용하는 인공호흡기와는 사뭇 달랐다. 그뿐만 아니라 근육병 환자의 호흡 재활은 전혀 경험하지 못한 분야였다. 덕분에 나는 문제의 근육병 환자가 퇴원할 때까지 달콤한 오프를 희생해서 책과 논문을 읽고 마녀 교수에게 들키지 않게 주의하며 재활의학과 병동에서 환자를 봐야 했다. 재활의학과 병동 간호사들에게 "마녀 교수에게는 비밀입니다. 말해도 좋으나 마녀 교수보다 제가 더 집요한 미치광이란 것을 잊지 마세요."라고 얘기하면서.

다행히 환자는 성공적으로 비침습성양압환기에 적응해서 퇴원했다. 어쨌거나 임상의사로는 보람된 결과였다. 다만 그 환자를 통해 마녀 교수가 '호흡 재활 전문가'로 행세하기 시작한 것은 문제였다. 그때까지만 해도 내가 재앙의 씨앗을 뿌렸음을 알아차리지 못했다.

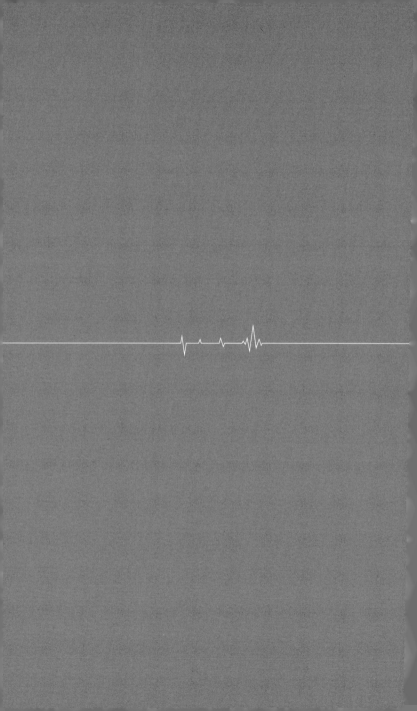

4년차

의국장이
되었지만

자네가 수고 좀 하게

1

도시 괴담에서 학교는 빼놓을 수 없는 배경이다. 학교가 도시 괴담의 배경으로 빈번히 등장하는 가장 큰 이유는 아마도 공동묘지나 매립지가 학교로 빈번히 사용되었기 때문일 것이다. 1970~1980년대와 그 이전에는 야트막한 언덕, 산 밑, 공동묘지, 매립지에 학교가 들어서는 경우가 많았다. 땅값이 다른 곳보다 싸고 또 학교가 아니면 그런 부지를 선택하는 기관이 드물었기 때문이다. 그러니 공동묘지에 자리 잡은 학교에서는 온갖 귀신의 이야기가, 저수지를 메운 매립지에 들어선 학교에서는 물에 빠져 죽은 아이나 자살한 사람의 이야기가 퍼져나갈 수밖에 없었다. 실제로 내가 다닌 고등학교도 매립지에 위치해서 장마철이면 밤 늦게 하교하던 학생이 운동장 구석에서 물이 뚝뚝 떨어지고 발이 보이지 않는 귀신을 보았다는 괴담이 종종 오르내렸다.

정확한 이유를 알 수 없으나 경찰서도 야트막한 언덕에 자리한 곳이 적지 않다. 역시 주변과 비교해서 땅값이 싸기 때문일 가능성이 크겠지만, 야트막한 언덕에 있는 경찰서는 찾는 사람들에게 묘한 위압감을 준다. 가해자나 용의자가 아니라 피해자, 증인, 참고인으로 진술하기 위해 방문해도 언덕 위에 자리 잡은 경찰서를 향해 오르막을 걷다 보면 움츠러들 수밖에 없다.

"무슨 일로 오셨습니까?"

경찰서 정문 경비실에서 정복 입은 경찰관이 물었다. 의무경찰인지, 직업경찰인지 구분하기 힘들었으나 경찰관은 20대 중반을 넘지 않을 것 같았다.

"그게… ○○대학병원에서 왔습니다. 오늘 진술하기로 약속되어 있어서요."

그전에도 몇 번 피해자로 진술하기 위해 경찰서를 찾았

었다. 환자나 보호자가 응급실에서 난동 부리는 경우가 빈번했고 드물게는 의료진과 병원 직원을 폭행하는 사례도 있었기 때문이다. 그때는 아주 당당한 걸음으로 정문을 통과했다. 그러나 그날은 달랐다. 물론 나는 가해자 혹은 피의자는 아니었다. 참고인일 가능성이 크나 굳이 따지면 '피의자는 아니나 피의자 입장을 전하기 위해 출두하는 것'에 가까웠다. 그래서 정문을 통과하고 주차장을 지나면서 점점 불편해졌다. 경찰서 현관에는 형사로 추정되는 사람들이 모여 담배를 피우고 있었다. 허름한 점퍼, 티셔츠 혹은 체크무늬 셔츠, 면바지, 운동화, 날카로운 눈빛과 억센 입가, 깡패와 크게 구분되지 않는 외모였으나 경찰서 현관에서 아주 여유롭고 편안하게 담배 피우며 잡담을 나누고 있으니 형사가 틀림없었다. 재미있게도 나의 외모도 별반 다르지 않았다. 청진기와 의사 복장을 벗고 평소처럼 후드 점퍼, 청바지, 운동화 차림을 하면 빡빡머리, 날카로운 눈매, 얇은 입술, 굵고 짧은 목과 딱 벌어진 어깨까지 의사보다는 형사에 어울렸다.

어쨌거나 현관을 지나 계단을 통해 2층으로 올라간 나는 담당과와 담당 형사의 이름을 떠올려 그에 맞는 방을 찾았다. 그러고는 조심스레 문을 열었다. 문을 열자 책상과 의자 들이 눈앞에 펼쳐졌다. 여유롭게 책상에 앉아 키보드를 두드리고 있는 형사들과 최대한 절박한 표정으로 뉘우치는 척하고 있는 사람들이 보였다. 또 한편에는 자신이 무슨 죄가 있냐며 억울하다는 표정으로 항변하는 피의자들도 보였다. 큰 박카스 통을 들고 굽신거리며 형사들 사이를 돌아다니는 사람도 눈에 띄었는데 아무래도 민원인이나 피해자인 듯했다. 다행히 담당 형사를 찾는 것은 어렵지 않았다. 담당 형사를 본 적은 없으나 그 형사 바로 앞에 낯익은 사람이 의기양양한 태도로 앉아 있었기 때문이다.

"저, ○○○ 형사님이세요? 저는 ○○ 대학교 병원 응급의학과 4년차 레지던트, 그러니까 의국장인 곽경훈입니다."

그러자 '의기양양한 태도의 낯익은 사람'이 나를 돌아봤다. 약간 마른 편이나 50대 중후반으로 추정되는 나이를 생각하면 건장한 체격, 짙은 눈썹과 튀어나온 광대, 고급은 아니나 몸에 잘 맞는 양복과 눈처럼 반짝이는 하얀 구두. 사내는 의아하다는 표정으로 입을 열었다.

"아니, 선생님이 여기에 무슨 일로 왔습니까?"

약간 황당한 상황이었다. 응급실에서 일어난 사고로 병원을 고소했으니 병원 관계자가 오는 것이 당연한데 눈을 동그랗게 뜨고 '선생님이 여기에 무슨 일로 왔습니까'라며 묻다니. 그런데 따지고 보면 맞는 말이기도 했다. 사고가 났을 때 나는 근무가 아니었다. 그리고 응급실 책임자는 응급의학과 주임교수인 미니무스 교수다. 나는 의국장이라고 해도 어디까지나 레지던트에 불과했다.

"그러게요. 저도 제가 왜 왔는지 잘 모르겠습니다. 알다시피 환자가 처음 응급실에 도착했을 때 제가 담당했습니다만 사고는 다음 날 제가 퇴근한 후에 발생했습니다. 환자가 응급실에 도착했을 때는 혈색소 수치가 4.5에 불과한 심각한 빈혈 상태였고 상부 위장관 출혈이 의심되었습니다. 저는 중심정맥관을 삽입하고 수액을 투여하고 수혈을 진행해서 혈압을 올리고 소화기내과에 연결해서 응급 위내시경을 시행하도록 조치했습니다. 위내시경은 성공적으로 진행되었고 내과 병동으로 입원하기 위해 응급실에 머무르던 중 다음 날 오후에 사고가 터지지 않았습니까? 그때 저는 근무가 아니라 병원에 있지 않았고 환자 역시 이미 내과에서 담당하고 있었습니다."

나는 기회를 놓치지 않고 또박또박하나 속사포처럼 빠르게 말했다. 그러자 사내 역시 고개를 끄덕이며 담당 형사에게 말했다.

"맞습니다! 이분은 잘못이 없어요! 나는 이분을 부른 것이 아닙니다! 그 병원 참 문제가 많네요! 나는 응급실 책임자를 불렀어요! 응급실장이 책임져야죠! 응급의학과 교수란 사람들 말입니다! 자기는 도망가고 아랫사람을 보내 누명을 씌우려 하다니요! 이거 병원이 돼먹지 못했어요! 저는 이 선생님 조사 원하지 않습니다. 교수 불러주세요. 교수!"

나의 표정에는 변화가 없었으나 속으로는 웃고 있었다. 반면에 담당 형사의 표정은 어두워졌다.

"그렇군요. 선생님은 일단 돌아가고 저희가 병원 측에 다시 연락하겠습니다."

2

119 구급대가 70대 후반 환자를 데려왔다. 119 구급대원과 동행한 이웃 사람은 '최근 몇 주 동안 밥을 잘 먹지 못하고 힘이 없었는데 며칠 전부터는 제대로 걷지도 못했다'고 말했다. 당뇨병, 고혈압, 심장질환 같은 질환은 없었고 양쪽 무릎 퇴행성 관절염을 진단받아 수년 동안 집 근처 정형외과

에서 '관절약'을 복용한다고 했다. 의식은 명료했고 신경학적 검사에서도 어눌한 발음, 사지의 근력 감소와 마비, 안면 마비 같은 이상은 관찰되지 않았다. 혈압이 90/60으로 조금 낮았고 맥박수가 분당 100회로 조금 빨랐으나 체온은 정상 범위였고 이학적 검사에서도 흉통, 복통, 복부 강직 같은 명확한 이상은 확인되지 않았다. 환자의 나이와 건강 상태를 생각하면 '노년 쇠약' 이른바 '노환'이라 판단할 수도 있었다.

그러나 환자는 눈 흰자위가 지나치게 창백했다. 흰자위는 검은 눈동자와 대비되어 하얗게 보이는 게 당연하나 환자의 흰자위는 지나치게 창백해서 푸르스름한 빛을 띨 정도였다. 지나치게 창백한 흰자위는 빈혈일 가능성이 큰 증상이다. 더구나 환자는 양쪽 무릎 퇴행성 관절염으로 오랫동안 진통제를 복용했다고 진술했는데, 그런 진통제는 대부분 스테로이드나 비스테로이드성 소염진통제(NSAID, Non-steroidal anti-inflammatory drugs)다. 그리고 두 약물 모두 위궤양의 원인이다.

"혹시 검은색 대변을 본 적 있습니까? 똥을 누니 짜장면 색깔처럼 시커먼 색깔이었던 적이 있나요?"

환자는 그렇다고 대답했다. 흑색변은 식도, 위, 십이지장에서 출혈이 발생했을 때 나타난다. 대장에서 출혈이 발생하면 선명한 붉은 피가 섞인 혈변(hematochezia)이 발생하나 식도, 위, 십이지장 같은 상부 위장관에서 출혈이 발생하면 혈액에 함유된 철분으로 인해 검은색을 띠게 된다. 따라서 환자는 노년 쇠약이 아니라 '상부 위장관 출혈로 인한 빈혈'에 해당할 가능성이 컸다. 나는 즉시 혈액 검사를 시행했는데 예상대로 혈색소 수치가 4.5인(정상은 12~16) 심각한 빈혈이 있었고 오랫동안 식사를 제대로 하지 못해 저나트륨혈증(hyponatremia, 나트륨은 주요 전해질로 일정 농도가 유지되어야 하나 탈수, 식이 부족, 호르몬 불균형 등의 문제로 지나치게 감소하거나 증가하면 무기력과 의식 저하 같은 증상이 나타난다)이 관찰되었다.

빈혈의 원인은 단기간 심각한 출혈이 아니라 오랫동안 지속한 질환일 가능성이 컸다. 단기간에 심각한 출혈이 있으면 심한 저혈압과 함께 의식 저하가 동반되는 저혈량성 쇼크가 나타나기 때문이다. 그래서 대량의 수액을 급속히 투여할 필요는 없었다. 그러나 심한 저나트륨혈증을 치료하기 위해서는 고농도의 나트륨이 포함된 용액을 투여해야 했는데, 나트륨 수치를 너무 빨리 상승시키면 그로 인한 부작용도 나타날 수 있어 시간당 일정량을 정확히 투여해야 했다.

그래서 말초정맥 대신 중심정맥관을 삽입하고, 응급 위내시경과 중환자실 입원을 위해 응급실 담당 내과 2년차 레지던트에게 환자를 인계했다.

위내시경 결과 예상대로 심한 위궤양이 있었으나 심각한 급성 출혈은 관찰되지 않았고 조직 검사 결과를 확인해야 확진할 수 있으나 악성 종양 가능성이 큰 병변은 없었다. 2~3일 정도 중환자실에서 지켜보고 일반 병실로 옮겨 치료하는 사례에 해당했다. 다만 중환자실에 빈자리가 없어 당분간 응급실 중환자 구역에 머무르기로 했고, 나는 다음 아침까지 환자 상태가 양호한 것을 확인하고 퇴근했다. 그런데 달콤한 오프를 보내고 그다음 아침에 출근하자 예상하지 못한 사건이 진행되어 있었다.

3

출근해서 당직복으로 갈아입고 응급실에 들어올 때부터 분위기가 무거웠다. 응급실은 늘 긴장 넘치고 다소 혼란스러우며 심지어 평온하다가도 폭풍 같은 일이 몰아치는 곳이지만, 그날의 분위기는 평소와 확실히 달랐다. 나는 진료용 컴퓨터로 가서 환자 명단을 확인했는데 문제의 위궤양 출혈 환자가 없었다. 중환자실 자리가 없어 3~4일 정도 응급실에 머무르다 바로 일반 병실로 입원할 가능성이 컸던 상황이라 하루 만에 응급실을 떠난 것이 의아했다. 그래서 환자를 검색해 보니 내과 중환자실이 아니라 신경외과 중환자실로 입원한 상태였다.

신경외과 중환자실이라. 전혀 예상하지 못한 전개라 조금 당황했다. 그래서 천천히 의무 기록을 살펴보니 내가 퇴근한 후 낙상 사고가 발생한 것을 알 수 있었다. 심한 빈혈에 고령이며 양쪽 무릎 관절염이 있어 평소에도 동작이 불편했고 위내시경까지 받은 상태라 처음부터 낙상 고위험군에 해당했다. 그래서 환자가 대변을 보고 싶다고 하자 응급실 의료진은 보호자에게 변기를 주면서 '화장실에 갈 수 없으니 자리에서 해결하라'고 얘기했고, 그러자 보호자는 커튼을 치고 환자를 도와 변기에 앉혔는데 그 과정에서 환자가 침대 밖으로 떨어진 것이었다. 커튼을 친 상태라 CCTV에도 영상이 찍히지 않아 정확히 알 수는 없으나 보호자의 부주의가 있었을 것이다. 다만 보호자는 의료진이 아니어서 낙상 위험을 명확히 알 수 없으니 의료진이 그런 문제에 대해 경고해야 했는데, 요식 행위로 '낙상에 관해 설명함'이란 기록만 남길 뿐 실제로 보호자들에게 진지하고 명확하게 경고하지는 않았을 가능성이 있었다.

그런 상황에서 낙상이 발생했다. 응급실 바닥에 머리를 부딪쳤고 허리에도 충격이 가해졌다. 다행히 머리 CT에서 뇌출혈과 두개골 골절은 확인되지 않았으나 심한 요통과 양쪽 다리 근력 저하가 있었다. 엑스레이와 CT만으로는 명확히 감별하기 어려워 요추 MRI를 시행했는데 안타깝게도 요추 골절과 척수 손상이 확인되었다. 병원의 과실이 100%라 할 수는 없으나 상당 부분 책임을 질 수밖에 없었는데, 그 무렵 드디어 환자의 아들이 나타났다.

최근 6개월 남짓한 기간 동안 한 번도 어머니를 찾아보지 않았고 안부 전화 한 통 없던 아들은 신경외과 중환자실 밖에서 목청껏 울었다. 실제로 눈이 붉어지며 눈물 흘리는 것이 아니라 입으로만 '꺼이꺼이' 소리 내는 것에 가까웠는데, 그래서 더욱 통제하기 어려웠다. 50대 후반에 접어든 나이에 어울리지 않는 속칭 '백구두'를 신은 사내의 목적은 처음부터 아주 명확했다. 돈이었다. 상당 부분 병원의 책임이 있는 사건인 만큼 쉽게 타협할 가능성은 없었다. 그는 형사와 민사 모두 병원을 상대로 소송을 제기했고 병원으로 향하는 정문 근처에서 플래카드를 펼쳐 들고 1인 시위에 나섰다.

나는 낙상 사고와 직접적 연관은 없었다. 환자의 병명을 진단하고 적절한 응급조치를 취하는 것까지가 내 업무였는데 심한 빈혈을 찾아내고 상부 위장관 출혈이 원인일 가능성이 크다는 것까지 밝혀냈다. 동반한 저나트륨혈증도 확인했고 수혈과 고농도 나트륨 투여를 시작하면서 응급 위내시경이 필요하다는 의견과 함께 내과에 환자를 인계했다. 중환자실 자리가 없어 응급실에 환자가 머물렀으나, 낙상 사고는 내 근무 시간이 끝나고 발생했다. 다만 직접적 연관이 없어도 내가 응급실의 총괄 관리자라면 어느 정도 책임이 있을 수밖에 없다. 그러나 응급실의 총괄 관리자는 응급의학과 4년차 레지던트가 아니라 응급의학과 주임교수인 미니무스 교수였다.

물론 미니무스 교수는 책임질 마음이 조금도 없었다. 늘 그렇듯 그는 미꾸라지처럼 혹은 꼬리를 자르는 도마뱀처럼 빠져나가려 했다. 그래서 경찰서에서 '응급실 책임자도 출두하라'는 연락이 왔을 때 나를 의국 회의실로 부르더니 이렇게 말했다.

"나는 주임교수라 말단 형사가 부른다고 함부로 갈 수 없구나. 그러니 이번에는 의국장인 곽경훈 선생이 수고 좀 하게."

미니무스 교수가 어떤 사람인지 잘 알고 있어 애초에 기대는 없었다. 그러니 그런 말을 들어도 놀라지 않았다. 다만 미니무스 교수가 고민 끝에 내뱉은 궁색한 변명이 '주임교수는 말단 형사 따위가 부른다고 갈 수 없다'는 내용이라 어처구니없었다. 그런 시대착오적인 권위의식은 어떻게 형성되는 것일까?

어쨌거나 내가 경찰서에 다녀온 며칠 후 미니무스 교수는 '말단 형사의 부름'을 받고 경찰서에 출두할 수밖에 없었다. 계속 출두하지 않으면 최악의 경우 소환장을 발부할 수도 있다는 엄포에 마지못해 경찰서를 다녀온 미니무스 교수는 다음 회진 때 말했다. 한국 사회에는 전문가에 대한 존중이 없다고. 말단 형사가 의과대학 교수를 가라 오라 하는 나라는 결코 선진국이 될 수 없다면서.

해피엔딩

1

의학은 독특한 측면이 있으나 과학의 한 분야인 것은 확실하다. 그러나 임상의사는 상당히 많은 공통점에도 불구하고 과학자와는 다른 부류다. 물론 임상의사 가운데 훌륭한 과학자도 적지 않으나 훌륭한 임상의사가 되기 위해 꼭 과학자가 될 필요는 없다. 임상의사는 단순히 학문적 측면에서 질환을 연구하는 사람이 아니라 환자의 원인 질환을 규명하고 그에 따른 적절한 조치를 시행하는 사람이기 때문이다.

그래서 임상의사는 과학자보다 형사와 비슷하다. 형사는 범죄 현장에서 얻은 단서, 이전에 쌓인 범죄 기록, 탐문과 조사를 통해 얻은 다양한 정보를 바탕으로 가설을 세워 용의자를 추려내고 최종적으로 범죄자를 체포하여 새로운 범죄를 저지르는 것을 막고 정의를 구현한다. 임상의사는 환자의 증상과 진찰에서 얻은 단서를 통해 가설을 세우고 필요한 검사를 시행하여 원인 질환을 규명하고 그에 적절한 치료를 통해 환자의 생명을 구한다. 그뿐만 아니라 시간과의 싸움이기도 하여 제한된 시간 안에 해결하지 못하면 아주 심각한 결과와 마주하는 것도 형사와 임상의사가 가진 공통적인 제약이다. 심지어 무능해서 잘못된 판단을 내리거나 편견에 치우쳐 실수를 저지르면 무고한 사람이 고통받고 그런 상황에서는 처벌을 피하기 어렵다는 것도 형사와 임상의사의 공통점이다. 그런데 응급의학과 의사로 일하다 보면 가끔 진짜 형사 같은 일을 할 때가 있다.

2

정오 무렵 119 구급대가 교통사고 환자를 데려왔다. 엄밀히 말하면 '스포츠 사고'가 적절했는데 일반적인 차량끼리 부딪친 것이 아니라 교외 산길에서 산악자전거와 ATV(All-

Terrain Vehicle, 오프로드 경주용으로 만든 4륜 오토바이)가 충돌했기 때문이다. 환자는 산악자전거 운전자여서 흙먼지가 잔뜩 묻고 곳곳이 찢어진 라이딩복을 입고 있었다. 어림짐작으로도 180cm 넘는 키에 다소 마른 편이나 잘 발달된 근육을 지닌 젊은 남자였고 몇몇 찰과상을 제외하면 육안으로는 심각한 상처가 없었다. 혈압, 맥박, 체온 같은 생체 징후(vital sign)도 정상 범위였고 이학적 검사에서도 골절이나 복부 장기 손상을 의심할 문제는 확인되지 않았다. 다만 헬멧을 착용했음에도 불구하고 머리에 충격을 받은 듯 횡설수설하는 의식 상태를 보였다.

당연히 나는 머리 CT를 처방했다. CT 결과 아주 소량의 외상성 지주막하 출혈이 확인되었으나 수술이 필요한 정도는 아니었다. 여느 때라면 신경외과 당직 레지던트에게 연락하는 것으로 응급의학과 4년차 레지던트인 나의 일은 일단락될 상황이었다.

그러나 그렇게 할 수 없었다. 의학적 문제에 해당하지는 않았다. 하지만 이 문제를 해결하지 않고서는 신경외과 병동으로 입원할 수 없었다. 환자가 응급실에 도착한 순간부터 나와 응급실 인턴뿐 아니라 간호사, 행정직원, 경비직원

그리고 다른 응급실 환자와 보호자까지도 단번에 인식할 수 있는 문제, 아예 119 구급대원이 환자를 현장에서 구조한 순간부터 알아차린 문제였다.

환자의 얼굴을 한번 쓱 보기만 해도 파악할 수 있었다. 어깨까지 내려오는 길고 꼬불꼬불한 황금색 머리카락, 햇볕에 약간 그을렸으나 동양인과는 확연히 구별되는 하얀 피부, 바다처럼 푸른 눈동자. 환자는 백인이었고 히스패닉이나 라틴계 혹은 슬라브계가 아니라 북유럽이나 영국 아니면 독일계로 보였다. 그래서인지 119 대원도 환자를 인계하며 "영국 환자입니다." 하고 말했다.

여기까지도 큰 문제는 아니었다. 문제는 환자 소지품이 아무것도 없고 계속 횡설수설하는 바람에 신원 파악이 아주 어려웠다는 점이다. '경찰에 연락하라'고 말하는 사람도 있겠으나 그런 상황에서 경찰은 큰 도움이 되지 않는다.

막 레지던트 3년차에 접어든 이른 봄, 아직 쌀쌀한 늦은 밤에 경찰관이 잔뜩 술 취한 사내를 데려온 적이 있다. 딱 봐도 노숙자가 틀림없는 남루한 차림의 사내는 특별한 증상이 없었다. 단순히 술에 취했을 가능성이 컸으나 경찰관은 사내를 응급실에 남겨 두고 서둘러 사라지려 했다. 나는 당연히 경찰관에게 항의했고 언쟁이 벌어졌다. 단순히 술 취한 사람은 응급실 진료가 필요하지 않다는 말에 경찰관은 짜증 가득한 표정으로 "그럼 진료 거부하겠다는 뜻입니까? 진료 거부로 처벌받고 싶습니까?"라고 말했다. 어처구니없었으나 골치 아픈 상황을 피하려고 "그럼 신원이라도 파악해 주세요."라고 부탁했다. 하지만 경찰관은 "범죄자도 아닌데 그걸 왜 우리가 합니까?"라며 서둘러 응급실을 떠났다.(물론 그 경찰관은 다시 돌아올 수밖에 없었다. 112에 '경찰관이 무연고자를 응급실에 버리고 도망쳤다'고 신고했기 때문이다.)

소지품이 전혀 없는 상태에서 나와 행정직원에 비해 경찰이 지닌 유리한 점이라곤 지문을 채취해서 검색하는 것 정도일 텐데, 지문 채취와 검색에는 꽤 시간이 걸리고 더구나 환자는 한국 국적일 가능성이 매우 낮았다. 그나마 환자는 영어를 사용했고 횡설수설했으나 대화 자체는 가능했다. 거기에 희망을 걸 수밖에 없었다.

"It's hosipital! I am an emergency physician. Your bicycle was collided with ATV. Can you remember anything? Who are you?"

횡설수설하는 환자에게 몇 차례 같은 질문을 반복한 후에야 '존 베이커'란 이름을 알아낼 수 있었다. 그러나 그는 여기가 한국이란 것을 깨닫지 못했다. 대화를 한참 지속한 결과 얻은 정보는 매우 단편적이고 불완전했다. "어머니가 10분 거리에 살고 있다." "여기는 L.A.다." "내 이름은 존 베이커다." 그는 그 말만 반복했고 그 외 얻어낼 수 있는 정보는 없었다.

종합하면 환자는 119 대원의 추측과 달리 영국인이 아니라 미국인일 가능성이 크고 L.A.에서 어머니집과 가까운 거리에 살고 있으며 이름은 존 베이커였다. 그러니까 'L.A. 출신 젊은 미국인 남자 존 베이커'란 정보만으로 환자의 신원을 파악하고 가족에게 연락해야 했다.

일단 나는 환자가 한국에 머무르는 이유부터 생각해 봤다. 그때 수련받던 대학병원이 위치한 도시는 관광지와는 거리가 멀었다. L.A. 출신 젊은 남자가 순전히 관광 목적으로 그 도시를 찾을 가능성은 아예 없었다. 인근에 미군 기지가 있으니 군대와 관련된 사람이거나 학원 혹은 학교에 고용된 원어민 강사일 가능성이 있었다. 물론 꽤 큰 자동차 부품 공장도 있으나 미국에서 온 바이어가 평일 낮에 산악자전거를 타고 교외 산길을 질주할 가능성은 작았다. 아울러 군인이면 인식표 달린 목걸이(이른바 군번줄)가 있어야 해서 그 가능성도 크지 않았다. 그러니 환자는 원어민 강사거나 군인 신분이 아닌 미군 부대 관계자일 가능성이 컸다. 그렇다면 미국 대사관에 연락하면 환자의 신원을 파악할 수 있을 가능성이 있었다. 관광 목적이 아니라 원어민 강사로 채용되거나 미군 관련 사업으로 장기간 한국에 머무르는 미국인은 대사관에 등록되어 있을 가능성이 크기 때문이다. 물론 원어민 강사도 관광을 명분으로 입국해서 몰래 일하는 경우면 등록되어 있지 않겠으나 연락한다고 손해 볼 것은 없었다. 나는 미국 대사관 민원실로 전화했다. 다행히 민원실 직원은 한국인이었다.

"저는 ○○ 대학교 병원 응급의학과 레지던트 4년차 곽경훈입니다. 다름 아니라 현재 응급실에 교통사고로 실려 온 젊은 백인 남자 환자가 있습니다. 경미한 뇌출혈이 있으나 심각한 상태는 아니고 당장 응급 수술이 필요하지는 않습니다. 그러나 사고로 인한 부상으로 의식이 명료하지 않고 소지품이 없어 신원을 파악할 수 없습니다. 횡설수설하는 환자에게 겨우 알아낸 것은 L.A. 출신이며 이름이 존 베이커란 것뿐입니다. 물론 이것만으로는 대사관에서도 누군지 확인하기 어렵겠으나 단순 관광 목적의 체류자가 아니라 원어민 강사나 미군 부대 관계자로 한국에 체류하는 사람일 수도 있으니 한번 알아봐 주시겠습니까?"

전화기 너머 상대는 흔쾌히 알아보겠다고 대답했다. 그러면서 결과를 통보할 수 있는 연락처를 물었고 나는 나의 휴대전화 번호를 알려 주었다. 그리고 20분 후 휴대폰이 울렸다.

"선생님이 주신 정보로 찾아보니 해당 지역에 원어민 강사로 체류하고 있는 존 베이커가 있습니다. 가족 연락처에 표시된 번호로 전화해서 어머니와 통화했는데 L.A. 출신도 맞습니다. 선생님이 문의하신 환자는 우리 국민인 존 베이커가 맞는 듯합니다. 혹시 실례가 되지 않는다면 존 베이커 씨의 어머니께 선생님 전화번호를 알려 드려도 될까요? 어머니께서 의료진과 통화를 원합니다."

미국인과의 전화 통화라… 전화기 너머에 표정이 보이지 않음에도 불구하고 나는 한 번 싱긋 웃고서 알려 주라고 대답했다.

3

존 베이커의 어머니는 생각보다 침착했다. 그녀는 자신도 클리닉에서 일하는 간호사라고 말했는데 그런 측면이 도움이 된 듯했다. 덕분에 설명도 어렵지 않았다. 그녀는 의학적 내용을 충분히 이해했고 '지금 가장 빠른 비행기를 예약했으나 내일 오후가 되어야 도착한다'고 말했다. 나는 그녀에게 그때까지는 환자가 응급실에 머무를 수밖에 없는 상황을 얘기했고 그녀는 내게 아들을 잘 부탁한다고 말했다.

그렇게 이야기는 해피엔딩으로 끝났다. 다음 날 오후 존 베이커의 어머니는 응급실에 도착했다. 몇 시간 후 존 베이커는 신경외과 병동으로 입원했고 2주 후 건강한 상태로 퇴원했다.

그런데 이 해피엔딩의 또 다른 수혜자가 있다. 바로 해당 교통사고를 담당한 경찰관이다. 소지품도 전혀 없고 횡설수설하며 응급실에 와 있는 외국인의 신원 파악을 다음과 같은 한마디로 해결했으니 말이다.

"그런데 선생님, 신원 파악은 했습니까? 환자가 신분증도 없고 한국말을 못해서 말입니다."

썩은 고기의 냄새

1

어떤 투쟁도 그 자체가 목적일 수 없다. 물론 투쟁하고 싸움하는 과정을 즐길 수는 있다. '유능한 투사'와 '타고난 싸움꾼'은 똑같이 좀처럼 지지 않으나 투사와 달리 싸움꾼은 그 과정 자체를 즐긴다. 그러나 아무리 싸움 실력이 뛰어나도 목적을 외면하고 싸움에 몰두하면 원하는 것을 얻을 수 없다. 또 애초에 목적이 비현실적이면 아무리 싸워도 의미가 없다.

그럼에도 비현실적인 목적을 이루기 위해 노력하는 사람을 종종 볼 수 있다. 심지어 몇몇은 자기네 목표가 비현실적이라는 것을 어렴풋이 안다. 비현실적이라는 것을 알면서도

'행여나' 하며 요행을 바라거나 '열심히 하면 될 수도 있다'
고 막무가내로 덤벼드는 사람들이 여기에 해당한다. 그러나
세상은 그렇게 녹록하지 않다.

그녀 역시 그런 부류일 가능성이 컸다. 그녀는 일단 외
모부터 독특했다. 어깨까지 내려오는 머리카락은 중년 여성
특유의 '아줌마 파마'는 아니었으나 강하게 그린 눈썹과 너
무 붉은 립스틱은 약간 검은 피부와 함께 억세고 고집 센 느
낌을 주었다. 정장 치마와 블라우스는 무난한 색상이었으나
강렬한 호피 무늬 외투는 다소 풍만한 체형에 그리 어울리
지 않았다. 실내조명 아래서도 반뜩반뜩 빛나는 검은 핸드
백까지 그녀는 평범한 인상이 아니었다.

"곽경훈 선생님이신가요?"

깍듯한 존댓말의 외양을 지녔으나 적대감이 피어올랐다.
나는 차가운 미소를 머금고 대답했다.

"네, 제가 곽경훈입니다. 중환자실에서 오셨나 보군요."

잠깐 말을 멈추고 그녀의 눈을 바라봤다. 말투에서 피어
오르던 적대감과 달리 눈이 마주치자 그녀는 조금 움츠러
들었다. 나는 입가에 옅은 미소를 남긴 상태로 말을 이었다.

"그렇지 않아도 기다리고 있었습니다. 그런데 그날 응급

실에 있던 분은 아니군요. 그날도 보호자가 많았습니다만 얼굴이 낯익지 않아서요."

그녀는 순간적으로 머뭇거렸다. 응급실에 들어올 때의 과시적인 걸음걸이, '곽경훈 선생님이신가요'라고 물을 때 피어나던 적대감과 달리 아직 본격적인 대화를 시작하지 않았는데도 기세가 꺾인 듯했다.

"그럼 그날 상황을 잘 모르시겠군요. 직접 그 자리에 계시지 않았으니까요."

그녀는 말없이 고개를 끄덕였다.

"역시 그럴 것이라 생각했습니다."

나는 의자에서 일어나 팔짱을 꼈다. 그녀의 키는 160cm 언저리여서 자연스레 내려다보는 상황이 연출되었다.

"솔직히 말하면 내과 레지던트 선생들에게 얘기를 전해 듣고 아주 기분이 나빴습니다. 감정을 숨기지 않고 말하면 분노했다고 할까요? 아주 모욕적이었습니다. 저는 시시콜콜 징징거리는 신세타령을 그다지 좋아하지 않습니다만 정말 옛말에는 틀린 것이 없구나 싶었죠. 물에 빠진 사람을 살려놓으니 보따리를 달라고 한다. 뒷간에 들어갈 때와 나올 때 생각이 다르다. 이런 말들이 있지 않습니까? 그렇지만 그날의 상황을 제대로 알지 못하면 그럴 수도 있다고 생각합니다. 이제야 이해가 되네요. 보호자분 같은 교양 있는 분이 오해하지 않고서야 그럴 리가 없지요."

그녀의 눈썹이 꿈틀거렸고 볼이 실룩거렸다.

"그럼 일단 그날 응급실에서 있었던 일부터 말씀드리죠. 그게 이해에 도움이 될 겁니다."

2

여든을 훌쩍 넘긴 환자가 응급실 입구에 도착했다. 눈처럼 하얀 머리카락이 인상적인 환자는 이동식 침대에 평온한 표정으로 눈을 감고 누워 있었다. 단순한 평온보다는 '평화롭다'는 표현이 어울리는 표정이었는데 보호자와 119 대원 모두 대수롭지 않게 '최근 기력이 없다고 합니다'고 말했다.

'기력이 없다', '전신 쇠약', '피곤하다' 같은 증상을 호소하는 환자야말로 응급실에서 생경한 존재, 응급실과는 가장 어울리지 않는 존재다. 그래서 응급실 의료진이 마뜩하지 않게 반응하고 진료 순서에서도 뒤로 밀리는 환자기도 하다. 그 환자도 언뜻 그렇게 보였다. 그러나 실제는 평화로운 표정과 달리 응급실의 다른 어떤 환자보다 빨리 반응해야 하는 질환에 해당했다. 기력이 없어 얕은 잠에 빠진 것이 아니라 정말 의식이 없었기 때문이다.

일반적으로 응급실에서는 환자의 의식을 확인하기 위해 강한 자극을 가하고 반응을 살펴본다. 그러려면 충분히 강한 자극이 필요하나 환자에게 손상을 일으켜서는 곤란하므로 가슴 중간 부분 그러니까 흉골(sternum)이 위치하는 부분을 주먹을 쥐고서 둘째 손가락과 셋째 손가락으로 세게 문지르는 방법을 사용한다. 단순히 기력 저하로 얕은 잠에 빠진 환자라면 그런 자극에 얼굴을 찌푸리고 손을 휘젓거나 아예 눈을 뜨고 짜증 내야 하는데 환자는 아무 반응이 없었다. 따라서 심각한 의식 저하일 가능성이 컸다. 그때 혈압을 측정하던 간호사가 고개를 갸웃거리며 말했다.

"혈압이 제대로 측정되지 않는데 맥박이 너무 느려서 그런 것 같아요."

나는 환자를 즉시 응급실 중환자 구역으로 옮기고 기관 내삽관부터 시행했다. 심각한 의식 저하 혹은 쇼크에 해당하는 환자를 진료할 때 이른바 ABC가 가장 중요하기 때문이다. 기도 확보(airway), 호흡(breathing), 순환(circulation)의 영어 단어 첫 글자에서 따온 ABC는 의식 저하나 쇼크에 빠진 환자에게 시행하는 응급조치의 순서다. 우선 기도를 확보하고 만약 기도를 확보하고도 호흡이 없거나 불규칙하다면 인공호흡기를 연결하고 그다음으로 지나치게 낮은 혈압을 올려야 한다. 이 책에서 기관내삽관, 중심정맥관 확보, 인공호흡기 연결이 계속 등장하는 이유도 그 때문이다.

기관내삽관 후 확인한 환자의 호흡은 규칙적이었다. 이제 혈압을 올려야 할 차례인데 저혈압의 원인이 아무래도 심장 문제일 가능성이 커서 심전도부터 시행했다. 심한 구토와 비정상적인 동공 반사 같은 뇌출혈 혹은 뇌경색을 의심할 만한 증상이 없었고 외부 상처도 없으며 위장관 출혈이나 대동맥 파열 같은 저혈량성 쇼크의 원인이 될 만한 질환도 가능성이 작았기 때문이다. 예상대로 심전도 결과 환자의 맥박수는 분당 15회에 불과했다. 분당 70~100회가 정상 맥박수임을 감안하면 동기능부전증후군(sick sinus syndrome)이었다. 심장이 규칙적으로 뛸 수 있는 이유는 전기 신호에 따라 움직이기 때문인데 동기능부전증후군은 심장을 규칙적으로 뛰게 만드는 전기 신호가 심장 근육에 정상적으로 전달되지 않거나 제대로 만들어지지 않는 질환이다. 일반적으로 증상이 심하지 않으면 약물치료부터 시작하나 환자는 맥박수가 분당 15회에 불과해서 혈압이 떨어지고 의식 저하가 확인되어 보다 효과 빠른 조치가 필요했다. 다행히 그런 조치는 생각보다 간단하다. 심장을 뛰게 하는 전기 신호에 문제가 생겨 나타나는 질환이니 기계를 통해 전기 신호를 대신 만들면 된다. 최종적으로는 박동조율기(pacemaker)를 심장에 삽입해야 하나 일단 왼쪽 가슴 외부에 전극을 부착하는 외부형 박동조율(external pacing)부터 시작해야 했다. 거창한 단어와 달리 끈끈이가 붙은 전극을 환자의 흉골 위쪽과 왼쪽 겨드랑이 아래쪽 가슴에 부착하고 심전도 모니터에 연결한 다음 전기 신호의 강도를 조절하면 된다.

다행히 외부형 박동조율을 시작하자 환자의 증상은 호전되었고 곧 명료한 의식을 찾았다. 나는 응급실 담당 내과 2년차 레지던트에게 환자를 인계했고 환자는 심장내과 중환자실로 입원했다.

3

중환자실에 입원한 후 환자는 나의 관심에서 멀어졌다. 지속

적으로 관심이 기울여지거나 강렬한 인상을 남기는 환자는
의사 입장에서는 솔직히 달갑지 않다. 응급실에서의 진단과
처치, 해당 임상과와 협력, 환자와 보호자의 협조가 순조롭
게 진행되어 잘 회복한 환자일수록 쉽게 잊어버리기 마련이
다. 그래서 우연히 길거리나 병원 로비에서 마주쳤을 때 환
자와 보호자는 환하게 웃으며 "혹시 그때 응급실에 계셨던
의사 선생님 아니세요?"라고 반갑게 얘기하지만 정작 나는
상대를 기억하지 못하는 경우가 가장 긍정적이다. 그런 측면
에서 이 책에 실린 사례들은 응급실에서의 진단과 처치, 해
당 임상과와 협력, 환자와 보호자의 협조 가운데 무엇이라도
문제가 생긴 경우가 대부분이다. 지금까지는 '응급실에서의
진단과 처치' 그리고 '해당 임상과와 협력'이 순조롭지 않았
던 사례를 주로 다루었다면 이번은 '환자와 보호자의 협조'
에 문제가 생긴 경우다.

물론 응급실에서는 환자와 보호자 모두 나의 진료에 협
조했고 중환자실로 입원하면서 '감사하다'는 말도 건넸다. 그
러나 며칠 후 심장내과 담당 3년차 레지던트가 곤혹스러운
표정으로 찾아왔다. 보호자들이 의료사고를 주장하기 시작
했기 때문인데 내용이 황당했다. 분당 맥박수가 15회에 불

과하여 혈압이 제대로 측정되지 않고 의식 없던 환자가 의식을 회복한 상태로 중환자실에 입원했고 다음 날 박동조율기 삽입에 성공해서 '걸어서 퇴원'이 가능한 상태가 되었으나 보호자들은 치아 손상을 문제 삼아 의료사고를 주장하기 시작했다. 기관내삽관을 시행할 때 의사의 실력이 좋지 않으면 치아를 부러뜨릴 수 있다. 그러나 환자의 경우 기관내삽관은 한 번에 성공했고 부러진 치아도 없었다. 그런데 보호자들은 '원래부터 치아가 좋지 않아 틀니를 하려고 했는데 이번에 기관내삽관을 하고 치료받으면서 원래 나쁘던 치아가 더 나빠졌으니 병원 측에서 임플란트 비용을 부담하라'며 1천만 원이 훌쩍 넘는 돈을 요구했다. 의학 지식이 없는 사람이 봐도 고개를 갸웃거릴 만큼 이상한 논리였다. 기관내삽관을 하면서 치아가 부러졌으니 배상하라는 것이 아니라 원래 틀니를 계획했을 만큼 치아가 나빴는데 이번에 더 나빠졌으니 배상하라는 논리도 이상했고 원래부터 틀니를 계획했는데 갑작스레 모든 치아에 대해 임플란트를 요구하는 것은 더욱 이해하기 어려웠다. 당연히 심장내과 3년차 레지던트는 의료사고에 해당할 가능성이 작다고 얘기했으나 보호자들은 막무가내였고 결국 나와 면담을 주선할 수밖에 없었다.

"아시겠습니까? 이런 상황이었습니다. 의식이 없고 혈압이 측정되지 않는 환자라 기관내삽관은 필수적이었습니다. 덧붙여 말하면 그런 상태를 초래한 원인을 찾는 데 상당한 시간이 걸릴 수도 있었습니다만 바로 극단적인 서맥이 원인이며 서맥의 원인도 심근경색 같은 문제가 아니라 동기능부전증후군이라는 것을 단번에 알아내서 적절히 치료했습니다. 그래서 응급실에 도착한 지 30분도 지나지 않아 혈압이 정상으로 돌아오고 의식을 되찾았습니다. 덕분에 기관내관이 삽입된 시간도 30분 정도였습니다. 그런데 원래부터 상태가 좋지 않아 틀니를 계획하던 치아에 대해 임플란트를 요구하는 것은 좀 뜬금없지 않습니까?"

그녀는 입을 열었으나 '음' 하는 소리만 낼 뿐이었다. 나의 말을 받아칠 만한 적절한 단어를 찾는 데 어려움을 겪고 있었다. 이제 마무리 공격을 가할 차례였다.

"혹시 동물의 왕국 본 적 있습니까? 호랑이, 사자, 늑대, 독수리, 영양, 코끼리 같은 동물이 나오는 다큐멘터리 말입니다. 거기 보면 대머리독수리나 하이에나 같은 동물은 썩은 고기를 귀신같이 잘 찾아냅니다. 썩은 고기뿐 아니라 상처 입은 동물도 기가 막히게 찾아내죠."

그녀의 눈이 조금 커졌다. 갑자기 동물의 왕국이라니. 영문을 모르겠다는 표정이었다. 그러나 나는 개의치 않고 여유 있게 말을 이었다.

"인간 세상도 마찬가지입니다. 흔히 브로커라고 하는데, 뭐 그게 적절한 표현인지 모르겠습니다만, 큰 병원에서 의료사고가 발생하면 경찰보다 빨리 가족분들에게 접근하는 사람들이 있습니다. 보호자는 대부분 의료인이 아니라 자칫 중요한 것을 지나칠 수 있거든요. 그런 부분을 도와주고 그에 따른 대가를 받아 살아가는 사람들이죠. 대머리독수리와 하이에나가 썩은 고기와 상처 입고 죽어가는 동물을 신속하게 찾아내듯 브로커들도 마찬가지입니다. 병원이 잘못하고 실수해서 큰일이 벌어지면 귀신같이 알고 환자의 가족들을 찾아가죠. 그런데 이번에 그런 브로커들 만나 보셨나요?"

그녀는 여전히 맞받아칠 단어를 찾기 위해 노력하는 듯했다. 이마 주름이 잡힐 정도로 찌푸리며 생각했으나 이번에도 적절한 단어를 찾지 못했다.

"아마 한 명도 없을 겁니다. 왜 그럴까요? 이유는 간단합니다. 여기서는 썩은 고기의 냄새도 맡을 수 없고 상처 입은 동물이 흘리는 피 냄새도 맡을 수 없기 때문입니다. 그러니까 의료사고가 아니란 것이죠. 이런 일에 끼어 봤자 떨어지는 떡고물 따위 전혀 없을 것이니 알아서 오지 않는 것입니다."

그녀는 한참 동안 말이 없었다. 그러다가 '알겠다'고 말하며 자리를 피하려 했다.

"아닙니다. 억울한 것이 있다면 끝까지 포기하지 마세요. 대한민국은 법치국가입니다. 억울한 사람을 구제하고 정의와 불의를 구분하여 심판하는 것이 바로 공권력이 해야 할 일입니다. 브로커가 붙지 않더라도 꼭 경찰서에 찾아가서 이 일을 고발하세요. 아니면 변호사라도 만나 보세요. 이 응급실에서 억울한 일이 있었고 제가 잘못을 저질렀다면 당연히 그에 따른 대가를 감당해야 하지 않겠습니까?"

나는 황급히 응급실을 떠나는 그녀의 등 뒤에서 크게 소리쳤다.

4

그 후로 그녀는 물론이고 다른 보호자도 응급실에 나타나지 않았다. 후에 총무팀 직원에게 그 일의 진행을 넌지시 물어보니 너털웃음을 터트리며 이렇게 대답했다.

"그게 말이죠. 어처구니없는 이유로 계속 항의해서 말입니다. 나중에는 그냥 고소하라고 했는데도 고소하지 않고 하도 귀찮게 해서 20만 원 주었습니다. 다시는 시끄럽게 하지 않는다는 각서 받고 그냥 20만 원 주었어요. 너무 귀찮아서요."

에베레스트 정상에서 소시지 굽는 방법

1

교수 연구실이 자리 잡은 신관 복도는 조용했다. 병동이 위치한 본관이 의료진, 환자, 보호자, 방문객으로 하루 내내 북적이는 것과 대조적이었다. 나는 문을 두드리기 전에 옷차림을 살폈다. 평소보다는 단정했으나, 하얀 의사 가운 아래 흰색 셔츠를 입고 짙은 색 넥타이를 매고 끈으로 묶는 구두를 신은 모습과는 거리가 멀었다. 흰색 셔츠가 아니라 녹색 당직복을 입었고 당연히 넥타이는 없었으며 끈으로 묶는 구두 대신 크록스를 신었다. 물론 잠깐이나마 셔츠를 입고 넥타이를 매야 할지 고민했었다. 그러나 레지던트 숙소에 있는 내 캐비닛을 아무리 뒤져도 마음에 드는 셔츠와 넥타이가 없었다. 한참 뒤진 끝에 검은 셔츠와 유행 지난 붉은 넥타이를 찾았으나 그 조합은 녹색 당직복보다도 이상했다. 더구나 내가 꼭 똘똘이 교수의 복장 규정을 지킬 필요는 없었다. 똘똘이 교수는 유능한 사람이라 충분히 존경스러웠으나 그렇다고 비굴하게 굽신거리고 싶지는 않았다. 생각하면 응급의학과 레지던트인 내가 재활의학과의 복장 규정을 따를 필요도 없었다. 그래도 긴장되는 것은 확실했다. 한 번 심호흡하고 문을 두드렸다.

"누구시죠?"

문 너머에서 똘똘이 교수의 목소리가 들렸다. 나는 목소리를 가다듬고 대답했다.

"응급의학과 4년차 곽경훈입니다. 드릴 말씀이 있어 찾아왔습니다."

그러자 도어록을 해제하는 소리가 들렸다. 나는 천천히 문을 열고 들어갔다.

"연락도 없이 불쑥 찾아와서 죄송합니다."

고개 숙여 인사하며 말했다. 똘똘이 교수는 천천히 고개를 끄덕였다. 50대에 접어든 똘똘이 교수는 재활의학과 선임교수였고 뇌재활이 전문 분야였으며 'SCI 논문을 찍어내는 남자'로 유명했다. 그는 평균에서 크게 벗어나지 않는 체구에 잘생긴 얼굴은 아니나 강단 있고 똑똑한 인상을 남기는 외모를 지녔다. 교수들 가운데 나름 품위 있고 매너 좋은 부류에 속했으나 재활의학과 레지던트들에게는 아주 엄격했다. 하얀 셔츠, 짙은 색 넥타이, 끈으로 묶는 구두 같은 재활의학과의 복장 규정도 똘똘이 교수가 만들었다.

"재활의학과의 드레스코드를 알고 있습니다만 미처 갖추지 못했습니다. 혹시 불쾌하셨다면 죄송합니다."

그러자 똘똘이 교수는 신경 쓰지 말라는 표정으로 말했다.

"괜찮네. 응급의학과에는 응급의학과에 맞는 복장 규정이 있겠지. 응급의학과 의사가 셔츠와 넥타이를 말끔히 차려입고 일할 수는 없지 않나."

나는 고개를 조금 숙이며 "감사합니다."라고 말했다.

"그런데 무슨 일로 여기까지 찾아왔나?"

똘똘이 교수가 이유를 완전히 모르는 것 같지는 않았다. 짐작하는 것이 있으나 확인을 위해 묻는 듯했다.

"응급실 환자 때문에 찾아왔습니다."

2

사건은 열흘 전에 시작했다. 근위축측삭경화증, '루게릭병'으로 알려진 질환을 앓는 50대 환자가 119 구급대를 통해 응급실에 도착했다. 도착 당시 혈압과 맥박, 체온은 정상 범위였으나 심한 통증에만 겨우 반응할 정도로 의식 저하가 심했다. 근육이 점진적으로 기능을 잃는 루게릭병은 결국 호흡 근육과 심장 근육이 기능을 잃어 사망하는데, 환자 역시 호흡 근육 약화로 혈액 내 이산화탄소 수치가 증가해서 의식 저하가 나타나는 이산화탄소 혼수에 해당했다. 다만 환자는 겨우 6개월 전 루게릭병이 발병한 상태로 예외적으로 악화 속도가 빨랐다.

그래도 근육병 환자의 이산화탄소 혼수에 대한 응급 처치는 어렵지 않았다. 기관내삽관을 시행하고 인공호흡기를 연결하자 엄청나게 솟구쳤던 혈액 내 이산화탄소 농도가 정상 범위로 돌아왔고 환자는 의식을 찾았다.

그러나 이번에도 문제는 그때부터 시작했다. 응급의학과

3년차 레지던트 시절 담당했던 20대 근육병 환자는 낮잠에서 깨어나지 못한 사례였다. 그러나 이번 루게릭병 환자는 깨어 있는 상태에서 갑작스레 의식을 잃었다. 언뜻 큰 차이 없어 보이나 근육병 환자의 호흡 재활에서 두 환자의 차이는 크다. 깨어 있을 때는 별다른 문제가 없으나 잠들면 이산화탄소 수치가 급격히 증가해서 이산화탄소 혼수에 빠지는 환자에게는 비침습성양압환기가 가능하다. 다시 말해 목 앞부분을 절개해서 통로를 만드는 기관절개술을 시행하지 않고 얼굴에 밀착하는 마스크를 사용하는 방식으로 인공호흡기를 연결할 수 있다. 깨어 있는 동안에는 이산화탄소 수치가 심하게 증가하지 않으니 밥을 먹거나 대화를 나누는 짧은 시간 동안 마스크를 벗고 인공호흡기 사용을 중지할 수도 있고 상처를 내지 않는 비침습적 방법이라 합병증도 적다. 그러나 잠들었을 때만 이산화탄소 수치가 증가하는 것이 아니라 깨어 있을 때도 위험할 정도로 이산화탄소 수치가 증가해서 의식을 잃는 환자는 그런 비침습성양압환기가 불가능하다. 비침습성양압환기의 모든 장점에도 불구하고 그 단계까지 악화한 환자에게는 그런 방식으로는 충분한 산소를 공급할 수도 없고 혈액 내 이산화탄소 농도를 정상 범위까지 낮출 수도 없다. 그래서 어쩔 수 없이 목 앞부분을 절개하여 기관으로 바로 이어지는 통로를 만드는 기관절개술을 시행해서 인공호흡기를 연결할 수밖에 없다. 안타깝게도 루게릭병에 걸린 50대 환자는 후자에 해당했다. 그런데 '호흡 재활 전문가'를 자처하는 마녀 교수는 그렇게 생각하지 않았다. 그녀는 기관절개술 대신 비침습성양압환기가 가능하다고 생각하고는 환자를 담당하겠다며 큰소리치면서도 재활의학과 병동으로 입원시키지 않고 응급실에 머무르게 했다.

"곽경훈 선생이 이 환자에게 기관내삽관하고 인공호흡기 연결했나요?"

환자가 응급실에 머무른 이틀째 아침 마녀 교수가 다가와서 말했다. 아침 회진 끄트머리에 루게릭병 환자를 보기 위해 내려온 듯했는데 마녀 교수가 내게 다가와 말을 거는 순간 회진에 따라나선 재활의학과 4년차 레지던트와 2년차 레지던트의 얼굴이 하얗게 질렸다. 둘 다 다음에 벌어질 상황을 예상했기 때문이다.

"곽경훈 선생이 호흡 재활이나 인공호흡기 치료를 잘 몰라서 그런 것 같은데 이런 환자에게 기관내삽관과 인공호흡기 치료는 오버예요, 오버. 뭐, 경험이 부족한 레지던트이고 응급의학과니까 그럴 수 있지만 다음부터는 이런 환자가 오면 그냥 암부백으로 몇 번 호흡시켜 주세요. 그러면 의식을 바로 찾는답니다. 그다음부터는 나 같은 호흡 재활 전문가가 할 일이죠. 이번 환자는 쓸데없이 기관내삽관하고 인공호흡기를 연결한 덕분에 일이 꼬였지 뭐예요."

너무 어이없는 말이라 처음에는 화도 나지 않았다. 마녀 교수가 호흡 재활에 아는 것이 정말 있기나 할까? 호흡 재활을 위해 마녀 교수에게 입원한 근육병 환자의 인공호흡기 설정에 문제가 생기면 재활의학과 담당 레지던트는 마녀 교수가 아니라 내게 연락했다. 마녀 교수에게 연락해 봤자 아무런 해결책도 얻을 수 없고 욕만 먹기 때문이다. 그러고 보면 마녀 교수가 '호흡 재활 전문가'로 쌓아 올린 영향력은 내가 없다면 아예 가능하지 않았다.

"그렇지만 이런 말이 곽경훈 선생을 무시하는 것은 아니니 기분 나빠지는 말았으면 해요. 응급의학과 레지던트 수준에서 그 정도면 아주 훌륭해요."

세상을 '영웅'과 '악당'으로 나누어 본다면, 극소수의 영웅과 소수의 악당 그리고 다수의 평범한 인간이 존재한다. 또 다른 측면에서 보면 '똑똑이'와 '멍청이'로 나눌 수도 있다. 이때 '멍청이'의 가장 큰 특징은 자신에 대한 객관적 평가가 가능하지 않고 남에 대해서도 마찬가지라는 점이다. 마녀 교수가 악당에 속하는 것은 그 상황에서 큰 문제가 아니었으나 멍청이에 속하는 것은 아주 심각한 문제였다. 다른 멍청이처럼 마녀 교수 역시 자신을 과대평가하고 상대, 그러니까 나를 과소평가하는 실수를 저질렀기 때문이다.

"그렇습니까? 그럼 호흡 재활 전문가시니 잘 아시겠습니다만 호흡 재활에는 크게 두 시기가 존재합니다. 깨어 있는 동안에는 이산화탄소 혼수가 나타나지 않으나 수면할 때 자주 이산화탄소 혼수에 빠지는 단계와 깨어 있는 동안에도 이산화탄소 혼수가 나타나는 단계죠. 수면 중에만 이산화탄소 혼수가 나타나는 단계에서는 비침습성양압환기가 가능합니다만 깨어 있을 때도 이산화탄소 혼수가 나타나는 환자는 기관절개술을 하고 인공호흡기를 연결할 수밖에 없습니다. 호흡 재활에 대한 여러 리뷰와 가이드라인을 찾아봐도 이 치료 원칙에는 큰 차이가 없습니다. 그러니 이 환자는 교수님 판단과 달리 비침습성양압환기가 아니라 기관절개술이 필요합니다. 물론 교수님에게 지금껏 전문가들이 발표하고 유명 학회지에서 인정한 치료 원칙을 반박할 수 있는 주장과 그걸 뒷받침할 수 있는 과학적 증거가 있다면 얘기는 다르겠지만요. 그렇지는 않으시죠?"

마녀 교수의 얼굴이 싸늘하게 굳었다. 그녀의 표정을 확인한 나는 반대로 의기양양한 미소를 머금고 말했다.

"그렇지만 이런 말이 교수님을 무시하는 말은 아니니 오해 없으시길 바랍니다. 기분 나빠하지도 마세요. 뭐, 인공호흡기를 사용한 진료 경험이 일천하면 그럴 수도 있죠."

마녀 교수의 얼굴은 싸늘하게 굳어가다 분노에 끓어올랐다. 그래서 흰색과 붉은색이 어지럽게 섞인 반죽처럼 변했는데 마녀 교수의 표정보다 재활의학과 레지던트들의 표정이 재미있었다. 그들은 지구 종말의 핵전쟁을 목격한 병사 같은 표정이었다.

어쨌거나 마녀 교수는 제대로 반박할 말을 찾지 못한 상태로 모욕감에 부르르 떨며 응급실을 떠났다. 나는 마녀 교수가 자신의 한계를 인정하고 루게릭병 환자를 다른 대학병원으로 전원하거나 중환자실로 입원시켜 기관절개술을 시행하리라 생각했다. 그러나 그녀의 선택은 나의 예상을 벗어났다. 마녀 교수는 환자를 전원하지도 않았고 입원시키지도 않았다. 그녀는 환자를 응급실 중환자 구역에 머무르게 하고는 비침습성양압환기를 시행했다.

당연히 비침습성양압환기는 시도할 때마다 실패했다. 이미 루게릭병이 너무 많이 진행해서 비침습성양압환기로는 산소를 충분히 공급하지도 못했고 이산화탄소를 확실히 제거하지도 못했다. 그뿐만 아니라 환자는 얼굴에 밀착시켜야 하는 마스크를 두려워했다. 예외적으로 진행이 빠른 루게릭병으로 이미 심리적 스트레스가 많은 상황에서 비침습성양압환기를 시행하기 위해 마스크를 얼굴에 밀착시키자 환자는 공황발작(panic attack)을 일으켰다. 기관내관을 제거하고 비침습성양압환기를 시도할 때마다 심각한 호흡부전이 발생했다. 심지어 심정지 직전으로 치닫기도 했다. 마녀 교수는 당연하고 재활의학과 레지던트 가운데 누구도 기관내삽관을 시행하지 못해 그럴 때마다 나와 응급의학과 2년차 레지던트가 재차 기관내삽관을 시행하고 인공호흡기를 연결해 환자를 위기에서 구해냈다.

그런 상황에도 불구하고 마녀 교수는 자신의 잘못된 판단을 고집했다. 그래서 환자가 응급실에 머무르는 열흘 남짓한 기간 동안 마녀 교수가 기관내관을 제거하고 비침습성양압환기를 시행하다 환자가 호흡부전에 빠지면 우리가 기관내삽관을 재차 시행하고 인공호흡기를 연결해 죽음의 문턱에서 환자를 되돌리는 일이 다섯 차례나 발생했다. 원래부터 말만 번지르르할 뿐 무책임하던 마녀 교수는 겁까지 집어먹어 나중에는 응급실에 나타나지 않은 채 재활의학과 레지던트에게 전화해서 '비침습성양압환기를 시행하고 결과를 보고하라'는 명령만 내렸다.

그 상황을 해결하기 위해 나는 마녀 교수의 상급자, 그러니까 재활의학과의 선임교수인 똘똘이 교수를 찾아가 담판 짓기로 결심했다.

3

나는 똘똘이 교수에게 자초지종을 상세히 얘기했다. 루게릭병 환자의 상태와 현재 진행되는 치료는 물론이고 근육병의 호흡 재활에서 비침습성양압환기를 사용할 수 있는 상황과 기관절개술을 시행해야 하는 상황도 설명했고 근거로 삼는 치료 방침이 담긴 논문들도 얘기했다. 한참 동안 말없이 얘기를 듣던 똘똘이 교수가 침묵을 깨고 입을 열었다.

"알겠네. 임상의사로 곽경훈 선생이 내린 판단에는 동감하네. 충분히 합리적이라 생각해. 다만 환자의 주치의는 마녀 교수가 아닌가? 곽경훈 선생의 판단이 옳다고 해도 환자에 대한 책임을 지는 사람은 주치의네. 그리고 임상적 결정은 선과 악, 정의와 불의로 구분할 수 있는 문제가 아닐세. 따라서 내가 아무리 선임교수라도 마녀 교수에게 곽경훈 선생의 판단을 따르라고 얘기할 수는 없네. 이해해 주길 바라네."

똑똑한 똘똘이 교수다운 판단이었다. 그러나 예상하지 못한 진행은 아니었다. 오히려 기다리던 얘기였다.

"맞습니다. 주치의가 책임지는 것이니 주치의의 판단에 이래라저래라 할 수 있는 권한은 누구에게도 없습니다. 그러나 현재 마녀 교수는 환자를 응급실 중환자 구역에 두고 있습니다. 그리고 항생제 투여, 수액 투여, 정맥 주사를 통한 영양제 투여 등 환자의 전반적인 관리를 우리 응급의학과 레지던트들에게 의존하고 있습니다. 그뿐만 아니라 기관내관을 제거하고 비침습성양압환기를 시행하다 환자가 호흡부전에 빠질 때마다 저와 응급의학과 2년차 레지던트가 기관내삽관을 시행하고 인공호흡기를 연결해서 환자를 위기에서 구해 내고 있습니다. 응급의학과의 시설뿐 아니라 응급의학과 의료진의 전문적인 기술에 의존하고 도움을 받으면서도 환자에 대한 저희의 판단을 깡그리 무시하는 것이 과연 합리적인 일일까요? 저는 그렇게 생각하지 않고 그래서 무례를 무릅쓰고 교수님을 찾아온 것입니다."

똘똘이 교수와 나 사이에 짧은 침묵이 흘렀다. 심각한 표정을 짓던 똘똘이 교수는 곧 밝은 미소를 띠며 말했다.

"곽경훈 선생의 말이 합리적이네. 이 문제는 내가 오늘 중으로 꼭 해결하겠네."

내가 바란 결과였다. 마녀 교수나 미니무스 교수와 달리 똘똘이 교수는 자신의 말에 책임을 지는 사람이었다. 나는 고개 숙여 인사하며 말했다.

"이렇게 무례하게 찾아와서 죄송합니다."

그러자 똘똘이 교수는 껄껄 웃으며 대답했다.

"아니야. 환자를 생각하는 마음이 있으니 여기까지 찾아온 것이지."

4

에베레스트 정상에서 소시지 굽는 법을 알고 있나? 아마도 모를 것이다. 당신뿐 아니라 대부분은 에베레스트 정상에서 소시지 굽는 법을 모른다. 그래서 어떤 사람이 에베레스트 정상에서 소시지를 구우면서 새까맣게 태우고 '원래 에베레스트 정상에서 소시지를 구우면 이렇게 된다'고 주장해도 거짓인지 아닌지 확인할 수 없다. 그걸 확인하는 방법은 다른 누군가가 에베레스트 정상에 올라 소시지를 구워 보는 것뿐이다. 그래서 소시지 하나 제대로 굽지 못해 새까맣게 태우는 요리 젬병도 짧은 시간은 '에베레스트의 소시지 굽기 달인'으로 행세할 수 있다.

비슷한 이유로 소아 재활이 전문이고 호흡 재활에 대해서는 지식이 전혀 없던 마녀 교수가 '호흡 재활 전문가'로 행세할 수 있었다. 그런데 문제는 마녀 교수는 에베레스트에 오른 적도 없고 소시지를 구운 적도 없다는 부분이다. 마녀 교수는 늘 레지던트에게 지시했을 뿐이다. '산소 수치를 정상 범위로 맞추어라', '이산화탄소 수치를 정상 범위로 맞추어라', '혈압을 낮추어라', '혈압을 높여라', 마녀 교수는 '결과'를 지시할 뿐 그 결과를 얻는 방법은 아무것도 제시하지 않았다. 자신은 에베레스트 정상과 아주 멀리 떨어진 곳에서 편안하게 지내면서 휘하 레지던트를 대신 보냈을 뿐이다. 소시지 굽는 방법은 당연하고 에베레스트를 오르는 방법도 알려 주지 않았고 필요한 장비를 주지도 않았다. 마녀 교수는 '에베레스트 정상에 올라가서 소시지를 잘 구워서 보고하라'고 얘기했을 뿐이다.

똘똘이 교수의 중재로 환자는 중환자실로 입원했다. 마녀 교수는 거기서도 비침습성양압환기에 대한 미련을 버리지 못했다. 비침습성양압환기를 하던 중 환자는 호흡부전에 빠졌고 이번에는 기관내삽관도 실패했다. 응급 기관절개술을 시행했으나 그마저도 성공하지 못해 환자는 사망했다.

초음파 악당

1

퇴근하는 걸음은 가벼웠다. '모든 임상과에서 입원을 거부한 환자'가 응급실 중환자실 구역에 누워 있을 때는 달콤한 오프조차 씁쓸하게 느껴지나 그날은 그런 환자가 없었다. 덧붙여 레지던트 신분으로 '마지막 정규 근무'를 마친 퇴근이기도 했다. 레지던트 인력이 부족해서 여전히 일주일에 1~2차례는 근무해야 하나 '레지던트 정규 근무 종료'가 주는 감회는 남달랐다. 아주 강렬하지는 않으나 성취감과 아쉬움, 자부심과 부끄러움이 섞인 감정이 가슴에 차올랐다. 사실 두드러지게 다른 것은 없었다. 여느 때처럼 24시간이 훌쩍 넘는 근무는 오전 10시에 끝났고 레지던트 숙소에서 2~3시간 눈을 붙인 다음 사복으로 갈아입고 밖으로 나왔다. 레지던트 숙소는 보호자 대기실 옆에 위치해서 병원 밖으로 가려면 보호자 대기실을 지나야 했다.

그런데 중년 남자가 보호자 대기실 의자에 앉아 울고 있었다. 나이와 비교해서 건장한 체격에 혈색 좋은 남자는 하얀 머리카락이 섞인 곱슬머리가 어울렸다. 유명한 트로트 가수를 떠올리게 하는 외모였는데 양손을 무릎에 대고 허리를 조금 숙인 상태였고 소리 없는 눈물이 하염없이 양쪽 볼을 타고 흘렀다. 보호자 대기실에서 흐느껴 우는 사람과 마주하는 것은 특별한 일이 아니나 사내가 낯익어 걸음을 멈출 수밖에 없었다.

"아니, 왜 아직 여기 있으세요?"

나는 허리를 숙여 왼손으로 사내의 어깨를 가볍게 흔들며 물었다. 사내는 눈물범벅이 된 얼굴로 나를 바라봤다.

"아, 선생님, 지금 퇴근하세요?"

사내는 지난밤 응급실에 실려 온 80대 환자의 보호자였다. 사내의 아버지로 추정되는 환자는 대장암으로 수술받고 오랫동안 투병했으나 최근 간을 비롯해 다발성 전이가 발견된 상태였다. 수술, 항암 화학요법, 방사선 치료 같은 적극적인 치료는 이제 의학적 의미가 없었다. 호스피스 치료를 받을 수 있는 병원에 입원해서 인간으로 존엄을 지키며 남아 있는 시간을 가족과 소중하게 보내고 죽음을 맞이하는 것이 최선의 치료였다. 지금껏 환자를 담당했던 일반외과 교수도 동의했고 환자와 보호자도 원했다. 그래서 근무를 마치기 전 전원할 요양병원을 결정했고 전원에 필요한 준비도 끝냈다. 그러니 보호자 대기실에서 사내가 울고 있는 것을 이해할 수 없었다.

"네, 이제 퇴근하는 길입니다. 그런데 무슨 일이 있었습니까? 요양병원으로 가지 않고 왜 여기서 울고 계세요?"

보호자는 얼굴을 찌푸리며 손으로 눈물을 한 번 훔치고는 말을 이었다.

"그게 말입니다. 아버지를 모시고 갈 사설 구급차까지 도착했는데 응급의학과 교수란 사람이 그걸 막았어요. 그러면서 저를 야단치지 뭡니까. 천륜을 어긴 자식이라고요. 아버지가 아직 살아 있으니 할 수 있는 모든 것을 다 해야지 이렇게 포기하는 것은 자식 된 도리가 아니라고 하면서 전원을 막지 뭡니까. 응급의학과 교수란 분이 그러니 다른 의사들은 아무것도 못하고요. 일반외과 교수님한테 말씀드리러 외래에 갔더니 오늘은 수술하는 날이라 계시지 않더군요."

황당했다. 기가 막혔다. 다발성 전이가 있는 말기 암 환자다. 수술, 항암 화학요법, 방사선 치료 같은 적극적 치료가 더 이상 의미 없다. 호스피스 치료를 통해 인간다운 죽음을 맞이하도록 도와주는 것이 바람직했다. 환자를 오랫동안 담당했던 일반외과 교수까지 동의해서 확정된 치료 계획을 뒤집었을 뿐 아니라 보호자를 '천륜을 어긴 자식'으로 매도한 사람이 과연 누구일까? 어떤 인간에게 그런 권리가 있을까? 나는 조심스레 사내에게 물었다.

"혹시 그 응급의학과 교수란 사람이 키 작고 곱슬머리 아니던가요?"

그러자 사내는 고개를 몇 번 끄덕이며 대답했다.

"맞습니다. 양배추 머리였어요. 키 작고 양배추 머리를 하고 의사 가운을 입은 사람이었습니다!"

키 작고 양배추 머리를 한 응급의학과 교수라. 누군지 단번에 알아차릴 수 있었다. '초음파 악당' 외에는 '키 작고 양배추 머리를 한 응급의학과 교수'에 들어맞는 사람이 없었다.

"걱정하지 마세요. 제가 해결하겠습니다."

나는 응급실 안으로 성큼성큼 걸음을 옮겼다.

2

사복 차림으로 응급실에 나타났으나 처음에는 다들 별다른 관심을 보이지 않았다. 근무 시간이 아닐 때도 환자 상태를 확인하기 위해 응급실에 들른 적이 많았고 사복 차림일 때도 적지 않았기 때문이다. 그러나 성큼성큼 공격적으로 내딛는 걸음과 차가운 표정에서 응급실 인턴과 간호사 몇몇은 심상치 않은 분위기를 감지하고 숨죽인 채 나를 바라봤다.

"○○○ 환자를 계획했던 것처럼 요양병원으로 전원합니다. 진료의뢰서 출력하고 사설 구급차 부르세요."

순식간에 응급실이 조용해졌다. 폭풍이 몰아치기 전 들이닥치는 불길한 고요 같았다. 예상대로 응급실 한쪽에서 '키 작은 양배추 머리' 그러니까 '초음파 악당'이 나타났다.

"곽경훈 선생, 무슨 말인가? 그 환자는 입원해서 적극적 치료를 해야 해!"

적극적인 치료라니? 다발성 전이가 확인된 말기 암 환자에게 적극적 치료라고? 레지던트인 나만의 견해가 아니라 일반외과 담당 교수도 동의하고 환자와 보호자도 원하는 호스피스 치료 대신 적극적 치료라고?

"선생님, 이 환자는 본원 일반외과에서 대장암으로 수술받고 오랫동안 치료했으나 최근 간 전이를 비롯한 다발성 전이가 발견되었습니다. 환자를 담당했던 일반외과 교수님도 호스피스 치료가 필요하다고 결정하셨습니다. 그런데 적극적인 치료라뇨? 그리고 어느 임상과로 입원시켜서 적극적으로 치료하실 건가요? 일반외과와 혈액종양내과는 다들 호스피스 진료가 필요하다고 결정했으니 응급의학과로, 그러니까 선생님 앞으로 입원시켜 보실 건가요?"

초음파 악당의 얼굴이 붉게 달아올랐다. 자신의 말을 반박한 것도 기분 나빴겠으나 '교수님'이 아니라 '선생님'으로 부른 것이 더 기분 나쁜 듯했다.

"곽경훈 선생! 나는 곽경훈 선생을 지도하는 교수야! 그런데 선생님이라니! 교수님으로 불러야지!"

웃겼다. 예상대로 초음파 악당은 '교수님'이란 호칭에 집착했다. 그런데 굳이 따지면 '교수'가 아니라 '임상교수'라 불러야 했다.

"제가 실례했군요. 임상교수님! ×××임상교수님! 그렇게 정확한 호칭에 집착하는 분이니 조교수로 임용받은 후부터 교수님이라 불러야겠죠. 지금은 임상교수 신분이지 않습니까? 그렇지 않나요? ×××임상교수님?"

초음파 악당은 화가 머리까지 치밀어 오른 듯했다. 그러나 나는 그에게 말할 기회를 주지 않았다.

"지난 4년 동안 미니무스 교수의 의사 놀이를 지켜봤어. 그래서 당신이 이동식 초음파 기계 가지고 돌아다니며 엉뚱한 부위에 초음파 하고 제대로 판독하지도 못하면서 비용 청구하는 것까지는 뭐라고 하지 않겠어. 미니무스 교수의 의사 놀이처럼 그게 당신에게는 인생의 낙일 테니까. 그리고 기껏해야 환자들에게 푼돈을 갈취해서 진료 수익을 올리는 조무래기 악당에 지나지 않으니까. 그런데 말기 암 환자의 보호자를 괴롭히는 것은 다른 문제야. 당신 같은 비열한 인간이 무슨 권리로 그런 짓을 하는 거야? 당신 아버지라면 그러겠어? 응급실 인턴들한테 교수님이라 부르라며 알량한 권위를 세우면서 괴롭히는 것은 그러려니 해도 이번 정도가 심하지 않나?"

거기까지 이르자 초음파 악당은 평정심을 완전히 잃고 소리치기 시작했다.

"뭐라고! 곽경훈! 나는 교수고 너는 레지던트다! 어디 무례하게! 어디서 배워 먹은 수작이야! 이 자식이!"

다른 멍청한 악당과 마찬가지로 초음파 악당도 독창성과 창의력이 부족했다. 너무 뻔한 말만 내뱉었다. 나는 피식 웃으며 맞받아쳤다.

"이봐, 당신! 예전에 근무하던 ×× 대학병원에서 아무 문제없이 그만둔 것이 아니지 않나? 군인으로 따지면 불명예 제대인 셈이라고 들었는데 아니야? 소문에 듣자 하니 응급실 인턴을 두들겨 패서 징계받고 교수가 될 가능성이 없어져서 자의 반 타의 반으로 그만두었다고 들었는데 어때? 나도 주먹질에는 소질이 좀 있거든. 게다가 교수인 당신한테 무례하게 굴고 있잖아. 이번에도 한번 주먹 날려 보지? 더구나 나를 패도 징계위원회에 갈 일은 없어. 그러니 당신이 교수가 되는 것에 문제도 없을 거라고. 어때? 남자가 이런 모욕을 참을 수는 없잖아. 당신은 교수이고 나는 레지던트인데."

그런데 초음파 악당의 반응이 너무 예상 밖이라 놀라웠다. 그는 손을 부르르 떨더니 갑자기 진료용 컴퓨터가 놓인 책상을 움켜잡았다. 혹시라도 끌려 나가 두들겨 맞을까 걱정하는 것처럼 그는 온 힘을 다해 양손으로 책상을 꽉 잡았다.

"곽경훈! 네가 이러고도 무사할 줄 알아? 어떡하든 네가 의사 노릇 못하게 만들어 주겠어!"

그때 나는 정말 초음파 악당을 책상에서 뜯어내 응급실 앞 주차장으로 데리고 갈까 고민했다. 물론 현실적으로 그 고민을 행동으로 옮기지는 않았겠지만, 마침 지켜보던 행정 직원이 다가와 조용히 말했다.

"곽경훈 선생, 참아요. 저 사람은 그럴 가치도 없어요."

확실히 그랬다. 그럴 가치도 없었다. 나는 흥분을 가라앉히고 응급실 간호사를 바라보며 말했다.

"자, 그럼 이제 ○○○ 환자를 계획대로 전원합니다. 사설 구급차 부르세요."

그렇게 레지던트 신분에서의 '응급실 정규 근무'는 마무리되었다.

3

레지던트 4년차 중반 무렵 초음파 악당이 새롭게 나타났다. 그는 우리 학교 출신은 아니었고 인근 의과대학을 졸업하고 같은 대학병원에서 인턴, 레지던트를 마쳤으며 전임의로 몇

년 일한 상태였다. 전임의를 몇 년 했던 것으로 미루어 그는 '의과대학 교수'가 되기를 간절히 바라는 부류였는데, 그가 근무하던 대학병원에서는 현실적으로 가능하지 않았다. 인턴 폭행으로 징계받은 전력은 그렇다 쳐도 심각하게 무능했고 권위적이었으며 가끔 사고 자체가 지리멸렬했기 때문이다. 그래서 자의 반 타의 반으로 해당 대학병원을 그만두었을 때 '막다른 골목'에 몰린 것이나 다름없었다. 그런데 미니무스 교수가 구원의 손길을 내밀었다.

미니무스 교수는 왜 초음파 악당에게 교수 자리를 제안했을까? 100% 단정할 수는 없으나 미니무스 교수의 그런 선택은 '진공관 교수가 남긴 교훈'일 가능성이 컸다. 응급의학과 전문의 3명이 근무하지 않아 지역응급의료센터가 취소될 위기에 마주한 미니무스 교수가 처음에는 '유능하고 착한 아랫사람이면 더욱 편해질 것'이란 순진한 생각에 수도권 대학병원에 간곡히 부탁해서 진공관 교수를 데려왔다. 그러나 미니무스 교수의 어리석고 순진한 생각과 달리 진공관 교수가 의욕적으로 일할수록 골치 아픈 일만 많아졌다. 진공관 교수가 특별히 반항적이거나 윗사람에게 도전적인 부류는 아니었으나 열심히 일하려 노력했고 자신의 자존심을 지키려 해서 이래저래 미니무스 교수와 부딪힐 수밖에 없었다. 그래서 미니무스 교수는 진공관 교수의 정식 임용을 막았다. 자신이 간곡히 부탁해서 데려온 사람을 쫓아낸 셈인데, 덕분에 신임교수를 구하는 일은 더욱 어려워졌다. 진공관 교수가 겪은 일이 알려지자 정상적인 사람은 누구도 미니무스 교수 아래에서 일하려 하지 않았기 때문이다. 마찬가지로 미니무스 교수 역시 정상적인 사람을 원하지 않았다. 그래서 미니무스 교수와 초음파 악당은 '하늘이 정해 준 단짝'에 해당했다. 초음파 악당은 '어디라도 좋으니 교수로 임용될 수 있는 곳'이 필요했고 미니무스 교수는 '무능하고 이상한 아랫사람'이 필요했기 때문이다.

그렇게 초음파 악당은 '임상교수'로 진료를 시작했다. 미니무스 교수 입장에서는 초음파 악당도 혹시 진공관 교수처럼 골치 아픈 존재가 아닐지 지켜볼 시간이 필요했기 때문인데, 다행히 초음파 악당은 미니무스 교수의 기대를 충족했다. 물론 초음파 악당은 미니무스 교수보다는 부지런했다. 아침 회진이 끝나면 응급실에서 찾기 힘든 미니무스 교수와 달리 초음파 악당은 자주 응급실에서 목격되었다. 또 초음파 악당은 이동식 초음파 기계를 가지고 있을 때가 많았는데 실제로 이동식 초음파 기계로 응급실 환자를 진료했다. 이미 복부 CT를 찍어 급성 충수염이나 급성 담낭염으로 진단받고 수술을 기다리고 있는 환자에게 복부 초음파를 추가로 시행하거나 뇌경색이나 폐렴으로 진단되어 입원 대기 중인 환자의 간, 쓸개, 신장에 '혹시 있을지도 모를 문제'를 찾기 위해 초음파를 시행하는 식이었다. 나중에는 중증 외상 환자에게도 온갖 초음파를 시행했다. 초음파 악당이란 별명이 붙은 것도 이런 진료 행태 때문이었는데, 불필요한 진료였다. 그나마 중증 외상 환자에게 시행하는 초음파는 신속하고 정확하게 병변을 찾아낼 수 있으면 유용했겠으나 초음파 악당의 초음파 실력으로는 어림없었다. '혈복강 없음'이라 진단한 경우에는 복부 CT를 찍으면 어김없이 혈복강이 관찰되었고 '신장 손상 없음'이라 진단한 경우에는 신장 손상이 있었다. 심지어 '간농양 없음'이라 진단한 환자에게도 간농양이 있었다. 그런데도 초음파 악당은 이동식 초음파 기계를 가지고 다니며 끊임없이 초음파를 시행했고 심지어 비용까지 청구했다.

그러면서 초음파 악당은 자신보다 약한 사람을 늘 괴롭혔다. 환자와 보호자 그리고 응급실 인턴이 해당했는데 그렇다고 배짱 좋은 악당은 아니어서 껄끄러운 존재와는 부딪히려 하지 않았다. 심지어 응급실 상주 내과 2년차 레지던트에게도 쩔쩔맸다. 그러니 나와는 부딪히지 않았다. 그러다가 나의 정규 근무가 끝나는 마지막 날 예상하지 못한 사건으로 부딪힌 셈이었다. 아마도 초음파 악당은 내가 아침에 퇴근했으리라 생각하고 환자와 보호자를 괴롭힌 것 같았다.

그렇게 나의 레지던트 시절은 마무리되었다. 그 후에도 몇 개월 동안 일주일에 두어 차례 근무했으나 부족한 레지던트 인력을 걱정한 자원 근무였다. (요즘에는 대부분 다음 해 1월이나 2월까지 근무하나 8년 전 그 시절에는 9월이나 10월에 근무를 종료하고 전문의 시험을 준비하는 것이 널리 퍼진 관행이었다.)

돌이켜 생각하면 4년 동안 '투쟁'에 가까운 시간을 보냈다. 글을 적다 보니 내가 허리춤에 권총을 차고 악당을 처단하는 거칠고 고독한 '황야의 보안관'처럼 묘사되었으나, 함께 근무한 레지던트와 인턴 상당수는 나를 싫어하고 미워했다. 그들의 술자리에서 나는 아주 좋은 안주였을 것이다. 덧붙여 나는 따뜻한 마음을 지닌 휴머니스트도 아니었고 친절하고 상냥한 의사도 아니었다. 중증 질환에 걸린 환자를 위해 최선을 다했고 때때로 윗사람과 부딪히고 이런저런 악명과 불이익도 두려워하지 않았으나 모두 '의사의 자존심'을 지키기 위해서였을 뿐이다. 의사란 전문직에 수반되는 직업 윤리를 지키지 못하면 그에 맞는 명예도 요구할 수 없다고 생각했기 때문이다.

그래서 나는 지극히 개인적인 투쟁을 벌였다. 4년 동안 열심히 일한 것은 사실이나 4년차 레지던트가 되고 응급의학과 의국장이 되어서도 응급실 시스템을 개선하려는 노력은 전혀 하지 않았다. 미니무스 교수가 그런 시도를 허락할 가능성도 작았고 레지던트가 할 수 있는 일에 한계가 명확하기도 했으나, 그런 부분에 아예 관심을 기울이지 않았다고 보는 게 맞겠다. 그런 부분을 개선하기 위해서는 보다 높은 지위와 강한 힘이 필요하다고 생각했기 때문이다. 언젠가 교수가 되면 그럴 기회도 가질 수 있으리라 기대했다.

그러나 나에게 그런 기회는 오지 않을 것이다. 미니무스 교수와 초음파 악당은 나의 귀환을 절대 허락하지 않을 것이다. 그뿐만 아니라 도련님 교수, 곰돌이 교수, 마녀 교수 같은 사람들도 여전히 건재할 뿐 아니라 더욱 강화된 위치에 올랐다. 그러니 '사슴이 장대에 올라 비파를 켜는 세상'이 오지 않는 이상 나는 그 응급실에 돌아갈 수 없다.

괴물의 뱃속에서 살아남는 방법

'소아마비로 인한 하반신 마비'란 장애를 딛고 대통령에 선출되어 1933년부터 1945년까지 미국을 이끈 프랭클린 루스벨트. 그는 '장애를 이겨낸 인간 승리'에 그치지 않고 대공황을 수습하고 2차 대전을 승리로 이끌었다. 그러나 그런 프랭클린 루스벨트조차 '일본인은 심한 근시라 전투기 조종사가 될 수 없다'고 생각했다. 심지어 일본이 전쟁을 일으킬 가능성이 크다고 판단하면서도 선입견에 사로잡혀 과소평가했다. 그런 태도는 영국도 마찬가지였다. 일본이 러일전쟁에서 러시아 발틱 함대를 격파하고 만주 군벌을 손쉽게 제압하는 것을 지켜보면서도 그들은 막연하게 '일본은 싱가포르를 함락시킬 수 없다'고 판단했다.

태평양전쟁이 시작되자 그런 선입견은 산산이 부서졌다. 일본 해군 항공대는 진주만을 기습하여 미국 태평양 함대에 치욕스러운 패배를 안겼고 일본 육군은 말레이 반도의 밀림을 뚫고 행군하여 싱가포르를 함락시키고 엄청난 숫자의 영국군을 포로로 잡았다. 미국과 영국 수뇌부는 비싼 대가를 지불한 후에야 자기네가 맞서 싸워야 할 적이 '전투기를 제대로 몰 수 없는 심한 근시의 뻐드렁니'나 '쌀밥과 생선을 먹는 왜소한 원숭이 인간'이 아니라 '죽을 때까지 싸울 준비가 된 무시무시한 전사'임을 깨달았다.

그렇다면 당시 일본군은 정말 훌륭한 군대였을까? 진주만에서 미국 태평양 함대를 무찔렀고 말레이 반도에서 싱가포르를 함락시켰으며 영국 해군의 자존심인 전함 '프린스 오브 웨일즈'를 격침시켰으니 훌륭한 군대라 판단할 수도 있다. 실제로 태평양전쟁 초기 미군 조종사는 일본군의 '제로 전투기'를 보기만 해도 공포에 질렸다.

그러나 미국과 영국이 지닌 동양인에 대한 선입견과 기습의 장점을 이용하여 얻은 초반의 찬란한 승리에도 불구하고 당시 일본군을 훌륭한 군대라 평가하기는 어렵다. '명령에 살고 명령에 죽는다'는 군대의 특성을 감안해도 일본군의 상명하복은 지나쳐서 최전선에 있는 현장 지휘관의 판단이 무시되고 후방에서 화약 냄새 한 번 맡지 않고 안락하게 지내는 장군의 결정에 따라 일이 진행되었다. 그런 경직된 의사 결정 구조로는 시시각각 변하는 전장의 상황에 대처하기 어려웠다. 또 일본군은 현실적으로 의미 없는 명분에 지나치게 집착했다. 예를 들어 일본군은 모든 소총에 벚꽃 문양을 새겼다. '천황의 하사품'이란 상징적 의미밖에 없음에도 불구하고 그 벚꽃 문양을 새기기 위해 자원을 낭비했다. 나아가 모든 무기가 '천황의 하사품'이라 다른 군대라면 기관총이나 대포 같은 중화기를 적이 사용하지 못하도록 파괴하고 후퇴하는 상황에서도 일본군은 '천황의 하사품' 곁을 지키다가 죽었다. 나중에는 '천황의 영토를 한 뼘도 포기할 수 없다'며 후퇴하지 않다가 몰살당했고 심지어 집단 자살도 빈번했다. 그런데 이른바 '전원 옥쇄'란 이런 현상은 병사와 하급 장교에 국한되었다. 훈장과 별을 주렁주렁 단 고위 장성일수록 '명예로운 옥쇄' 대신 '부끄러운 생존'을 선택했다. 몇몇 예외를 제외하면 고위 장성은 부하만 죽음으로 몰아넣고 자신은 살기 위한 노력을 아끼지 않았다. 근본적으로 그들은 '국민을 지킨다'는 목적을 지닌 군대가 아니었다. 당시 일본군은 '국민의 군대'가 아니라 천황 개인에 충성하는 사병 집단에 불과했다.

일본군은 결국 태평양전쟁에서 패배할 수밖에 없었고, 그들은 '훌륭한 군대'가 아닌 정도가 아니라 평균에도 미치지 못한 군대였다.

레지던트 시절 경험했던 대학병원도 태평양전쟁 당시 일본군과 비슷했다. 이 책을 읽으며 적지 않은 사람이 '어떻게 이런 병원이 있을까?', '설마 대학병원이 모두 이런 수준은 아니겠지?'라는 의문을 떠올렸을 텐데 실제로 이 책에 등장하는 대학병원도 아주 형편없지는 않았다. 그 무렵에도 안과와 일반외과에는 훌륭한 평판을 지닌 우수한 의료진이 많았다. 성형외과에는 '한국 최초 팔 이식'을 시도할 만큼 세계적으로 인정받는 의료진이 있었다. 소아과에서는 지방에 위치한 대학병원 가운데 드물게 골수이식과 항암 화학요법을 활발하게 시행했다.

그러나 모든 장점에도 불구하고 선임교수, 정교수, 부교수, 조교수, 임상교수, 전임의, 4년차 레지던트, 3년차 레지던트, 2년차 레지던트, 1년차 레지던트로 구성된 의사 집단은 지나치게 경직되어 응급실의 긴박한 상황에 제대로 대응하지 못했다. 각 임상과의 전임의와 레지던트는 '환자의 이익'을 위한 판단이 아니라 단순히 '교수님 눈치 보기'에 급급했다. 교수들은 그런 상황을 알면서도 개선하려는 의지가 없었고 병원에서 누리는 조그마한 권력을 두고 '정치적인 싸움'에 골몰했다. 그러다가 사고가 터지면 지위가 높은 순서대로 아랫사람에게 책임을 전가하고 모른 척하려 했다. 무엇보다 '환자에게 피해를 끼치지 않겠다' 혹은 '환자의 생명을 최우선으로 생각한다'는 목적이 없었다.

그래서 레지던트 시절 내내 응급실에서 '좀처럼 믿기 힘들고 결코 있어서는 안 될 사건'을 겪었다. 법적으로 '의료사고'라고 규정할 수는 없더라도 '막을 수 있는 사망'이었던 경우들이다. 응급실은 '생명을 위협하는 응급 상황 여부를 감별하고 치료하는 곳'이다. 따라서 응급실 진료에는 엄청나게 세분화하고 전문화한 특별한 의학 기술보다도 긴장감 넘치는 상황에서도 차근차근 조그마한 기본도 놓치지 않고 주의를 기울이는 태도, 환자에 대한 책임감, 고정 관념에서 자유로운 판단이 중요하다. 이 책에 등장하는 에피소드에서 레지던트에 불과한 주인공이 다른 의료진이 찾지 못한 해법을 찾아내는 것은 그가 특별히 뛰어난 의사이기 때문이 아니다. 의과대학 정규 교육을 이수하고 의사 면허 시험을 통과한 사람이라면 누구라도 어렵지 않게 해결책을 제시할 수 있었을 것이다. 지식과 기술의 부족이 아닌, 고정 관념, 무사안일주의, 나태한 태도 때문에 '좀처럼 믿기 힘들고 결코 있어서는 안 될 사건'이 반복되었다.

책으로 펴낼 용기를 얻기까지 10년 가까운 시간이 걸렸으니 아주 세부적인 내용은 정확하지 않을 수도 있다. 실화에 기반했으나 실존하는 특정 인물을 지칭하지 않기 위해 조금씩 변형하고 약간의 허구적 요소도 가미했다.

하지만 이 책에 담긴 이야기를 통해 드러나는 문제점은 꼭 대학병원이 아니라도 태평양전쟁 당시 일본군처럼 경직된 의사 결정 구조, 가식과 위선에 찬 상급자, 왜곡된 목표를 지닌 집단이라면 어디에서나 나타날 수 있다. 사회 전체의 합의보다 자기네 불문율과 내부 관행을 우선하는 집단이라면 어디서든 같은 부조리와 병폐를 찾아볼 수 있을 것이다.

주인공은 의학 드라마에 흔히 등장하는 '가슴 따뜻한 휴머니스트'도 아니고 '정의감에 불타는 슈퍼맨'도 아니다. 몇몇 독자는 알아차렸겠으나 지극히 자기중심적이고 독선적이며 실질적으로 처벌받을 위험이 작다고 판단되면 폭력도 서슴지 않는 악당에 가까운 인물이다. 그럼에도 힘들고 고단한 일을 자청한 이유는 '자존심' 때문이다. 다른 응급의학과 레지던트처럼 평화롭고 안락한 4년을 지내기에는 자존심이 너무 강해 병원의 나머지가 '잉여인간'으로 손가락질하는 것을 참을 수 없었다.

또 싸움꾼에 가까운 주인공이지만 '이기지 못할 상대'와는 절대 싸우지 않는다. 이 책에 담긴 이야기 외에도 주인공이 응급의학과 레지던트로 일하면서 경험한 '잘못된 관행'은 많았고 정말 무시무시한 악당들도 있었으나 적지 않은 상황에서 주인공은 침묵했다. 물론 이런 것을 두고 비겁하다고 말하는 사람도 있겠으나, 주인공이 상대를 가리지 않고 무턱대고 싸웠다면 레지던트 수련을 마치고 살아남아 이런 글을 남길 수 있었을까? 대학병원이란 '괴물의 뱃속'에서 살아남는 방법은 그렇게 간단하지 않다.

괴물의 뱃속. 이 이야기의 배경이 되는 병원에 다니던 시절, 병원으로 들어가는 동료들의 모습이 마치 괴물의 입 속으로 걸어 들어가는 제물 같다는 생각을 한 적이 있다. 거대 기업, 관료 조직, 전문가 단체 같은 집단은 괴물처럼 개인을 삼키고 자신의 일부가 되라고 강요한다. 그런 측면에서 이 책은 괴물의 뱃속에 들어가면서도 그 일부가 되기를 거부 했던 개인의 보잘것없으나 처절한 투쟁의 기록이기도 하다.

오늘도 괴물의 일부가 되기를 거부하고 투쟁하는 모든 사람에게 이 이야기를 바친다.

응급의학과 곽경훈입니다

ⓒ 곽경훈 2020

2020년 3월 25일 초판 1쇄 발행
2023년 10월 25일 초판 3쇄 발행

지은이 곽경훈
펴낸이 류지호
편집 이기선, 김희중, 곽명진 · **디자인** 김효정

펴낸 곳 원더박스 (03169) 서울시 종로구 사직로10길 17, 301호
대표전화 02) 720-1202 · **팩시밀리** 0303-3448-1202
출판등록 제2022-000212호(2012. 6. 27.)

ISBN 979-11-90136-11-2 (03810)